ANDI JAXON

BULLY KING
O REI DA ESCOLA

Traduzido por Allan Hilário

1ª Edição

2022

Direção Editorial: Anastacia Cabo
Tradução: Allan Hilário
Preparação de texto: Samantha Silveira
Ícones de diagramação: Freepik

Revisão Final: Equipe The Gift Box
Arte de Capa: Bianca Santana
Diagramação: Carol Dias

Copyright © Andi Jaxin, 2020
Copyright © The Gift Box, 2022

Todos os direitos reservados.
Nenhuma parte do conteúdo desse livro poderá ser reproduzida em qualquer meio ou forma – impresso, digital, áudio ou visual – sem a expressa autorização da editora sob penas criminais e ações civis.

Esta é uma obra de ficção. Nomes, personagens, lugares e acontecimentos descritos são produtos da imaginação da autora. Qualquer semelhança com nomes, datas ou acontecimentos reais é mera coincidência.

Este livro segue as regras da Nova Ortografia da Língua Portuguesa.

CIP-BRASIL. CATALOGAÇÃO NA PUBLICAÇÃO
SINDICATO NACIONAL DOS EDITORES DE LIVROS, RJ
Gabriela Faray Ferreira Lopes - Bibliotecária - CRB-7/6643

J45b

Jaxon, Andi.
    Bully King : o rei da escola / Andi Jaxon ; tradução Allan Hilário. - 1. ed. - Rio de Janeiro : The Gift Box, 2022.
    296 p.

    Tradução de: Bully King.
    ISBN 978-65-5636-181-9.

    1. Ficção americana. I. Hilário, Allan. II. Título.

22-78983   CDD: 813
                CDU: 82-3(73)

Este livro é um *bully romance*. Há gatilhos para *bullying*, relação sem consentimento ou consentimento duvidoso, homofobia, agressão, violência doméstica, abuso de álcool, tentativa de suicídio, abuso, acidente de carro, morte e violência.

Por favor, prossiga com responsabilidade.

Este livro é para minha mãe. Ela me criou para aceitar todos, da cor da pele ao gênero e à sexualidade. Humano é humano. Enquanto crescia, meus amigos sabiam que ela também era um lugar seguro.

E, para qualquer um cujos pais não aceitaram, eu sou sua mãe agora. Beba um pouco de água, durma bem, cuide-se e lembre-se de comer. Eu te amo, sua vida é importante e o mundo é um lugar melhor porque você existe nele.

PRÓLOGO

Querido Deus,
Eu sei que não sou digno do Seu amor, ou da Sua salvação. Se consegue me ouvir, por favor, me tire desta Terra. Sou anormal. Sou pecador, incapaz de ser perdoado. Eu não entendo o Seu plano ou o propósito dele. Não entendo por que me fez assim, mas não posso mais viver desse jeito. Todos os dias, eu vivo uma mentira. Todos os dias, é uma luta para mim. Estou desonrando Seu santo nome, Senhor Jesus.

Não desejo mais viver nesta escuridão. Sou mal. Sou defeituoso. Sou indigno de afeição. Por favor, poupe minha família da vergonha de saber que eu sou doente. Que sou, indevidamente, gay. Permita-me ter uma morte rápida. Eu imploro para que acabe com a minha vida antes que a cidade e a igreja descubram. Minha família não sobreviveria à humilhação que meu coração corrompido causaria neles. Envolva Seus braços amorosos ao redor deles, querido Deus, pois o Senhor é o único que pode curá-los e salvá-los da dor de perder um filho.

Não sei o que fazer. Será que não mereço ser amado por outra pessoa? Conhecer a felicidade que nos ensina? Segui a Sua palavra toda a minha vida, tentei esconder meus desejos, fingir ser como o Senhor nos ordena, mas de nada adiantou. Amo minha família e ser excomungado me destruiria, então eu imploro, por favor, poupe-me disso tirando minha vida.

Continue a ajudar minha família através da oração e do amor. Não os abandone por meus caminhos profanos. Em vez disso, incentive-os a cuidar e amar uns aos outros. Mostre-lhes os portões de pérolas quando o tempo deles estiver próximo. Não os abandone, Senhor Jesus, pois foi eu que pequei, não eles.

Em nome do Seu precioso filho, eu peço,
Amém.

Ajoelhado ao lado da cama, lágrimas rolam pelo meu rosto e respingam nos braços. Sinto a dor atravessar o meu coração enquanto tento manter os soluços baixos. Um sofrimento marcado no fundo da minha alma. Por que sou tão errado assim? O que eu fiz para merecer esse castigo?

UM

Jonah

Enquanto confiro a mochila para ter certeza de que peguei tudo, meu estômago revira de nervoso. O primeiro dia do último ano do ensino médio. Uma escola que nunca frequentei, em uma cidade em que nem me acomodei direito. Conhecer novas pessoas e vivenciar outras experiências. Fecho os olhos, minha respiração fica presa na garganta quando faço uma oração rápida.

Senhor, por favor, que tudo corra bem hoje.

De repente, a porta do meu quarto se abre, interrompendo meus pensamentos. Dou uma rápida olhada por cima do ombro, sorrio com a excitação da minha irmã, Mary. O tecido rosa-claro de seu vestido balança na altura dos joelhos e os cachos de seu cabelo castanho-chocolate saltam com sua euforia. Ela é mais baixa, como nossa mãe, porém, nós dois temos os olhos castanhos de nosso pai. Ela tem quinze anos e é dois anos mais nova que eu, mas é minha melhor amiga.

— Vamos! A gente vai se atrasar! — diz ela, suas sapatilhas ressoando no piso de madeira com o gesto ansioso.

Sua alegria flui pelo ar naquele único movimento. É quase contagioso. Ela é superextrovertida; está contando os dias até conhecer novas pessoas nascidas no mesmo século que ela.

— Estou indo. Relaxa. — Jogo a mochila no ombro e coloco a polo azul-escura por dentro da calça cáqui, e passo por ela, entrando no corredor.

Ao passar correndo pela cozinha, pego dois waffles, enfio um na boca e mal escapo dos beijos carinhosos da minha mãe.

— Vocês precisam se apressar ou vão se atrasar! — exclama ela, da cozinha.

Calçando meu Vans preto e abrindo a porta da frente, eu grito:

— Tchau! — Por cima do ombro com Mary me empurrando para fora.

BULLY KING

7

E ouvimos um quase inaudível:

— Jesus te ama!

— Nossa, Mary. Você sabe que a escola não vai sair do lugar, certo?

— Não quero me atrasar no primeiro dia — reclama e revira os olhos, daquele jeito irritante que só irmãs mais novas sabem fazer, e acelera o passo quando a escola aparece.

Meu nervosismo volta com força total. É o último ano do ensino médio. Eu deveria estar com meus amigos, não tentando me situar em uma escola nova.

Respirando fundo, forço-me a lembrar por que estamos aqui. *Deus chamou nossa família aqui para realizar a obra d'Ele.*

Terminando o último waffle, corro para acompanhar minha irmã quase histérica ao seguirmos até à administração. O lugar está agitado com o início das atividades do dia. Secretárias em computadores ou telefones. Alunos apressados entrando e saindo, esbarrando uns nos outros ao seguirem para a aula ou armários. O zumbido da impressora funcionando é quase relaxante. A gente se aproxima do balcão, e somos atendidos por uma senhora de longos cabelos brancos.

— Bom dia, como posso ajudá-los? — pergunta a mulher, e seu sotaque sulista me faz sorrir.

— É o nosso primeiro dia — Mary e eu dizemos ao mesmo tempo. Olhamos um para o outro, e dou risada.

— Qual é o nome de vocês? — Ela se vira para um arquivo.

— Mary e Jonah Cohen — respondo.

Ela abre uma gaveta e procura nos arquivos até encontrar nossos registros escolares.

— Mary Cohen. — Ela lê o arquivo, abrindo-o.

Mary dá um passo à frente.

— Aqui está sua turma, número e combinação do armário, e um mapa da escola.

— Obrigada — responde Mary. Ela pega os papéis e sai sem olhar para trás.

— E, Jonah Cohen, achei o seu. O horário das aulas, número e combinação do armário e um mapa da escola.

— Obrigado, senhora. — Dou-lhe um aceno de cabeça e logo vou à procura da sala da minha primeira aula.

Com o rosto enterrado no mapa, esbarro em alguém, tropeço e perco o equilíbrio, caindo de bunda no chão.

ANDI JAXON

— Ai.

— Mas que droga? — zomba uma voz descontente.

— Me desculpe — digo, sem olhar para cima, e começo a pegar meus papéis que estão espalhados pelo chão. — Eu não estava prestando atenção.

— Ah, sério? — retruca.

Com apenas essas duas palavras, a culpa é exclusivamente minha, sua voz exalando asco e antipatia com o nosso esbarrão. Minhas mãos se enrijessem com o seu tom.

Olhando para cima, o cara mais sexy que eu já vi tem o lábio superior curvado para mim. Ombros largos, braços musculosos e super alto. Tão alto quanto as árvores, e de repente, quero ser um esquilo. Seu cabelo loiro cai com perfeição em sua testa, e olhos azul-escuros lhe dão aquele visual americano que tantas pessoas em nossa sociedade lutam para ter.

Meu pau se contrai dentro da calça cáqui diante da camisa de futebol que se encaixa perfeitamente em seu peito de aparência poderosa e jeans que me fazem ter inveja de seu zíper. O sonho molhado de toda mulher e homem gay está na minha frente, pingando *sex appeal*.

— Olhe por onde anda, porra.

Seu tom áspero mal alcança meu cérebro. Não consigo tirar os olhos dele. Sinto dificuldade para respirar. Este belo ser humano na minha frente é tudo que eu evoco em minha imaginação enquanto me masturbo. Ele é a tentação perfeita, e pelo olhar em seu rosto, o próprio diabo o enviou direto para mim.

Nem me levanto direito e já sou jogado contra os armários na parede. A fechadura da porta fincando nas minhas costas.

— Que porra você está olhando? — esbraveja o Adonis na minha frente, seu antebraço empurra meu peito e me pressiona nos armários. — Eu disse o que diabos está olhando, seu bicha?

Seu tom de voz abaixa, e ele está no meu rosto, suas mãos segurando minha camisa. Eu me esforço a pensar além da ansiedade que ameaça desligar meu cérebro. Estou excitado por ele, mas com medo dele. E se ele for um teste, enviado por Deus, para provar minha devoção? Ele é aterrorizante de uma forma que não tem nada a ver com a intimidação física que ele está querendo causar. No entanto, de alguma forma, meu mundo inteiro gira em torno do garoto rosnando na minha cara. Não consigo desviar o olhar, embora tenha certeza de que vou levar uma surra.

Espera.

BULLY KING

Bicha?

Como ele sabe?

Meus olhos saltam para os dele, procurando por qualquer sinal de que conhece o meu segredo. Observo cada linha de seu rosto, cada sombra, desesperado para saber que minha perversão ainda está segura.

Quanto mais eu olho para ele, mais preciso tentar impedir o sangue de inundar minha virilha, mesmo quando o pânico faz meu coração acelerar a toda velocidade. O gelo corre nas veias enquanto o medo domina meu corpo.

Pare. Não, não, não. Porcaria.

— Responde! — grita, o eco de sua mão batendo no armário ao lado da minha cabeça me faz pular.

Seus amigos atrás dele riem, mas eles são a menor das minhas preocupações agora.

— N-n-nada — gaguejo a palavra.

Como eu vim parar aqui? Confusão e medo me dominam. Nunca entrei numa briga. Não sei o que fazer!

— Foi o que eu pensei. — Ele sorri e me solta, alisando os amassados na roupa que ele criou e dá uma batidinha nos meus braços.

Suas mãos passando no meu peito quase me fazem gemer. Ele vira as costas e vai embora. Um grupo de jogadores de futebol o cercava, observando o que acontecia, mas não fizeram nada. O que acabou de acontecer?

Vai ser um longo ano.

Pegando meus papéis que mais uma vez caíram no chão, tento entender esse maldito mapa. O sinal toca e meu estômago aperta. Nada como chegar atrasado no primeiro dia.

— Você está perdido? — Uma voz gentil fala atrás de mim.

A adrenalina me faz girar, tirando meu cabelo do rosto. Uma morena com cabelos longos e lisos, jeans e camisa roxa sem mangas está ali, olhando para mim.

— Ah, é. Estou. — Meus ombros cedem, derrotados.

Ela sorri, tentando esconder sua diversão.

— Qual é a sua primeira aula?

Seu sotaque não é tão forte quanto o da secretária; o dela é mais agradável.

Olhando para o papel com o horário das aulas, li:

— Parker, política americana.

— Oh, sala trezentos e um. É minha primeira aula também. Vamos. — Ela passa por mim, e eu corro para acompanhá-la.

— Muito obrigado. — Isso nem soou desesperado, não é?

— De nada. Eu me chamo Anna. — Ela oferece a mão para me cumprimentar.

— Jonah. — Retribuo seu sorriso e o aperto de mão.

— De onde você é, Jonah?

Dou risada.

— É tão óbvio?

— Bem, esta é uma cidade pequena, e todo mundo conhece todo mundo. Literalmente. — Ela termina com um revirar de olhos.

— Estado de Washington, cerca de uma hora de Seattle. Oh, poderia me dizer onde seria o armário oitocentos e trinta e seis? — pergunto, lembrando que não sei onde é.

— Sortudo! Você pegou um bom. O meu fica mais longe. Só consigo ir durante o intervalo.

— Não dá tempo entre as aulas? — Na minha última escola, tínhamos oito minutos entre as aulas. Tempo suficiente.

— Provavelmente, sim, mas eu teria que correr, e é mais fácil assim.

Eu a sigo quando ela entra em um corredor diferente.

— Quais são as outras aulas que você tem? Posso te explicar onde fica.

— Ah, obrigado. — Pego o horário e leio para ela.

Anna acena com a cabeça.

— Bem, Woodman e Booth são no corredor que a gente acabou de passar.

Olho de volta para onde ela aponta e anoto no meu mapa.

— Farley e Spenser estão por ali. — Ela indica um próximo corredor. — Seu armário fica próximo da sala deles. — Ela gesticula para a frente. — E esta é a nossa primeira aula.

Solto um suspiro aliviado.

— Muito obrigado.

Ela sorri para mim.

— De nada.

Eu abro a porta, deixando-a passar primeiro, depois a sigo. Todo mundo se vira para me encarar. Engulo o nó grosso na garganta.

Estamos fazendo a obra de Deus. Ele nos trouxe aqui por uma razão.

BULLY KING

DOIS

Jonah

Anna me acompanha até a próxima aula e explica onde fica a próxima, enquanto caminhamos. A mesma coisa acontece em ambas as aulas: chamada, entrega e leitura do plano de estudos, discussão de quais materiais vamos precisar e distribuição de nossos livros.

Após a terceira aula, deixo meus livros no armário e vou para o refeitório almoçar. Não vejo Mary entre as aulas; espero que ela esteja bem.

Um grupo de jogadores de futebol passa por mim quando procuro um lugar para sentar. Fico nervoso, esperando que um deles diga algo para mim. Alguns riem assim quem me veem sozinho, mas seguem em frente e pegam uma mesa nos fundos.

Forçando a respiração a voltar ao normal, olho em volta e, ainda bem, vejo Anna acenando para mim. Sinto o alívio me correr enquanto vou até ela e me sento.

— Oi, Jonah. Essas são as minhas amigas. — Anna faz as apresentações ao redor da mesa e eu sorrio e aceno para as meninas.

Estou desconfortável com o interesse que vejo em alguns de seus rostos. Tentei fingir e sair com garotas, mas elas sempre querem que eu as beije e as toque. Essa é a última coisa que eu quero.

Engolindo um pedaço do hambúrguer, eu o coloco na mesa quando ouço a voz da minha irmã. Até que enfim, alguém com quem não preciso me preocupar. Tenho certeza de que ela descobriu que eu não gosto de garotas, mas nunca disse nada.

O sorriso no meu rosto desaparece assim que vejo com quem ela está: ele. O garoto que me jogou nos armários. O garoto cujos lábios têm me assombrado desde que estavam a um beijo de distância esta manhã. Fartos, carnudos, macios.

— Ah, oi — digo a Mary, mas não olho para ela.

ANDI JAXON

Ele faz contato visual comigo e me dá um olhar questionador enquanto se aproxima. O mais rápido que posso, coloco um muro ao meu redor e cubro o rosto com uma máscara para me proteger. Não sei que tipo de dano esse cara pode fazer comigo, mas tenho a sensação de que seria devastador.

— Jonah, este é Roman. Roman, este é meu irmão Jonah. — Ela está animada para nos apresentar, mas não ofereço a mão para cumprimentar ou dizer nada a ele.

Ele olha para mim por um momento, e eu me viro.

— Acho que não ensinam boas maneiras de onde você vem.

Enrijeço com suas palavras, mas me recuso a responder. Seu sotaque sulista dá a ele a *vibe* de bom garoto que eu já sei que é um brutamontes absoluto. Não posso deixá-lo ver como me afeta ou estará tudo acabado. Ele gosta de mexer com as pessoas; é óbvio para qualquer um com olhos e meio cérebro. Esse cara governa e desfruta do poder.

Dou uma rápida olhada ao redor da mesa e percebo quase todos os pares de olhos femininos demonstrando completa admiração.

— Jonah! — Minha irmã chama a minha atenção, ríspida. — Você está sendo rude! — Sua voz está baixa, mas está perto a ponto de eu conseguir ouvi-la bem. — Mamãe criou você melhor do que isso!

— Fico feliz que fez um amigo, Mary — digo por cima do ombro.

— Sério? O que você tem? — Ela quase bate o pé, e ouço Roman rir de sua explosão abrupta.

— Ah, não se preocupe, querida. Vou cuidar muito bem de você. — Seu tom tem insinuações suficientes para minhas costas se endireitarem.

Pelo conto do olho, eu o vejo envolver um braço no ombro da minha irmã. Meu olhar pega o dele por um instante. Com um sorriso lento e ardente e uma piscadela astuta, ele a afasta de mim e caminha direto para o grupo de jogadores de futebol nos fundos do refeitório. Olhando ao redor, as pessoas estão de pé em suas mesas tentando ter um pequeno vislumbre do que estava acontecendo. Tenho a sensação de que acabei de cometer suicídio social.

— Jonah — Anna me chama de novo, mas, neste exato momento, não consigo prestar atenção nela.

Mary está com *ele*. Aquele que me tira do prumo. Eu não o conheço, mas não preciso neste momento. Ele é perigoso.

— Jonah!

— O quê? — quase rosno, erguendo a cabeça para fazer contato visual com Anna. Respiro fundo e solto a respiração devagar quando vejo a dor tomar conta do seu rosto. — Eu sinto muito.

BULLY KING

— Você precisa afastar sua irmã dele. Ele não é flor que se cheire — Anna afirma, inquieta, enquanto se inclina sobre a mesa, a voz tão baixa que mal posso ouvi-la.

— Quem é ele? — pergunto, nervoso, e me inclino mais perto dela, para não ser escutado por ouvidos atentos.

— Esse é o Roman King. Ele é o quarterback da escola e o melhor que tivemos em cerca de vinte anos. Ele faz o que quer por aqui. Não é apenas um "rei" por causa de seu sobrenome. — Seus olhos estão me contando uma história muito mais profunda, mais sombria, mas não estou em condições de pressioná-la. — Olha, você parece um cara legal, então acredito que sua irmã é uma garota legal, também. Roman King consegue o que quer e vai embora. Entende o que quero dizer?

Por dentro tudo se contrai de pavor. Eu sei muito bem o que ela quer dizer, e Mary está tão desesperada para ser aceita que, provavelmente, deixaria ele fazer o que quisesse.

— Eu tive um confronto com ele esta manhã. Esbarrei nele e ele me jogou nos armários.

— Não me surpreende nem um pouco. Embora eu esteja surpresa por você não estar com um olho roxo.

— Sério? Ele é violento?

— Nunca ouvi falar de ele bater em uma garota, mas se meter em brigas? Ah, sim. Quase sempre é ele quem começa, daí toda a linha ofensiva intervém e lida com o resto para ele. Ele não pode se arriscar e acabar se machucando a ponto de não poder jogar.

Não está fazendo nenhum sentido. Para que tipo de lugar nos mudamos?

— O quê?

Anna ri da minha confusão.

— Querido, você mora no Sul agora. Todo mundo aqui se preocupa com duas coisas: futebol e Deus. Os times locais do ensino médio são tão importantes quanto os jogadores profissionais da NFL. Porra, a cidade inteira fecha quando tem jogo nas noites de sexta-feira.

Não estou entendendo nada. É como me mudar para um país totalmente diferente. A cidade inteira para por causa de um jogo de futebol do ensino médio?

— E isso é sequer permitido por lei?

— Venha no jogo na próxima sexta e pergunte ao xerife você mesmo. — Ela sorri para mim.

TRÊS

Jonah

O último sinal tocou e todos estão saindo o mais rápido que podem. Paro no meu armário, deixo os livros que peguei nas minhas últimas aulas e vou para a entrada, esperando que Mary esteja à minha espera. Quando chego às portas da frente, olho em volta e ela não está por lá.

Anna acena para mim ao passar a caminho do ônibus e dou um sorriso para ela. Ninguém mais reconhece que estou ali.

Onde ela está? A pressa dos estudantes que vão embora acabou e resta apenas alguns retardatários para trás. Minha mandíbula aperta quando vejo Roman inclinado sobre Mary, que está encostada nos armários, ainda dentro da escola. Eles parecem muito mais amigáveis do que quando ele me empurrou contra os malditos armários.

— Mary — eu chamo, e Roman e Mary olham para mim.

Ele arqueia uma sobrancelha e sorri. Mantendo os olhos fixos em mim, se inclina para dizer algo em seu ouvido e beija seu rosto antes de se afastar. Ele dá um passo para trás, olhando nos meus olhos e me sopra um breve beijo arrogante. As bochechas de Mary ficam rosadas e ela se despede de Roman antes de caminhar em minha direção, carrancuda.

Arrisco um olhar rápido atrás de mim. Roman descansa recostado no armário de Mary. Ele vira seu corpo para mim; usando uma das mãos, finge se masturbar. Com uma risada sarcástica e uma inclinação de cabeça, ele se afasta.

— Uma fada do caralho. — Ele ri, virando no fim do corredor.

Eu me esforço para alcançá-la quando desço as escadas. Ela não diminui o passo.

— Mary! — grito, indo mais devagar até ela.

Ela pega a calçada em direção à nossa nova casa.

— Espere.

Ela não diz nada; apenas continua andando com as costas retas e determinação em seus passos.

— Por que está zangada comigo?

Se alguém merece ficar bravo, sou eu. Ele me jogou nos malditos armários.

— Está falando sério? — Ela se vira para mim, me forçando a dar um passo para trás. — Eu te apresentei ao meu novo amigo e você nem disse oi! Foi tão grosso!

— Ele me jogou nos armários esta manhã! Ele não é um cara legal! — retruquei, bravo. — Estou com um roxo nas costas por causa da fechadura!

Com as mãos nos quadris, ela me observa.

— Por que ele faria isso?

— Você realmente está do lado dele e contra mim? Você o conhece tem, o que, dez minutos? Eu sou seu irmão! Você me conhece a vida inteira!

Ficamos ali na calçada, cara a cara.

— O que você sabe sobre ele? Me disseram que não é um cara legal.

Mary revira os olhos e se vira para ir embora, acenando com o braço no ar.

— Tenho certeza de que isso veio de garotas ciumentas que não conseguem chamar a atenção dele. Ele é muito legal, de verdade.

— Legal? Está de brincadeira comigo? Só de olhar para ele já sei que é um idiota!

Um idiota, que eu garanto que vai acabar comigo, se tiver a chance, mas talvez a queda possa valer a pena.

— Uau. Nem está julgando, hein?!

— Ele me jogou nos armários com força suficiente para me machucar. Ele me xingou e me chamou de bicha. Isso parece ser um cara legal?

— O que motivou tudo isso? O que você fez?

— Fala sério?! Acha que fiz algo para justificar isso? Eu? — Cerro os dentes até doerem e solto um suspiro profundo. — Quer saber? Se quer acreditar que ele é um cara legal, não há nada que eu possa fazer para mudar isso. Apenas lembre-se de que eu avisei.

Mary para e me observa passar por ela, mas eu continuo.

— Caras como Roman King só querem uma coisa de garotas como você, e uma vez que conseguem, vão embora.

Palavra nenhuma mais é dita pelo resto do caminho para casa.

Eu o odeio. Roman King. Até o nome dele o faz soar como um idiota. Se é que idiota é uma palavra forte suficiente para descrever esse cara. Pena que mencionar ele faz meu sangue correr nas veias. Eu o odeio, mas tenho a sensação de que, antes do final do ano, vou me apaixonar por ele. Não sei o porquê. Ele não me deu nenhuma razão para pensar o contrário, mas há algo nele que me chama.

Eu o odeio por isso, também.

QUATRO

Roman

O suor escorre no meu rosto e nas costas. O calor escaldante nos atinge conforme os treinos de futebol continuam. As aulas começaram na semana passada, mas estamos praticando três dias por semana há mais de um mês. Por aqui, o futebol é um modo de vida. Você joga para ganhar. Faça chuva ou faça sol, você ganha a merda do jogo. Doente. Lesionado. Você joga.

Tomando um grande gole da minha água, agora quente, eu molho o rosto. Meus protetores de ombros estão encharcados de suor, e um banho frio está me chamando.

O grito agudo de um apito soa antes do treinador Harris gritar.

— Vamos! De volta ao treino!

Fechando a garrafa de água, eu a deixo cair no chão, pego meu capacete e corro de volta para o campo. Já estamos aqui há uma hora e estamos cansados, mas nosso primeiro jogo é na próxima sexta-feira, então devemos estar preparados.

Espero eles se posicionarem antes de soltar meu grito de comando, "HUT", indicando o *center* para me passar a bola.

— HUT!

Todos se movem. A bola está em minhas mãos e estou dando alguns passos para trás para procurar uma abertura para arremessar. Meus receptores estão em movimento, mas ainda não estão livres. A defesa está avançando e preciso me mexer. No último segundo, Taylor acelera e eu jogo a bola em sua direção. Ele corre para interceptar o passe, pulando para pegá-la no ar. Que bela pegada! Ninguém está entre ele e a *end zone* e ele decola, correndo para um *touchdown*!

Ele joga a bola no chão e faz sua dança da vitória enquanto o resto de nós torce por ele.

Meu pai garantiu que eu fosse uma estrela do futebol, perfeitamente alinhado para seguir seus passos.

— Brighton! Derek! Onde diabos estavam? Por que Taylor não teve nenhuma cobertura, merda? Se não conseguem fazer o trabalho de vocês, vou colocá-los no banco! — O treinador sabe como derrubar um cara. — Tudo de novo!

Todos nós marchamos de volta para nossas posições, ninguém se atreve a reclamar. Ficamos no banco sem jogar por menos.

A formação está definida mais uma vez, ataque contra defesa, esperando a explosão do meu comando.

Eu grito:

— Hut! — E todos se movem.

Derek e Brighton estão na frente de Taylor, tentando bloqueá-lo, mas ele é maior do que eles e força a passagem entre os dois. Isso o atrasa e eu sei que o irrita. Nós jogamos juntos desde o jardim de infância e ele é meu melhor amigo.

Ele corre para a frente, depois vira à direita, fazendo contato visual comigo, e a bola voa em sua direção. Ele pula e a pega no ar. Nós dois somos derrubados no chão no mesmo instante. Minhas costelas gritam com o contato, esmagadas entre o jogador defensivo e o chão. Meu querido pai fez um estrago nas minhas costas algumas semanas atrás, e acredito que ele quebrou algumas costelas.

— Sai de cima de mim! — rosno, o queixo travado fazendo meus dentes doerem.

O apito soa, indicando o fim da jogada, e a porra do peso em mim se move, enfim me permitindo respirar melhor. Fecho os olhos e fico ali por um minuto.

Mais nove meses e vou embora.

O jogador que me derrubou me oferece a mão e eu a pego, precisando dela para me levantar do chão sem parecer um aleijado.

— Me desculpe, cara. Você está bem? — pergunta com uma das mãos no meu ombro.

— Estou bem.

— King! — o treinador grita meu nome, e a ansiedade me consome quando me viro para olhar para ele. — Você tem outros receptores! Use-os!

— Sim, senhor.

— Vão para os chuveiros.

BULLY KING

19

Todos caminham em direção ao vestiário com toalhas, capacetes e garrafas de água na mão, passando pelo bando de fãs alinhadas na cerca. Uma garota tem garrafas de água gelada e as está distribuindo. Pego uma e abro a tampa sem nem mesmo agradecer. Se minha avó pudesse me ver agora, ela me bateria pela grosseira, mas ser o famoso quarterback de uma cidadezinha do Kentucky significa que todo mundo sabe quem sou, e posso fazer basicamente o que eu quiser. Tem suas vantagens.

Alguém está correndo atrás de mim e dá um tapa nas minhas ombreiras.

— Ei, vai à festa depois do jogo na próxima semana? — pergunta Taylor, meu melhor amigo e companheiro de time.

— Sim, eu estarei lá. Sabe que não posso dizer não para cerveja e boquetes. — Eu sorrio e agito as sobrancelhas.

— Claro que sim. — Taylor me dá um empurrão quando a porta do vestiário se abre e as ondas de ar úmidas e carregadas de suor nos atingem.

Taylor vira para a esquerda para tirar o equipamento na frente de seu armário e eu continuo duas fileiras até o meu. Os caras ao redor estão brincando, principalmente falando basteiras do time adversário que vamos jogar na próxima semana e exibindo os músculos.

Enfio minhas ombreiras na bolsa e continuo vestindo o resto do uniforme. Vou trocar de roupa em casa. Evito os chuveiros em todas as circunstâncias. Uma vez no primeiro ano, fiquei de pau duro no chuveiro e não havia nenhuma razão para isso. Desde então, não vou arriscar. Tem assunto que é melhor deixar quieto. Por mais que eu queira tirar a camiseta encharcada de suor que uso sob as ombreiras, não consigo. Não sei a gravidade da contusão, e só posso culpar o treino.

Pegando a bolsa, saio do vestiário e sigo para minha caminhonete no estacionamento estudantil. Jogo-a na parte de trás, fazendo um baque, e destranco a porta com a chave para entrar. O calor dentro da cabine da minha Chevy preenche os meus pulmões. Está quente demais no início de setembro em Kentucky.

Com a chave na ignição, abro os vidros e o ar condicionado na temperatura mais baixa possível. Enquanto espero o ar esfriar, verifico meu telefone, lendo as mensagens que as fãs do time enviaram, todas querendo um pedaço meu. Fiquei com a maioria delas, mas todo o ano há uma nova safra para escolher.

Parando ao lado da Mercedes vermelha na garagem, deixo a chave ligada na ignição e fico ali por um minuto. Todos nesta porra de cidade sabem que ele bebe demais. Todos são capazes de ver o medo no rosto da minha mãe. Ela é basicamente esquelética hoje em dia, mas isso não importa, porque seu filho é o melhor quarterback que tiveram em anos.

Um dia, vou atacar aquele maldito carro com um taco de beisebol. Meu lábio levanta quando desligo a caminhonete e saio, pegando minhas coisas na caçamba, e entro sem muita animação. Meus pais não estão à vista, o que não é surpresa. Tenho certeza de que meu pai está no escritório, já na metade da garrafa, e minha mãe está esperando que ele lhe diga o que fazer.

Minhas costelas doem conforme subo as escadas para o meu quarto. *Porra*. Continuo mesmo com dificuldade, antes que um dos meus pais me veja e queira que eu faça alguma coisa. A última coisa que quero agora é brigar de novo com ele.

Deixo as coisas no meu quarto a caminho do banheiro e tiro a camiseta. Na frente do espelho, eu me viro e vejo um hematoma roxo se espalhando pelas costas. Porra, ótimo. Coloco as mãos na bancada e minha cabeça cai para frente. Como é que eu deveria jogar assim, porra? O golpe de hoje no treino fraturou minhas malditas costelas, com certeza, e se eu for atingido com força suficiente, ele vai saber quanto problema pode causar.

Abrindo o chuveiro, ajusto a temperatura para me aliviar do treino, mas não a ponto de incomodar. Está muito calor para tomar um banho quente, embora eu devesse fazer isso mesmo assim.

Tirando a calça e as proteções do uniforme, entro na água e assobio quando a pressão da água atinge as costelas.

Pegando o sabonete líquido, esfrego as mãos pelo corpo, lavando o suor e a sujeira do campo. Meu pau endurece quando meus pensamentos viajam para Mary e Jonah. Ela é uma garota bonita, inocente, fácil de persuadir ao meu modo de pensar.

Mas Jonah?

O sangue corre para minha virilha, meu pau pesado e latejando em questão de segundos. Não é a primeira vez que meu pau fica duro por um garoto, mas odeio isso toda vez. Não sou gay. Não posso ser. Mas não impede meu pau de reagir ao filho do pastor.

Minha mão escorregadia de sabão desliza pelo apêndice dolorido e minha cabeça cai para trás. Os olhos castanhos de Jonah Cohen me encaram por trás das pálpebras. Seu peito firme pressionado contra o meu,

BULLY KING

suas mãos agarrando minha pele. Arrepios percorrem minha espinha e apertam as bolas.

O ritmo aumenta à medida que minha excitação cresce, os quadris empurrando em minha mão, perseguindo aquela euforia que só um orgasmo pode trazer. A água cai em cascata pelo meu corpo e minha mão ganha velocidade, formigamento se espalha até eu soltar um gemido alto, disparando esperma nos azulejos. Minha mão bate contra a parede quando me inclino nela, me segurando quando meus joelhos ameaçam ceder.

Maldito seja.

Não sou uma bicha do caralho.

Ajustando a água para esfriar, eu me puno pelo resto do banho. Quando saio, a pele está azulada e os dentes estão batendo. Eu me enxugo depressa e encontro um short de basquete e uma camiseta para vestir.

Meu telefone acende; Taylor me enviou uma mensagem, mas não a abro. Tenho certeza de que é sobre o jogo ou transar. Eu me estico na cama e fecho os olhos. Treinar no calor é exaustivo. Adicione o orgasmo e o banho frio, estou pronto para tirar a merda de um cochilo.

CINCO

Roman

Tento relaxar, mas estou muito agitado. Preciso sair de casa e pensar. Pego meu telefone, carteira e chaves, desço as escadas e vou até a caminhonete sem ser notado por meus pais.

Dirijo por um tempo, o rádio tocando música country baixinho, o ar condicionado no mínimo para combater o calor do sul. Não vou a nenhum lugar específico, fico apenas dirigindo por aí, quando acabo do lado de fora da casa dos Cohen. Em uma cidade tão pequena, é fácil descobrir para onde os recém-chegados se mudaram.

Eu não deveria estar aqui. Deveria ter ido para casa do Taylor como costumo fazer para me acalmar e pedir para a mãe dele me examinar e verificar uma possível contusão, mas algo me fez vir aqui.

Um Honda Accord prateado entra na garagem, e um homem de meia-idade com cabelos castanhos desce, para e olha para mim por um minuto, antes de fechar a porta do motorista e vir em minha direção.

Desligando a caminhonete, saio e o encontro na calçada.

— Olá, senhor. Sou Roman King. Estudo com Jonah e Mary.

— Ah — comenta o homem, estendendo a mão para apertar a minha. — Prazer em conhecê-lo, Roman. Sou Keith Cohen, o novo pastor da Primeira Igreja Batista.

— É um prazer conhecê-lo, senhor — digo, apertando sua mão e seguindo-o pelo caminho até a porta.

Ele abre a porta e acena para que eu entre. A sala é confortável, convidativa, com grandes sofás marrons e uma grande TV na parede. É aconchegante e acolhedor. Mary está deitada em um sofá com as pernas cruzadas sob o vestido, assistindo TV.

— Oi, pai — cumprimenta ela, sem tirar os olhos da tela.

Ele passa por ela, beijando-a no topo de sua cabeça, e vai para a cozinha.

BULLY KING

— Oi, Mary — digo, sorrindo com o balanço de sua cabeça e a expressão chocada tomando conta de seu rosto.

Pulando do sofá, ela ajeita toda apressada o vestido, então se levanta, meio sem jeito, obviamente desacostumada a ter garotos em casa.

— Roman, o que está fazendo aqui?

— Você quer sair algum dia? — As palavras saem da minha boca antes que meu cérebro as impeça de escapar. Merda.

Um sorriso ilumina seu rosto, e os olhos castanhos que são tão parecidos com os de Jonah se iluminam.

— Adoraria!

Mary corre em minha direção e me aperta em um abraço. Meus braços circundam sua cintura enquanto a culpa se apodera de mim.

Que diabos estou fazendo? Preciso ficar o mais longe possível dessa família.

Um movimento à minha esquerda me fez travar os olhos com Jonah. Sua mandíbula aperta quando percebe meus braços em torno de sua irmã. Quanto mais ficamos ali em um impasse silencioso, mais seus olhos escurecem.

Mary dá um passo para trás, e sorrio com sua excitação. Ela é a pessoa com quem eu quero estar? Não. Mas isso me dá uma razão para estar por perto e sacanear Jonah. Para irritá-lo e descobrir seus verdadeiros pontos fracos.

— Roman me convidou para sair! — Mary quase grita ao passar correndo pelo irmão e entrar na cozinha.

Jonah cruza os braços e se encosta na parede, sem tirar os olhos de mim.

— Por quê? — ele rosna a pergunta para mim.

Eu me aproximo dele, invadindo seu espaço.

— Por que não?

Não sou muito mais alto que ele, mas Jonah tem que olhar para cima para manter contato visual. Meu pau gosta quando ele olha para mim.

— Ela é uma boa menina. Encontre uma fanática e deixe-a em paz.

Eu me divirto com o seu ato de durão e um sorriso cheio ilumina meu rosto.

— Onde está a graça nisso?

Antes que ele possa responder, Mary e seus pais entram na sala, e eu me viro para cumprimentá-los, esperando que meu short não esteja revelando nada.

Dando um passo ao lado, fico próximo ao Jonah como se ele não estivesse tentando me afastar de sua irmã.

— Você deve ser a Sra. Cohen. É um prazer conhecê-la, senhora. Posso ver de onde Mary herdou tanta beleza. — Eu pisco para Mary, e ela cora, igual a sua mãe.

Atrás de mim, Jonah zomba, mas duvido que mais alguém tenha ouvido.

— Ah, eu gosto dele — diz ela para Mary.

— Senhor King — Seu pai se dirige a mim. — Você frequenta a igreja? Merda.

— Uh… — Eu me forço a engolir. — Faz um tempo que não vou, senhor. — Enfio as mãos nos bolsos, esperando que a honestidade seja a melhor política aqui.

— Vou permitir que leve Mary para sair com duas condições. A primeira é que venha à igreja no domingo. Segundo, Jonah vai com vocês.

Não são as piores condições que me foram dadas…

— Pai! — grita Mary, indignada.

Ele se volta para sua filha revoltada.

— Mary, quem semeia para a sua carne, da carne colherá destruição; mas quem semeia para o Espírito, do Espírito colherá vida eterna. Jonah estará lá para ajudá-la a não ceder aos pecados da carne.

Eu. O quê?

Jonah geme, e faço de tudo para não rir. Essa é definitivamente uma primeira vez para mim. Já citaram as sagradas escrituras para mim, mas nunca tive alguém de vela junto.

O pai deles se vira para mim e me olha com expectativa.

— Vejo você no domingo?

Olhando para o rosto envergonhado de Mary, eu pisco para ela de novo.

— Sim, senhor.

— Pai, eu não preciso que Jonah cuide de mim — argumenta Mary.

— Esse é o jeito, ou nada de encontro, Mary. Você escolhe. — Seu pai cruza os braços, uma parede inflexível.

— Isso é ridículo! Se Jonah tivesse um encontro, você não me faria ir! Não é justo!

Posso facilmente imaginá-la batendo o pé ao fazer birra, mas ela se segura.

— Está tudo bem, Mary. Concordo com as condições. Se a presença de Jonah é o que é preciso para ver você, estou bem com isso.

Jonah endurece atrás de mim. Ele não esperava que eu concordasse,

BULLY KING

o que é parte da diversão. Parte de mim está feliz por ele vir, a parte que não deveria se sentir atraída por ele. Talvez esta seja a pior ideia que já tive.

A voz de Mary me tira do rumo que meus pensamentos estavam tomando.

— Vou acompanhá-lo até lá fora.

Deslizo sua mão na minha e vamos para a entrada. Com a porta da frente aberta, eu me viro e beijo a bochecha de Mary com os olhos fixos nos de Jonah.

— Vejo você amanhã. — Eu saio e me viro para voltar para minha caminhonete.

Que porra estou fazendo?

Se eu puder fazê-lo me odiar, tudo ficará bem. Mary será um dano colateral, mas não tenho escolha. Às vezes, para nos mantermos seguros, alguém tem que se machucar.

Sem ter para onde ir, vou para casa. Quando entro na garagem, as luzes do andar de baixo estão acesas. Cacete. Meu pai saiu do escritório.

Endireitando os ombros, me preparo mentalmente para a tempestade de merda que estou prestes a enfrentar.

Posso ouvir meu pai gritando antes de chegar à porta da frente. Quando abro, algo grande cai no chão e vidro se estilhaça. Minha mãe grita, e eu corro em direção à sala para encontrá-la encolhida num canto. Meu pai jogou uma lâmpada. Ainda bem que sua mira é ruim, então não a atingiu.

— Vadia inútil! — grita ele, tropeçando em direção a ela.

— Ei! — esbravejo para chamar sua atenção. — Você é um lixo!

Minha mãe está pesando no máximo 50 kg e deve ter 1,57 m, enquanto esse cretino tem 1,98 m e 120 kg. Suas mãos são do tamanho de luvas de beisebol e batem com a força de uma marreta. Ela não aguenta as surras.

— Ora, se não é o pequeno Roman King — zomba, voltando sua atenção para mim. — Agraciando-nos com sua presença.

— Mãe, saia daqui.

A atenção do meu pai está tão concentrada em mim que ele não percebe mais sua esposa choramingando no chão. Assistir a essa mulher outrora poderosa levantando seu frágil e magro corpo do chão parte meu coração. Ela merece muito mais na vida do que esse escravo da NFL. Esta cidade a decepcionou, todos dispostos a fechar os olhos para o abuso porque seu marido jogou futebol e seu filho mostrou talento desde cedo.

Só moramos nesta cidade porque o pai dela era dono e operava o Frigorífico Kenton. Fica a poucos quilômetros da cidade e a maioria da população trabalha lá. Depois que ele morreu, deixou tudo para minha mãe, incluindo esta casa estúpida. Meu pai ficou muito feliz em andar por aqui como um pavão, ostentando-se. Não me lembro do homem, mas pelo que me disseram, ele era um homem rigoroso, mas justo. Meu pai não é nenhum dos dois.

Nos últimos anos, os espancamentos pioraram. Quando comecei a jogar futebol na escola e, logo cheguei ao time do colégio, esse filho da puta caiu ainda mais no alcoolismo. Não sei como esta casa ainda está de pé com tudo isso.

Minha mãe passa por mim, lágrimas escorrendo pelo rosto, borrando a maquiagem. Ela manca para fora da sala e em direção às escadas. Espero que se lembre de trancar a porta desta vez.

Meu pai vem até mim, mas me mantenho firme, me recusando a mostrar a ele qualquer coisa além de desprezo. Ele é tão clichê, é nojento. Ele se machucou jogando profissionalmente e se tornou um bêbado, batendo na esposa e no filho para se sentir poderoso. Que piada.

— Você acha que é melhor do que eu? — ironiza na minha cara.

— Eu sei que sou melhor. Você não passa de um merda que usa os punhos para se sentir um grande homem.

É tudo o que ele precisa. Seu punho se conecta com o meu rosto; a dor explode na bochecha e minha cabeça gira de lado. Meus joelhos cedem, e a mão cobre a lateral do meu rosto. Caralho, isso doeu.

Meu olho já está inchando; espero conseguir enxergar amanhã para poder dirigir.

— Seu filho da puta. Você é um vagabundo estúpido igual àquela idiota que você chama de mãe. Cale a porra da boca, bicha! — Ele me chuta no estômago, fico sem ar e ele me derruba no chão.

Gemendo, tentando respirar através da dor, fico ali deitado olhando para o teto decorado de nossa enorme casa e me lembro de como o lar dos Cohen era convidativa. Não fiquei lá por muito tempo, mas aqueles poucos minutos foram mais acolhedores do que todos os anos passados neste inferno dourado.

BULLY KING

SEIS

Jonah

Mary falou pouco comigo desde que Roman apareceu em nossa casa ontem à noite. Minha irmã, que normalmente é uma tagarela, está trancada em seu quarto.

Estou deitado na cama, olhando pela janela, quando alguém bate na minha porta.

— Entre — grito, sentando-me.

A porta se abre e Mary entra, fechando a porta e olhando para seus pés.

— E aí? — pergunto, já que ela não parece disposta a iniciar a conversa. Tenho certeza de que sei do que se trata, e também não quero falar disso.

— Não quero que você vá comigo e Roman. — Ela olha bem para mim quando faz sua declaração.

— Eu também não quero ir, mas não tenho escolha.

— Você poderia agir como se estivesse indo, mas sem ir, de verdade. Vou te mandar uma mensagem quando estivermos vindo embora, e podemos nos encontrar para voltar para casa, daí vai parecer que você estava com a gente.

A surpresa me fez levantar e me aproximar dela.

— Está falando sério? Você conhece esse cara há uma semana e já quer que eu te ajude a sair escondido? Está se ouvindo?

— Mary! Jonah! — grita mamãe da cozinha.

Nenhum de nós diz mais nada; apenas descemos o corredor.

— Lavem as mãos para o jantar. Você vai fazer a oração de agradecimento esta noite — avisa meu pai quando meus pés batem no linóleo.

Somos dispensados com ele dando as costas para nós. A ansiedade vibra por dentro conforme sigo para o banheiro do corredor para lavar as mãos. Fechando a porta, olho para o meu reflexo: cabelo castanho do mesmo tom do meu pai que precisa ser aparado, olhos castanhos, pele imaculada, músculos magros. Ainda me pareço comigo, mas não me sinto como eu.

Essa mudança me modificou mais do que eu imaginava. Em Washington, a maioria das pessoas apoia *estilos de vida alternativos*, mas aqui? Sem chance. Se alguém descobrir que sou gay, serei rejeitado mais rápido que um piscar de olhos. Já não sou confiável simplesmente por ser da Costa Oeste.

Só preciso terminar este ano. Nove meses e estou livre. Posso deixar o sul e o nome da minha família para trás. Serei livre para ser eu.

Uma batida na porta me faz abrir a torneira.

— Só um minuto.

— Vamos, Jonah! Estou morrendo de fome!

Sorrio para Mary. Ela está sempre com fome.

— Tudo bem, tudo bem. — Abro a porta e coloco um braço em volta dos ombros dela, levando-a para a mesa.

A sala de jantar fica ao lado da cozinha; a mesa redonda de carvalho em que comemos todas as refeições está em nossa família há anos. Não me lembro de ter tido uma diferente. Entre trabalhos de casa e aniversários, esta mesa já viu de tudo.

Os armários também são de carvalho. O piso de linóleo foi feito para parecer pedra e já viu dias melhores, mas ainda está intacto, sem lascas ou rasgos. A única adição recente à sala é a grande pia branca com uma cuba maior. Tenho que admitir que é muito mais fácil lavar a louça nessa do que na anterior.

— Sentem-se. — A ordem de meu pai me traz de volta ao presente e puxo minha cadeira.

Todos juntam as mãos na frente de si e abaixam a cabeça.

— Querido Deus, gostaria de Lhe agradecer por este lindo dia, o trabalho que meu pai faz em Seu nome, a saúde de minha família e esta refeição incrível que minha mãe preparou para nós. Por favor, abençoe a igreja e nossa cidade de Kenton. Pedimos estas coisas em Seu Santo Nome. Amém.

Depois de ouvir os murmúrios de "amém" do resto da família, meu pai se serviu de um assado de panela. Mary pegou os legumes, e os biscoitos ficam entre a minha mãe e eu. Passamos os pratos de um lado para o outro até pegarmos tudo o que queremos.

— Como foi seu dia? — pergunta minha mãe.

Paraliso com o garfo a meio caminho da boca.

— Foi ótimo! — responde Mary com um sorriso.

Ela nos conta tudo sobre seu dia, de conhecer Roman na oficina de automóveis na semana passada e como ele a ajudou a não sujar o vestido.

BULLY KING

Ela tagarela sem parar de seu dia enquanto eu fico quieto. Não tenho nada a dizer mesmo. Embora eu não ache que Roman seja um bom partido para minha irmã, também não quero prejudicá-la dizendo aos meus pais que ele me jogou nos armários no nosso primeiro dia de aula.

Ouvir Mary contar o primeiro dia de aula me lembra o meu. Tivemos dias muito diferentes.

Roman me empurrou nos armários, passei a maior parte da manhã pensando em seus lábios, Mary e eu brigamos um pouco no refeitório, e o resto do dia passei tentando não imaginá-lo "passando" os dedos nela. Então Mary e eu tivemos outra briga a caminho de casa. Sabe, apenas as coisas normais do primeiro dia de aula.

Estou quase terminando de comer quando minha mãe se vira para mim.

— E você?

— Oh. Uh… — Eu tomo um gole de água, reunindo meus pensamentos. — Foi bom. Anna tem me ajudado a me familiarizar com todas as coisas. — Eu dou de ombros, tentando fingir que não é grande coisa e esperando que ela desista.

— Ah, que legal. Talvez devesse convidá-la para ir com você e Mary neste fim de semana, como um encontro duplo.

Sinto o sangue escorrer do meu rosto. Não. Absolutamente, não.

Mary olha para mim e inclina a cabeça, em silêncio, me pedindo para fazer exatamente o que mamãe sugeriu.

— Oh. Uh. Não. Não estou interessado. Eu nem a conheço direito.

O raspar de madeira no chão faz com que a atenção de todos se volte para o meu pai, que está pegando sua bolsa do trabalho. Ele a vasculha por um minuto e volta para a mesa com sua Bíblia.

Mary geme, seus ombros cedendo e recostando na cadeira.

— Pai, por favor, não.

— No próximo fim de semana será seu primeiro encontro. Você deve se lembrar de permanecer pura de coração e de corpo. — Meu pai continua a falar enquanto ela coloca as mãos na cabeça. — Não sabe que você é o templo de Deus e que o Espírito de d'Ele habita em você?

— Sim, estou ciente, pai. — Sua resposta é abafada pelas mãos, mas posso dizer que ela está revirando os olhos.

— Repita isso comigo, Mary, de Gálatas. "Fui crucificado com Cristo".

Ele para e espera que ela repita. Com um suspiro profundo, ela diz as palavras.

— "Assim, já não sou mais eu que vive, mas Cristo vive em mim" — meu pai fala a próxima frase.

Mary deixa as mãos caírem, levanta a cabeça e olha para ele com tédio.

— "A vida que agora vivo no corpo, vivo-a pela fé no filho de Deus" — continua, como se não notasse a atitude dela.

— "... que me amou e se entregou por mim" — termina ele, e ela conclui.

— Este domingo será excelente para todos vocês, crianças. É sobre pureza de coração e pensamento, como não ceder à tentação da própria carne.

A culpa pesa sobre meus ombros.

Nunca serei o filho que ele quer que eu seja.

Perdendo o apetite, afasto o prato. É só a primeira semana de aula, e Roman já precisa ficar longe da minha família. Não vou conseguir passar por esse ano com ele sempre no meu caminho.

— Você está se sentindo bem? — pergunta minha mãe, inclinando-se para pressionar a palma da mão na minha testa.

— Sim. Só estou cansado. Posso me retirar?

A mesa fica quieta por um momento, meu pai me olhando como se pudesse sentir que estou mentindo.

— Pode.

Pego meu prato, passo um pouco de água nele e o coloco na máquina de lavar antes de correr para a segurança do meu quarto.

Logo estou só de cueca e deito na cama, olhando pela janela para o céu limpo da noite. A escuridão pontilhada de estrelas deveria ser pacífica, mas sinto que estou sendo observado. Como se as estrelas fossem aberturas no chão do paraíso para aqueles que passaram para olhar as pessoas que ainda estão aqui na Terra.

Meu estômago revira ao pensar nisso, e eu me viro de lado, de costas para a janela. Puxando os joelhos até o peito, passo os braços ao redor deles. A vergonha me pressiona, dificultando a respiração, e as lágrimas ardem no fundo dos meus olhos. A garganta dói conforme a emoção percorre minhas veias.

Sempre serei um estranho na minha família. Nunca aceito ou parte dela. Eu sou o segredo sujo que minha família um dia esconderá das pessoas. Poderei voltar para visitar se eles descobrirem? Será que algum dia poderei apresentá-los a um namorado ou serei rejeitado no mesmo instante?

Fechando os olhos, viro o rosto para os céus e abro meu coração para Ele.

BULLY KING

Por favor, me ajude.
Adormeço com as lágrimas ainda molhadas no rosto.

Meu alarme está tocando e a luz do sol está me cegando, já que não fechei as cortinas na noite passada. Sentando-me, desligo o alarme e esfrego os olhos.

Depois de vestir as roupas, vou para o banheiro e paro para inspecionar meu rosto.

Que diabos?

Inclinando-me sobre a pia para olhar mais de perto, minhas pálpebras estão rosadas e inchadas. Parecia que estava com algum tipo de reação alérgica. Abro a torneira e jogo um pouco de água fria no rosto. A temperatura é quase dolorosa, mas espero que ajude. O frio é bom para o inchaço, certo?

— O que está fazendo? — A voz de Mary me faz virar para ela.

— Uh, lavando o rosto. — Pego uma toalha e o seco. — Preciso mijar. Vá embora. — Fecho a porta, uso o banheiro e lavo as mãos.

Mary não diz nada quando volto para o meu quarto, mas me observa. É inquietante. O que ela vê?

Tomamos café da manhã, calço os sapatos e vamos para a escola. É estranho. Mary e eu não brigamos com frequência e, quando brigamos, tudo se resolve logo. Nós definitivamente nunca brigamos por um garoto antes.

— Olha, me desculpe, tá bom? — desabafa.

— Pelo quê?

— Não sei, mas essa estranheza precisa parar. Não gosto de brigar com você — admite, se aproximando de mim.

— Também não gosto, mas a menos que concorde em ficar longe de Roman, nada vai mudar.

Não posso ficar perto dele. Ele vai arruinar tudo que eu me esforcei tanto para manter escondido.

— Por que tenho que ser a única a ceder? Ele é legal comigo. Ele me ajuda nas aulas. — Ela cruza os braços, mantendo-se firme.

— Você só o conhece há alguns dias!

— Você também, mas tem tanta certeza de que está certo.

— Ele me atacou sem motivo! — grito, jogando os braços para cima. Como ela não está entendendo?

— Tenho dificuldade em acreditar nisso. Tanto faz. Apenas certifique-se de nos dar espaço no encontro, tá?

— Sim, claro.

Chegamos à escola e seguimos caminhos separados enquanto nos preparamos para a aula. Ao lado do meu armário está Roman King. A última pessoa que eu quero ver.

Determinado a fingir que não o enxergo, vou até o meu armário e não olho ao redor. Na minha visão periférica eu o percebo enrijecer, sua cabeça virando só um pouco, mas é o suficiente para eu ver um círculo escuro aparecer ao redor de seu olho.

Surpresa e preocupação fazem minha cabeça girar para encará-lo. Sem perceber, me aproximei dele e minha mão está alcançando seu queixo para virar o rosto e dar uma olhada melhor.

— O que aconteceu?

Roman se afasta do meu alcance.

— Nada. Cuide da sua vida, menino da Bíblia.

Minha mão cai e eu me volto para o meu armário enquanto ele se vira para o dele. Sua mandíbula está apertada, o músculo na bochecha saltando.

— Você brigou ou algo assim? Meu pai não vai deixar você sair com Mary se for um encrenqueiro.

Ele se move mais rápido do que eu esperava, mais uma vez batendo minhas costas nos armários. Roman está no meu espaço, quase empurrado contra mim, e meu corpo está lutando para decidir se o quer aqui ou se deve ter medo. Até agora, gostar dele aqui está ganhando.

— Eu disse pra cuidar da porra da sua vida. Não preciso de você me dizendo o que fazer — rosna na minha cara.

Ele cheira tão bem. Almiscarado e limpo, um pouco acentuado. É inebriante. O sangue corre para a minha virilha e eu o empurro, precisando respirar ar que não está saturado por ele.

— Fique longe de mim e fique longe da minha irmã.

Um sorriso malicioso levanta um lado de seus lábios, e eu desprezo como meus olhos são atraídos para eles.

— Mary será um deleite saboroso que eu vou gostar de corromper. — E já sai, fechando o armário antes que eu possa responder sem gritar.

BULLY KING

Pegando meu livro do armário, bato a porta com força e vou para minha primeira aula, abrindo a porta e me jogando no meu lugar.

Eu odeio aquele idiota.

Quando o intervalo chega, ainda estou fervendo. Idiota hipócrita.

Não volto ao meu armário, pois não quero correr o risco de encontrá-lo. Ele é um babaca e, sério, não quero ser jogado nos armários. Mais uma vez.

Depois de pegar minha comida, me sento ao lado de Anna e suas amigas. Estou mexendo na comida, não como, e definitivamente não estou prestando atenção na conversa das garotas. Estou muito perdido em meus próprios pensamentos. Na minha frustração.

O que diabos há de errado com aquele cara? Eu só estava perguntando o que aconteceu. Estava tentando ser legal.

O refeitório fica em silêncio, de repente. Levantando a cabeça, olho em volta, mas não vejo nada. Uma fração de segundo depois, água gelada é despejada na minha cabeça.

— AH! — O som é forçado de meus pulmões quando meu corpo se contrai contra o ataque.

— Agora sim — zomba Roman atrás de mim.

Girando, estou bem na frente dele, puto da vida.

— Apenas tentando te acalmar, você parecia um pouco esquentado.

Ao seu redor, gargalhadas ecoam da plateia. Eles se dobram enquanto apertam as barrigas. Roman parece tão orgulhoso de si mesmo e de sua piadinha idiota.

Minha camisa está encharcada e grudada na pele, arrepios me percorrem. Estou furioso. Estou com frio. E explodo.

Empurrando contra seu peito, eu o faço dar um passo para trás para manter o equilíbrio, obviamente não esperando por isso.

— Você quer brigar, menino da Bíblia? — Sua voz é calma e mortal. — Acha mesmo que poderia me vencer?

— Me deixe em paz.

O movimento atrás de seu grupo de neandertais me fez mudar de foco. Mary saiu do banheiro e está vindo em nossa direção.

Ela arfa quando me vê.

— O que aconteceu com você?

Roman passa um braço por cima do ombro dela e ri.

— Estava só ajudando ele a se acalmar. Sei que vocês da Costa Oeste não estão acostumados com o calor do sul.

Ela me olha, mas fica quieta apenas com um "Oh".

O lábio de Roman se curva de leve e ele dá um tapinha no meu rosto duas vezes.

— Conversa boa, menino da Bíblia. Teremos que repetir isso, em breve.

Com isso, ele afasta Mary de mim, o grupo seguindo atrás dele conforme a leva do refeitório.

Sinto os olhos de todos ao meu redor se voltarem para mim. Ninguém vai falar comigo depois disso. É a segunda semana de aula e já sou um pária social enquanto minha irmãzinha está fazendo amizade com Sua Alteza. Não é justo. Odeio este lugar. Eu só quero ir para casa.

BULLY KING

SETE

Roman

A segunda sexta-feira do ano letivo significa uma coisa: futebol. Nosso primeiro jogo em casa.

As luzes brilhantes que iluminam o campo me dão poder. A alegria da torcida quando dou um passe para *touchdown* me torna invencível. Não há nada igual à sensação de jogar futebol. É uma benção e uma maldição. Felizmente, o inchaço no meu olho diminui bem e não chega a afetar minha visão.

Depois do intervalo, estou de volta ao campo, pronto para mandar o time do colégio Sullivan de volta para casa com o rabo entre as pernas.

A linha ofensiva se define, e eu chamo a jogada e grito:

— HUT!

A bola está instantaneamente em minhas mãos e o time está se movendo. Os garotos encarregados de me proteger são dominados e sou forçado a sair do meu espaço de proteção. No campo, Taylor está livre, e eu deixo a bola voar enquanto estou em movimento. Um jogador da defesa, que se move mais rápido do que seu tamanho demonstra ser possível, interrompe meu movimento ao me jogar no chão, me tirando o ar, fazendo minhas costelas queimarem de dor e minha cabeça girar.

O barulho ao redor é abafado pelos gritos do meu corpo. Não consigo respirar. Tento puxar o ar, mas os duzentos quilos do jogador da defesa ainda estão deitados nas minhas costas. Minhas costelas berram comigo, mas não há nada que eu possa fazer para aliviar a pressão.

Em algum lugar na névoa da dor, o apito soa, e a bunda gorda sobre mim se move. Finalmente consigo respirar um pouco e abaixo meu capacete no campo, precisando de um minuto.

Forçando-me a levantar, gemo quando fico de pé e meu mundo gira. Eu odeio meu pai.

Taylor vem até mim, colocando a mão no meu ombro.

— Você está bem, cara?

— Vou sobreviver. — Dou de ombros, certificando-me de que meu rosto está passivo. — Boa pegada.

Ele sorri.

— Obrigado.

A formação volta a se organizar e espera pelo meu chamado. É uma loucura, sabendo que todos esses caras estão esperando pela minha palavra. Eu controlo o jogo, o relógio. Envolvendo-me com esse poder, forço a dor para longe dos pensamentos e a supero.

Depois de marcar um *touchdown*, saio do campo para fazer uma pausa e tomar um pouco de água, tão necessária. Tirando o capacete, tomo o máximo que consigo sem estremecer. Quando olho para a multidão, todos na cidade estão acenando para mim ou torcendo. Sou colocado em um pedestal aqui. Todos me observam, mas não dizem nada. Nunca tenho problemas por nada. Beber sendo menor de idade, festas, fogueiras, corridas de carro. Nada disso.

Com o canto do olho, sinto alguém encarando direto a minha alma. Movo meu olhar pelos rostos até encontrar aquele que está me chamando. É Jonah. Ele está me observando como ninguém nunca fez. Como se estivesse tentando me desvendar, tentando entender. Parado ao lado das arquibancadas, encostado na divisória de metal com as mãos nos bolsos, ele não vacila quando olho de volta. O que é que ele tem?

Ele é fácil de irritar, protetor com a irmã, e não tem medo de me mandar ir me foder. Por que isso me deixa duro? Balançando a cabeça para deixar de pensar no filho do pastor, concentro-me no jogo.

Durante o resto da partida, eu o sinto me observando, e isso faz minha pele arrepiar. Perdi três passes porque estava distraído. Irritado comigo mesmo, tiro o uniforme e coloco jeans e uma camiseta limpa branca.

— Ei, cara, vai para a... puta merda. Onde se machucou? — A pergunta de Taylor é interrompida quando vê minhas costas.

Dá para imaginar como ficam os hematomas quando se adiciona os *tackles*, os ataques da defesa, que eu levei hoje à noite. Estou com a cabeça tão cheia que esqueci de me certificar de escondê-los.

— Aquele zagueiro era um grande filho da puta. — Descarto o assunto como se não fosse grande coisa, mas sei que ele é capaz de ver a verdade. Somos amigos há tempo suficiente para ele saber que meu pai é um bêbado perverso.

— Você vem para a festa?

BULLY KING

37

— Sabe que sim. A porra de uma cerveja cairia bem agora.

Ele bate no meu ombro e sai enquanto amarro meus sapatos.

Pego a bolsa e vou em direção à minha caminhonete. A mão de alguém agarra meu braço quando estou a poucos passos do vestiário.

— Que porra é essa? — Virando-me, pronto para esmurrar alguém, paro quando vejo que é meu pai parado na minha frente. — Que porra você quer?

— É melhor maneirar no jeito que você fala comigo — diz, bravo, me empurrando para as sombras, onde é menos provável que sejamos vistos.

Meu corpo dói desde a última rodada de brigas com ele e depois da surra que levei em campo. Não sei quanto mais ferimentos consigo aguentar e ainda agir como se nada estivesse errado. Com uma das mãos no meu peito, ele me empurra contra a parede, e eu assobio por entre os dentes.

— Que diabos foi aquilo lá fora? Você jogou mal pra caralho — rosna.

— Nós ganhamos, não é? Talvez eu jogasse melhor se minhas costelas não estivessem quebradas. — Eu o empurro para longe e dou um passo à frente. — Tire as malditas mãos de mim.

As costas de sua mão se conectam com a minha face e minha cabeça vira com tudo de lado, a dor explode no rosto.

Minha mão sobe para esfregar a mandíbula, esperando que não esteja quebrada e que meus dentes estejam no lugar. Cuspo sangue no chão e olho para o meu pai com cada grama de ódio que tenho por ele estampado no rosto.

— Vou dançar em seu túmulo. — Viro as costas para ele e vou embora, sabendo que não estou em condições de enfrentá-lo.

Não posso vencê-lo, não quando ainda estou tentando me curar. Não posso levar outra surra agora, então tenho que ir embora antes de irritá-lo.

— Aí está você. — A voz de Mary me faz tirar a mão do rosto.

Porra. Ela viu meu pai?

— Ei. Você está pronta para ir ao Blakes's?

Ela se aproxima de mim e eu coloco o braço em volta de seus ombros. Seu braço envolve minha cintura, e eu estremeço. Ela para de andar, me forçando a parar.

A preocupação está escrita em seu rosto enquanto me olha, procurando evidências do que me deixou tenso.

— Estou bem. Só levei alguns *tackles*. As minhas costas estão doloridas. — Pego sua mão e ela a aceita, entrelaçando nossos dedos.

Espero que esteja escuro o suficiente e eu tenha o tempo necessário para que meu rosto não esteja mais vermelho quando ela o vir. Jonah está encostado na minha caminhonete, observando conforme nos aproximamos. Seus olhos estão grudados em nossas mãos, o corpo rígido, como se quisesse dizer alguma coisa.

Jogo a bolsa com um baque alto na caçamba, e seus olhos se voltam para o meu rosto, focando na bochecha. Seus olhos se estreitam, tentando dar uma olhada melhor, mas viro o rosto um pouco para obscurecer sua visão. Não preciso de suas perguntas, droga.

— Certo, entre, menino da Bíblia. — Destranco a caminhonete com o controle no chaveiro.

Jonah entra no banco de trás e eu fecho a porta dele para abrir a da frente para Mary. Eu a ajudo a entrar e repito o gesto para ela. Afinal, sou um cavalheiro do sul.

O trajeto até o Blakes's é rápido e tranquilo; todos parecem estar perdidos em seus próprios pensamentos. Quando chegamos, há carros estacionados por toda parte e a festa está a todo vapor. Sorrio para o tumulto diante de mim. É exatamente o que preciso.

Jonah, Mary e eu saímos da caminhonete e pego a mão dela, para mantê-la comigo. Não posso deixá-la se perder e alguém tentar chegar nela. Não que eles fariam. Agora, todo mundo sabe que ela é minha.

Música country nas alturas lá dentro, copos vermelhos enchem o quintal e as pessoas já estão vomitando. Dou risada de alguns dos meus companheiros de time subindo as escadas com uma garota para dividir entre eles. Devassidão no seu melhor.

Mary para atrás de mim, e eu me viro para ver o que chamou sua atenção. Na sala há algumas líderes de torcida dando lap dances para alguns dos jogadores de futebol. Não muito tempo atrás, eu estaria entre eles.

Olhando para Mary e Jonah, sorrio com o choque em seus rostos. Eles estão tão deslocados. É óbvio que nunca foram a uma festa pós-vitória. A mão de Mary vai até a garganta ao observar.

Inclinando-me para perto, sussurro em seu ouvido, os olhos fixos em Jonah.

— Bem-vindos ao *after-party*.

— Nós não deveríamos estar aqui — avisa Jonah, puxando o braço de Mary. — O que nosso pai diria?

— Ah, qual é, menino da Bíblia. Se divirta. — Passo por trás dele e agarro seus braços para sacudi-lo um pouco. — Viva um pouco.

BULLY KING

— Já estamos aqui. Nós podemos muito aproveitar por um tempo. — Os olhos de Mary não deixam as líderes de torcida, agora montando os caras e se esfregando neles com os lábios grudados um no outro.

Alcanço sua mão novamente, e ela me deixa afastá-la da cena.

Interessante.

A doce e pequena Mary é uma garota safada, afinal.

Um sorriso predatório toma conta do meu rosto. A vontade de arruiná-la é muito forte.

Na cozinha tem barril, garrafas de licor e batedeiras alinhadas nos balcões com pessoas misturando suas próprias bebidas. As pessoas aqui são uma mistura de estudantes do ensino médio e veteranos formados, a maioria dos mais velhos sendo homens em seus vinte e poucos anos procurando garotas bêbadas do ensino médio para foder. Cada louco com sua mania.

Pego uma cerveja do barril e entrego o copo vermelho para Mary. Ela o segura, olhando ao redor antes de tomar um gole. Seu rosto se contorce quando abaixa o copo, obviamente não gostando do sabor.

— Você aprende a gostar com o tempo. — Dou risada, levando meu copo aos lábios. — Vai se acostumar.

Bebo minha cerveja e jogo meu copo na pilha onde a lata de lixo deve estar. Está tão cheio, que não dá para vê-lo mais.

Minha mão viaja ao longo de sua cintura e para na parte baixa das suas costas. Eu a puxo para mim até que haja apenas um centímetro de espaço nos mantendo separados. Sua respiração falha, as bochechas coram, e seus olhos descem em meus lábios.

As mãos de Mary viajam suavemente pelos meus braços, dos ombros até suas palmas descansarem no meu peito. Ela quer que eu a beije. Sinto isso até a medula dos meus ossos. Aposto que ela nunca foi beijada antes.

E quanto a Jonah?

Ele já foi beijado antes?

Precisando que os pensamentos de Jonah parem, roço meus lábios contra os de Mary. Ela treme contra mim, seus seios encostando no meu peito. Quero me perder na sensação dessa garota. Quero esquecer meu pai e os sentimentos que Jonah desperta em mim e simplesmente desaparecer na inconsciência. Mas não consigo.

Sinto seus olhos em mim. Ele está observando cada movimento meu. Meus olhos se abrem, travando no furioso olhar castanho de Jonah Cohen.

ANDI JAXON

Com eles em mim, meu pau endurece. Movo a mão para agarrar o cabelo de Mary, mudando o angulo do beijo até ela gemer contra mim. Minha língua desliza entre seus lábios para explorá-la. Ela não tem prática, mas é natural, aprendendo depressa o que eu gosto.

O tempo todo explorando a boca de Mary, não desvio o olhar de Jonah. Sou incapaz disso. Uma parte de mim deseja que fosse com ele que meus lábios estivessem conectados. Essa parte quer ver apenas o que será necessário para fazê-lo surtar de vez. A última parte só gosta de sacanear com ele.

Fogo acende em seus olhos quanto mais aprofundo o beijo com Mary, mas não é raiva.

O que é?

Arrastando meu olhar para baixo de seu corpo, meus olhos param em seu pau pressionado contra a calça.

Ora, ora, ora.

O que temos aqui?

Libero os lábios de Mary e traço beijos de sua mandíbula até o pescoço. Meu foco apenas em Jonah, aposto que poderia contar seus batimentos cardíacos pela pulsação da veia em sua testa. Quando meus dentes roçam o pescoço de Mary, seu pau se contrai.

Um sorriso perverso surge em meus lábios. *Que interessante.*

BULLY KING

OITO

Jonah

Meu sangue ferve quando Roman me encara ao mesmo tempo em que beija minha irmã. Cercado por colegas de classe que o deixam escapar impune de qualquer coisa, eu saio correndo. Ainda bem que Mary não é estúpida suficiente para deixá-lo apalpá-la ou fazer sexo com ela ali mesmo na cozinha na frente de todos.

Essa mudança foi a pior decisão que nosso pai já tomou. Mary está indo por um caminho ruim, e nada que eu diga vai detê-la. Sem falar em mim, cobiçando um cara que me trata como lixo. Ele gosta de me irritar, me pressionar, mas não entendo o porquê. Ele é um garoto rico mimado que nunca teve consequências, e demonstra isso.

Na varanda dos fundos, está mais vazio e consigo me acalmar um pouco. Tem uma grande fogueira e as pessoas estão ao redor dela, curtindo e bebendo. Está mais calmo aqui sob o céu noturno com a música estrondosa abafada em um som maçante.

Precisando extravasar da frustração que me domina, ando ao redor da varanda. As sombras me engolem, me permitindo realmente respirar pela primeira vez em horas. A única vez que consigo relaxar é quando estou sozinho no meu quarto.

Ter que esconder minha preferência por homens – estar sempre em alerta constante para ter certeza de não ficar olhando por muito tempo, de não dizer algo sobre não estar interessado em garotas, ou ter que fingir estar interessado para que ninguém suspeite – é exaustivo e estou cansado disso. Por que não posso simplesmente ser aceito por quem eu sou?

Inclinando-me contra a grade da varanda, eu suspiro, um som profundo. Meus ombros cedem e abaixo a cabeça enquanto fecho os olhos. Não sei quanto tempo fico ali, perdido na paz de estar sozinho. Posso me esconder nas sombras, finalmente capaz de respirar. Este é o último lugar que eu quero estar. É demais querer se sentir aceito?

De vez em quando, uma risada flutua em minha direção, pedaços de conversa. Desde o primeiro dia de aula, Roman colocou Mary sob sua proteção, por assim dizer, e a apresentou a seus amigos. Mas eu? Eles me fazem tropeçar toda vez que passo por um jogador de futebol na sala de aula. Toda. Vez. Os professores não dizem nada, exceto:

— Cuidado por onde anda.

Estou tão concentrado em meus pensamentos que não ouço passos se aproximando de mim. Não noto ninguém perto até um peito duro ser pressionado contra minhas costas, uma respiração furiosa soprar em meu pescoço e mãos firmes agarrarem meus quadris com força suficiente para machucar.

Atordoado demais para dizer qualquer coisa e assustado demais para me mexer, espero e prendo a respiração.

— Acho que te entendi, menino da Bíblia.

Minha coluna se endireita com a voz de Roman, seus lábios roçando a pele na base do meu pescoço enquanto fala, causando arrepios em minha pele.

Nós de pavor se formam no estômago. O que ele descobriu? Ele se deu conta? Vai contar para alguém?

Meus quadris são puxados para trás tão rápido que preciso apoiar minhas mãos no corrimão de madeira ou cair. Ofego com a sensação momentânea de cair, morrendo de medo. Seus dedos afundam em meus quadris, forçando as costas a dobrar e a bunda pressionar na sua virilha. Seu pau está duro.

Virando a cabeça, tento dar uma boa olhada nele, mas a falta de luz esconde seu rosto.

O que diabos está acontecendo? O que ele está querendo?

Meu coração está acelerado no peito enquanto meu cérebro tenta descobrir como isso vai se desenrolar.

— O que está fazendo?

Roman sorri para mim e não há nada de reconfortante nisso.

— Estou testando uma teoria.

Medo preenche meu corpo, cada músculo tenso e pronto para fugir.

Minha boca está seca, dificultando para eu engolir.

— Que teoria? — Minha voz falha quando o medo e o desejo lutam dentro de mim. Não posso confiar nele, mas é tão bom senti-lo contra mim.

Roman se inclina para sussurrar em meu ouvido, a barba no seu rosto arranhando meu pescoço, fazendo arrepios se espalharem pela minha pele.

— Você é gay, menino da Bíblia. — As palavras saem de seus lábios,

BULLY KING

como se não tivesse acabado de assinar minha sentença de morte.

O terror como eu nunca senti é um cobertor molhado ao meu redor, tão apertado em volta de mim que não consigo respirar. Não consigo falar, não que eu saiba o que dizer de qualquer maneira. O que acontece agora? Minha respiração está irregular, ofegante, um milhão de pensamentos e cenários passando pela minha cabeça.

Os quadris de Roman se movem, empurrando a minha bunda. Ele está duro. Muito duro.

Roman King é gay?

— O que vai fazer? — Minhas palavras são murmuradas, a garganta está apertada demais para falar mais alto.

— Não tenho certeza ainda — rosna baixo em seu peito e empurra mais forte contra mim.

Nunca odiei calças mais do que neste momento. Quero desesperadamente saber como é ter sua pele contra a minha. Ninguém nunca me tocou assim. Eu nunca tentei ficar com uma garota, já que não me interessam. Sou virgem em todos os sentidos que alguém pode ser. Puro e à espera de casamento, tal como o meu pai exige.

Como a igreja exige.

E assim, a culpa faz meu pau esvaziar e minha coluna se endireitar.

— Fique longe de mim. — Empurro seu peito com o antebraço e me afasto dele.

Ele me solta, recuando para se recostar na casa. Ainda não consigo distinguir sua expressão ou ver seu rosto direito.

— Difícil ficar longe quando estou saindo com você.

— Você está saindo com a minha irmã, não comigo. — A distinção é importante. — Onde ela está?

— Ela está bem. — Ele dá de ombros.

— Não foi o que perguntei. Onde ela está?

Ele não diz nada; só continua dando de ombros.

— Se não está interessado nela, pare de brincar com ela.

— Ah, mas onde está a graça nisso? — Seu tom é atado com diversão e faz meus dentes rangerem.

Afastando-me dele e da bagunça confusa em que ele me transforma, vou para a parte de trás da varanda onde é iluminado. Ao redor da fogueira, Mary e algumas líderes de torcida estão sentadas, bebendo em copos vermelhos. Ela está se divertindo.

44 **ANDI JAXON**

Os passos de Roman param atrás de mim, ainda coberto pelas sombras.

— Ela é uma boa menina. Uma boa garota religiosa que estou ansioso para corromper.

Minha mandíbula aperta e fervo de raiva. Ele é um idiota mimado e nada mais.

Ele dá um passo, dando a volta por mim e se dirige para Mary, envolvendo o braço no ombro dela e pegando seu copo para tomar um gole. Ele olha para mim e pisca com aquele sorriso estúpido no rosto.

Eu o odeio.

BULLY KING

NOVE

Roman

Quando chego em casa no sábado de manhã, meus pais não estão em lugar nenhum, e só Deus sabe o que estão fazendo. Pela aparência da sala, ele estava bêbado na noite passada. Novamente. A coisas quebradas fazem a culpa me comer por dentro. Eu não estava aqui para protegê-la.

Tirando meu celular do bolso, mando uma breve mensagem para ela, me desculpando por não estar aqui e subo as escadas para tomar um banho.

O vapor sai do chuveiro, enchendo o quarto de calor. O jato bate em meus ombros, bolinhas quentes que ardem e acalmam. Meu corpo dói. Saber que estou quase fora daqui, estou quase fora desta porra de casa, é uma bênção e uma maldição. Há um fim à vista; o abuso está quase acabando. Mas estou tão cansado disso. Não sei quanto mais eu consigo aguentar. Quando eu for embora, quanto tempo vai levar para aquele filho da puta matar a minha mãe? Ela não vai embora. Já tentou antes, mas ele a encontrou. Quase custou a vida dela. Se eu não tivesse voltado para casa quando o fiz, tenho certeza de que ele a teria matado.

Afastando as memórias, lavo o meu corpo sem demora até que minha mão escorregadia de sabão agarra meu pau. Em um instante, o sangue está correndo para ele, transformando meu membro em aço ao lembrar da bunda de Jonah pressionada contra mim na noite passada.

Deus, eu o queria. Queria sentir sua pele com a minha, ouvir seus gemidos e lamentos enquanto o tocava.

Eu me obrigo a parar e sair do chuveiro. Só de pensar é perigoso demais.

Com uma toalha enrolada na cintura, verifico as contusões. Minhas costelas, que estavam ficando verdes, estão azuis outra vez, graças ao jogo de ontem à noite. Odeio essa porra de lugar. Aqui no Cinturão Bíblico, devemos ser pessoas piedosas, apenas se preocupando em defender a palavra do Senhor. Em vez disso, todos fecham os olhos para abusos flagrantes por causa do futebol. É uma piada do caralho.

Pegando algumas roupas, me visto para o meu encontro com Mary e Jonah. Eu amo e odeio o jeito que ele olha para mim. Como se pudesse me ver de verdade. Não deveria tê-lo tocado ontem à noite, mas foda-se, foi bom. Nenhuma garota pressionada contra mim foi bom daquele jeito. Nunca.

Enfiando só a frente da camisa por dentro do jeans, penteio o cabelo e coloco meus sapatos. Pego minhas coisas e saio do quarto.

— Roman. — A voz áspera de minha mãe me pega desprevenido. — Faz tempo que não te vejo.

Ela está encostada no balcão fazendo café, vestindo roupas que quase caem dela. Seu sorriso, outrora belo, está triste quando olha para mim, e vejo um hematoma roxo inchado fechando seu olho.

Porra.

— Merda. Sinto muito, mãe.

Uma lágrima escorre pelo seu rosto quando ela desvia o olhar do meu.

— Eu deveria estar aqui. — Ando ao redor da ilha da cozinha e a envolvo em um abraço.

Ela desaba, inclinando-se para mim, e chora na minha camisa. Minha mão faz círculos vagarosos em suas costas. Presumo que haja mais hematomas que não consigo ver e não quero causar mais dor a ela.

Ela está tão presa aqui quanto eu.

— Ele tem sido um verdadeiro idiota ultimamente. Eu tenho evitado ele.

Ela engole, e sei que uma desculpa está chegando. É uma segunda natureza para ela neste momento. Não posso nem ficar bravo por isso.

Ela dá um passo para trás e levanta o café para soprar o líquido quente.

— O trabalho foi estressante esta semana. As coisas vão melhorar. — Ela não olha para mim quando a mentira cai de seus lábios e uma lágrima escorre pelo seu rosto. Ela sabe tão bem quanto eu que não vai melhorar.

Eu aceno, mas não digo nada. Não adianta mais discutir com ela. Beijo seu cabelo e me inclino contra o balcão. Ela merece muito mais do que a vida que está vivendo. Gostaria que o fígado do meu pai simplesmente falhasse e o matasse logo.

— Voltarei mais tarde. Por que não dorme um pouco ou toma um banho?

Ela concorda com a cabeça e sobe as escadas. Pela caminhada cuidadosa e pelos hematomas na nuca, sei que não está trancando a porta do quarto à noite. Está tão desesperada para que ele a ame. Ele vai matá-la qualquer dia desses.

BULLY KING

Pulando na caminhonete, dirijo por um tempo, precisando espairecer a cabeça. Tenho que estar focado esta tarde, portanto, preciso bloquear minhas emoções.

Descendo a rua em que os Cohen vivem, paro no meio-fio e desligo o motor. É uma caminhada rápida até a porta, e meus dedos estão levantados para bater quando a porta se abre e encontro uma Mary animada. Seus cachos saltitantes estão soltos, emoldurando seu rosto com um toque de maquiagem. Ela decidiu usar jeans e uma camisa mais larga que roda quando ela se move. Ela é bonita, como uma garota da casa ao lado. Inocente e doce.

— Oi — diz ela, a ansiedade e o nervosismo a deixando quieta.

— Oi. — Eu sorrio para ela.

Ela é adorável, mas o que chama minha atenção é Jonah atrás dela, de jeans e camiseta. Ele só usa calça cáqui e polos na escola, mas esse visual descontraído cai bem. Muito bem. Seus olhos encontram os meus, o castanho tão parecido com o de Mary, mas um pouco mais verde.

Mary olha por cima do ombro para ver o que estou olhando e seu sorriso desaparece.

— Sinto muito que ele tenha que ir conosco.

Voltando-me para ela, dou-lhe uma piscadela.

— Tranquilo. Vai dar tudo certo.

Mary se vira e grita por cima do ombro.

— Tchau! Estamos indo!

Sorrio quando sua mão empurra meu abdômen para me fazer recuar, determinação em seu rosto.

— Ah, não, espere! — chama o Sr. Cohen, caminhando rapidamente em nossa direção. — Calma aí, mocinha.

Mary geme, a cabeça caindo para frente. Pelo menos o pai dela se importa, o que é muito mais do que posso dizer sobre o meu.

— Boa tarde, Roman. — Sua expressão é séria.

Tenho certeza de que ele realmente não quer que Mary e Jonah saiam comigo. Eu sou um risco. Ele se concentra no olho roxo, e espero pelas perguntas. As mentiras que contei circulam pela cabeça.

Os meninos e eu estávamos brincando e levei uma cotovelada. Os meninos e eu estávamos brincando e levei uma cotovelada.

— Boa tarde, senhor.

O Sr. Cohen está diante de mim, as mãos na frente dele e os ombros para trás. Ele é o pastor agora. Tenho certeza de que tem um discurso preparado.

— Você é um arruaceiro? Perguntei a seu respeito, mas ninguém parece saber muito mais do que você ser um "quarterback muito bom". — Ele finge um sotaque sulista para sua citação, e não consigo deixar de sorrir. É tudo que alguém por aqui quer saber sobre mim.

— Não sou um arruaceiro, senhor. — *Os meninos e eu estávamos brincando.* — Meu pai e eu tivemos um desentendimento.

A cor desaparece do meu rosto e meus olhos se arregalam.

Mas. Que. Porra?

Por que eu acabei de dizer isso?

Os olhos de todos estão em mim, tão surpresos quanto eu com a verdade de minhas palavras. Mary e a Sra. Cohen ofegam com a mão pressionada na boca. Jonah se desencosta na parede. Seus olhos encontram os meus; preocupação e confusão fazem com que as suas sobrancelhas se abaixem e se juntem.

Obviamente, não esperando minha resposta, Sr. Cohen abre a boca e a fecha algumas vezes antes de desistir e fechar os olhos. Fico ali, mais envergonhado do que jamais me lembro de estar, querendo vomitar com todo mundo olhando para mim.

O Sr. Cohen respira fundo e olha para mim mais uma vez.

— Você já fez sexo, Roman?

Quê?

Eu não esperava isso.

Meus olhos quase saltam da cabeça.

— Uh. Sim, já.

Os olhos de Jonah se arregalam e eu quase sorrio com a expressão espantada e surpresa pela minha resposta. Ou por eu ter contado ao pai dele, ou por não ser virgem, não tenho certeza.

— As más companhias arruínam a boa moral. Isso é da Primeira Carta aos Coríntios. Você é uma má companhia para os meus filhos?

Sim, eu sou.

— Não, senhor, não sou. Tenho tudo sob controle. Não tem nada a temer de mim.

— Tenho algo a temer de todos os jovens que desejam passar um tempo com minha filha.

Mary geme, Jonah revira os olhos nas costas do pai, e eu sorrio.

BULLY KING

— Segunda Carta a Timóteo 2:22 diz: "Fuja dos desejos malignos da juventude e siga a justiça, a fé, o amor e a paz, juntamente com os que, de coração puro, invocam o Senhor". Meus filhos têm um coração puro. Siga-os, e você também terá.

Eu aceno, sabendo que o oposto é exatamente verdade. Mary e Jonah têm corações puros, mas minha busca por eles não me dará um coração puro. Isso os levará à condenação.

— Tudo bem, pai, voltamos mais tarde. — Jonah dá um tapinha no ombro do pai, e todos nós saímos para a varanda.

Mary pega minha mão conforme vamos à caminhonete, Jonah atrás de nós.

Abro a porta do passageiro para Mary e estendo a mão para ajudá-la a entrar. Ela sorri para mim e pega minha mão oferecida. Do lado de fora, pareço um verdadeiro cavalheiro sulista. Mas por dentro, estou morrendo de vontade de deixar Jonah sozinho e nu.

DEZ

Jonah

Odeio isso. Eu não quero estar aqui, ver a minha irmã olhando com adoração para um idiota que parece passar mais tempo sorrindo para mim do que prestando atenção nela.

Depois de pegar pipoca e refrigerante na conveniência do cinema, conferimos nossos ingressos e seguimos para a sala número três. Como é tarde de sábado, tem poucas pessoas por perto para nos incomodar.

Um cara que eu nunca vi vem em nossa direção e para.

— Oi, Roman! Bom trabalho no jogo de ontem à noite.

Ele é definitivamente mais velho do que nós, mas não tem idade suficiente para ter filhos que vão para o ensino médio. Deve ser alguém que Roman conhece pelos pais dele.

— Obrigado. Foi divertido. — Roman dá ao cara seu sorriso de "eu sei que sou o melhor", e continuamos.

— Você conhece? — Mary pergunta.

— Na verdade, não.

— Ele parece te conhecer.

— Todo mundo me conhece. Sou o quarterback. Todos aqui sabem quem eu sou.

Ele diz isso com tanta casualidade, como era esperado, mas não consigo entender. Ele é um jogador de futebol do ensino médio. Quem se importa?

Roman abre a porta para nós, e todos nós entramos na sala escura. Os trailers ainda não começaram, então dá para enxergar um pouco, mas não está tão claro quanto o corredor.

Eu me afasto deles para me sentar sozinho, imaginando que prefeririam dessa forma, mas quando minha bunda encosta na poltrona, Roman está se sentando ao meu lado.

— O que está fazendo?

BULLY KING

51

Ele olha para mim com aquele sorriso que estou começando a detestar.

— Estou sentado, princesa.

— Você pode literalmente sentar em qualquer outro assento. — Eu gesticulo para o lugar. — Somos os únicos aqui.

Roman se inclina no meu espaço.

— É verdade, mas é mais difícil foder sua irmã com os dedos quando você está sentado ao nosso lado. Gosto de um desafio.

Estou chocado demais para responder. Eu fico ali, olhando para ele, pasmo. Quem diz coisas assim?

Com uma piscadela, ele se recosta na poltrona, levanta o apoio de braço entre ele e Mary e se acomoda para assistir ao filme. Apoiando-me no braço mais distante dele, eu como minha pipoca amanteigada e salgada enquanto as luzes diminuem e os trailers passam.

Mary e Roman dividem um pote de pipoca que está entre as pernas dele. Toda vez que sua mão se move, meus olhos são atraídos para suas coxas, mãos e lábios. Frustrado comigo mesmo, fico rígido no meu assento e encaro a tela.

Não vou olhar para ele novamente.

Mas essas mãos...

Não.

Acho que ele é gay. Ou talvez bi? Ele está aqui com a Mary e admitiu que já fez sexo antes.

Acho que ele está me sacaneando. Só tentando mexer comigo.

Mas ele estava duro na noite passada.

Mas que droga.

Fecho os olhos e me obrigo a respirar fundo, prender e soltar.

Por favor, Senhor, me ajude a tomar as decisões certas. Dá-me forças para evitar a tentação. Confie no Senhor de todo o seu coração e não se apoie em seu próprio entendimento.

O filme começa com a introdução clássica que todos os filmes da Marvel fazem antes da ação começar. Estou perdido na história, minha mão relaxada no saco de pipoca, quando outra pousa na minha coxa. O toque inesperado me faz pular.

A mão de Roman está na minha coxa, no alto dela, parada ali. O que ele está fazendo? Meu coração está batendo tão alto que não consigo me concentrar no que os atores estão dizendo. A adrenalina bombeia a cada pulso pelo meu corpo.

Não sei o que fazer. Eu ignoro? Tiro a mão dele de mim? Digo a ele para parar? Quero que ele pare?

Do canto do meu olho, posso vê-lo olhando para a tela como se não tivesse forçado meu cérebro a perder o controle. Será que ele sabe, ou sequer se importa, em como isso me afeta? Ele está só mexendo comigo para me irritar? O que ele está tentando provar?

Meu pau estica contra os limites do meu jeans. A mão de Roman está tão perto. O calor de sua palma queimando minha pele através do tecido. Estou em guerra comigo mesmo. Quero desesperadamente que ele me toque, mas vai contra tudo em que acredito.

Serei punido pelos meus pecados.

Com severidade.

Sem pensar, eu me levanto, forçando-o a soltar a mão ou deixar com que Mary veja o que ele está fazendo.

— Preciso ir ao banheiro. — As palavras escapam e solto meu saco de pipoca na poltrona dobrável e me afasto deles pelo corredor.

Nenhum dos dois diz nada, Mary se volta para o filme, mas posso sentir o olhar de Roman como uma carícia física.

Uma vez no banheiro, jogo um pouco de água no rosto e respiro fundo.

Não vou sentar ao lado de Roman. Vou sentar em outro lugar. Devo me afastar da tentação.

Dando-me um olhar severo, repito as palavras, termino de secar o rosto e as mãos e caminho em direção à porta. A porta se abre quando eu alcanço a maçaneta e Roman entra, fechando e trancando a porta.

E agora?

Sinto a garganta se fechar de novo, na expectativa do que ele vai fazer a seguir. Nunca sei o que ele fará, e isso me assusta demais.

Com um empurrão no meu peito, ele me apoia na parede e invade o meu espaço. Suas palmas estão contra o azulejo em ambos os lados da minha cabeça, me prendendo. Eu engulo, nervoso, esperando seu próximo movimento.

Por um momento, ele não diz nada. Apenas olha para mim, seus olhos descendo para os meus lábios. Com vergonha, eu lambo meus lábios secos e posso jurar que ele geme.

— Você é um péssimo ator.

Surpreso, eu olho para ele com confusão.

— O quê?

BULLY KING

— Você finge muito mal, o que significa que é um péssimo mentiroso.

— E o que isso tem a ver com essa situação? — Cansado de ter medo dele, eu o empurro para longe de mim.

Ele sorri para mim, como se eu estivesse fazendo exatamente o que ele quer.

Eu o odeio.

Ele mexe comigo e não posso dizer qual é o jogo dele. Ele é gay e tem medo? Ou ele está tentando me fazer admitir algo que ele possa usar contra mim?

— Eu vou foder sua irmã. — As palavras saem de sua boca com tanta casualidade que ele poderia estar falando sobre o tempo.

— Não, se depender de mim. — Dou um passo em direção a ele, punhos cerrados.

Roman solta uma risada.

— Você não tem nada com isso. Eu poderia transar com ela na minha caminhonete enquanto você está na aula e nunca saberia. — Ele se endireita, tentando usar sua altura para me intimidar. — Inferno, eu poderia transar com ela no refeitório, na frente de todo mundo, e ninguém me impediria.

Minha mandíbula aperta com tanta força que meus dentes doem. Sinto o pulsar da veia na testa.

— Fique longe dela.

Ele se inclina, aquele maldito sorriso ainda em seu rosto com um milímetro de espaço nos separando, quando seus olhos caem em meus lábios. Sua cabeça abaixa como se fosse sussurrar algo para mim, mas uma batida soa na porta.

A gente se afasta, respirando com dificuldade. Meu rosto queima de vergonha. Se alguém entrasse e nos visse tão perto um do outro, assumiriam que estávamos nos beijando. Graças a Deus ele trancou a maldita porta.

— Porra — resmunga Roman, passando a mão pelo cabelo.

Indo até a pia, abro a torneira e volto a molhar o rosto. No espelho, vejo Roman apertar seu pau, ajustando-o antes de abrir a porta. Com a arrogância que estou acostumada a vê-lo, ele a abre e sorri para a pessoa do lado de fora.

— Me desculpe. Não percebi que estava trancado. — E, assim, ele volta ao normal.

Sem olhar para trás, ele sai, como se nada tivesse acontecido.

ONZE

Jonah

De volta ao cinema, Roman está sentado ao lado de Mary. A determinação me alimenta quando sigo para a fileira atrás deles e sento bem atrás de Roman. Ele arqueia uma sobrancelha e vira só um pouco a cabeça para me ver, aquele maldito sorriso mais uma vez levantando seus lábios perfeitos.

Ficamos sentados por um tempo, perdidos na história que passa na tela. Mary se inclina para Roman, olhando para ele como se quisesse que a beijasse. Ele se aproxima dela e eu jogo o braço entre eles.

Mary pula como se tivesse esquecido que eu estava lá enquanto pego um punhado de pipoca que está de volta no colo de Roman.

— Só queria comer um pouco — comento com ela, colocando algumas na boca.

Roman sabe exatamente o que está acontecendo, e parece achar divertido, a julgar pelo sorriso em seu rosto. Seu polegar roça o lábio ao se voltar para o filme. Mary está com os braços cruzados, o pé balançando no ar, irritada.

Eu sei que ela vai me atacar mais tarde, mas valerá a pena. Eu me recuso a deixá-lo me intimidar ou ameaçar.

O filme prende nossa atenção mais uma vez, e nos acomodamos para assistir. Durante uma cena mais iluminada do filme, vejo a mão de Roman na coxa de Mary. Inclinando-me para frente, empurro o braço levantado e pego outro punhado de pipoca.

— Que diabos, Jonah? — diz Mary, ríspida.

— Desculpe, eu escorreguei.

Roman balança a cabeça, sua mão cobrindo um sorriso.

Pelo resto do filme, ele não a toca mais, mas fico de olho nele. Quando as luzes se acendem, todos nós nos levantamos. Roman se vira para Mary com o balde de pipoca ainda na mão. Sem pensar duas vezes, pego outro punhado; o balde batendo em sua virilha.

Roman olha para mim com ambas as sobrancelhas levantadas e um olhar de "sério?" no rosto.

— Qual é o seu problema? — sussurra Mary, brava.

— Estou com fome — respondo, dando de ombros, colocando algumas pipocas na boca.

Roman pega o balde e o empurra no meu peito.

— Aqui está, amigo.

A forma de seu pau empurrando contra seu jeans faz Mary ofegar e eu engolir.

Porcaria.

Ele não deixa a desejar no departamento de pau.

Roman olha fixo para mim, mas me recuso a desviar o olhar primeiro.

— Vamos te alimentar, então, hein?

— Hum... — A voz de Mary o faz se virar para ela.

— Não se preocupe, não é nada que um pouco de creme não resolva mais tarde. — Ele pisca para ela, passa o braço em volta dos ombros dela e a leva da sala.

Eles desaparecem ao virar no fim do corredor, e eu me vejo obrigado a parar um minuto para me acalmar. Droga.

Sigo para o saguão, jogando a pipoca fora no caminho. Quando os alcanço, Roman está com o braço em volta de Mary, rindo. Eles ficam bem juntos. Ela merece ser feliz, alegre. Se ele não fosse um idiota.

— Vamos comer um lanche. Venham — convida Roman, com um aceno de cabeça em direção ao estacionamento.

Ele nos leva para sua caminhonete, abrindo, de novo, as portas para Mary e para mim. É estranho, mas não digo nada. Não sei qual é a jogada dele, mas também não está prejudicando nada.

Pegamos os lanches, batatas fritas e milk-shakes de chocolate, depois seguimos por um caminho que eu não conhecia.

— Onde estamos indo? — Mary expressa a mesma dúvida que eu tenho.

— Temos uma pequena lenda na cidade. Achei que vocês, sendo de fora, gostariam de conhecer. — Os olhos azuis de Roman brilham com malícia quando encontram os meus no espelho.

A floresta é densa conforme descemos a estrada de terra. Sem placas ou casas, nada. É estressante estar tão longe da cidade. Será que Roman nos machucaria? Não tenho certeza.

A estrada de mão única se abre em uma clareira, e Roman estaciona a caminhonete. Uma velha placa de madeira com "Túnel Kenton" esculpida fica em frente a um túnel de tijolos, coberta de tinta spray. Algo aconteceu aqui. Dá para sentir. Uma sensação carregada, que pesa no peito.

As árvores ao redor da área balançam com a brisa leve, mas sem barulho. Nada de pássaros ou grilos.

— O que é isso? — pergunto, descendo da caminhonete.

As marcas pintadas de spray fazem este lugar se destacar, mas por que estão aqui? Preto, vermelho, azul, rosa, verde. Existem camadas e camadas de tinta sobrepostas.

— É assombrado — explica Roman.

Mary arfa, mas não diz nada.

Tirando o olhar do labirinto de tinta, com certa dificuldade, olho para onde Roman está arrumando nossos lanches em uma mesa de piquenique que não notei.

A gente se senta, Mary e Roman de um lado e eu do outro. Sentado de lado no banco, mantenho o túnel na minha linha de visão. Não quero virar as costas para isso, e não sei por quê.

— O que aconteceu?

Mary tira a tampa do milk-shake e mergulha uma batata frita dentro antes de colocá-la na boca. Pego o meu e tomo um gole, o chocolate doce toca na minha língua.

— Bem, diz a história, no início de 1900, um marido chegou em casa e encontrou sua esposa na cama com seu irmão. Ele passou muito tempo fora de casa, trabalhando na ferrovia. A lenda diz que ele afogou sua família no rio que corria pelo túnel. — Ele dá uma mordida em seu hambúrguer, dando uns instantes para tentarmos entender direito a sua história. — Este túnel inunda quando chove, tornando-o quase intransitável, especialmente à noite. Mas alguns dizem que se você estacionar seu carro lá em uma noite chuvosa, poderá ver os fantasmas da esposa e dos filhos dele.

— É assustador. — Mary estremece ao lado de Roman, e ele passa o braço sobre os ombros dela.

— Porque toda essas marcas de spray? — pergunto com a boca cheia de batatas fritas.

— É uma tradição por aqui os casais colocarem seus nomes nas paredes. — Ele dá de ombros como se não fosse grande coisa.

Ficamos sentados em silêncio por um tempo, almoçando e digerindo a

BULLY KING

57

informação. Levantando-me, eu me aproximo para inspecionar o túnel. Os jatos de spray cobrem a beleza natural dos tijolos, tornando-os chamativos.

É maior do que parece de onde estacionamos, pelo menos o dobro da minha altura. Um carro menor caberia facilmente aqui, embora eu ache que os retrovisores da caminhonete de Roman raspariam nas laterais.

— Jonah!

Eu me viro ao chamado de Mary.

— Vamos! Precisamos voltar.

Dando uma última olhada no túnel, volto para a mesa e limpo minha bagunça, as folhas mortas e gravetos esmagando sob meu tênis Vans.

O vento aumenta, e minha pele fica arrepiada. Tem algo aqui. Chame isso de espírito ou fantasma. Violência aconteceu aqui, e não foi embora. O mal deixa uma marca que a chuva não pode lavar.

A volta para casa é tranquila. Pelo menos, eu acho que é. Se Roman e Mary estão falando, não ouço. Estou com a cabeça cheia demais. Perdido em pensamentos sobre o que aconteceria se meu segredo, minha perversão, fosse descoberto. Eu também seria assassinado no rio que atravessa o túnel? Minha história seria contada como um aviso para os outros? Ou seria uma desgraça para a cidade que ninguém falaria de mim?

Antes que eu perceba, estamos parados na frente de nossa nova casa e Roman está saindo para abrir a porta de Mary. Ele para na calçada, com a mão também na maçaneta da minha porta, e me olha por um segundo. Segura meu olhar por um breve momento, não o suficiente para Mary dizer alguma coisa, mas eu percebo. Vejo algo em seus olhos. Talvez medo. Do que Roman King, o famoso quarterback de Kenton High, tem medo?

Minha porta se abre ao mesmo tempo que a de Mary, só que Roman oferece a mão a ela enquanto eu desço sozinho. Espera-se que aconteça assim. Ele segura a mão dela, acompanhando-a até a varanda, comigo seguindo atrás deles.

Eu tenho que admitir, ele é legal com ela. Segura a mão dela, abre portas, beija sua testa. Posso ver por que ela gosta dele se este é o único lado que ela viu. Mas eu vi um diferente e é difícil fazer os dois lados dele se encontrarem ao mesmo tempo. Não faz sentido. Ele é realmente uma boa pessoa ou não?

Eles param na varanda para conversar, e eu continuo para entrar em casa. Ao passar por eles, sua mão roça a minha, só por um segundo, e meu coração bate forte. Virando-me, olho por cima do ombro e ele está me observando.

— Saia comigo de novo. — Sua cabeça está abaixada como se estivesse falando com Mary, mas seus olhos estão em mim.

Engulo o nó na garganta, esperando por sua resposta. Se ela disser sim, serei forçado a ir, também. Ela sabe disso tão bem quanto eu.

Mary se inclina para ele, suas mãos pousando em sua cintura, e seus olhos vacilam. Se eu não o estivesse observando tão de perto, não teria visto, então duvido que ela tenha notado. Ela fica na ponta dos pés e roça os lábios nos dele de leve.

— Com certeza.

Ele sorri e volta a olhar para Mary. A respiração que eu não sabia que estava segurando é expelida dos meus pulmões e eu rapidamente entro na casa e no meu quarto. Jogando-me na cama, deito de costas e olho para o teto.

O que eu vou fazer?

Pegando minha Bíblia da mesa, eu a abraço no peito e rolo de lado com as costas voltadas para a porta.

Por favor me ajude, Senhor. Eu preciso de Sua força, Sua orientação, Seu amor. Por favor, guie-me com a Sua luz através disso. Não sou forte suficiente para superar isso sozinho. Sei que preciso de Ti em meu coração e em minha vida para me guiar, como todos os bons pais fazem por seus filhos.

A pressão no meu peito é excruciante enquanto tento manter os soluços baixos. Lágrimas escorrem pelo rosto e encharcam o travesseiro, rasgando meu coração. Não posso ficar perto de Roman. Ele me faz querer coisas que não posso ter.

Minha família merece um filho inteiro, não essa casca quebrada de menino que eu sou. Ajude-me a melhorar. Mostre-me o que preciso fazer. Por favor.

Adormeço com lágrimas ainda molhadas no rosto, uma tristeza no coração que temo nunca acabar e um vazio que nenhuma garota jamais preencherá.

BULLY KING

DOZE

Roman

Depois de deixar Mary e Jonah, vou para a casa do Taylor para sair. Qualquer motivo para não ir para casa é bom.

Taylor é meu melhor amigo desde o jardim de infância. Conheço esta casa tão bem quanto conheço a minha e, embora seja muito menor, é confortável. Não vou ficar esperando meu pai chegar em casa e começar a jogar coisas ou gritar com a minha mãe. Aqui eu posso relaxar.

Sentado em seu quarto, ele na cama e eu encostado nela, estamos matando alienígenas em Halo e bebendo cerveja.

— Morre, filho da puta! — grita Taylor, com uma fera particularmente forte na tela. — Chupa o meu pau, filho da puta!

Dou risada, assumindo a minha posição de franco-atirador e derrubo a fera com um tiro atrás da cabeça.

— Ei! Eu tinha aquela filha da puta sob controle! — grita comigo e eu caio na risada.

— Você estava a cinco segundos de ser rasgado ao meio. — Eu tomo um gole da cerveja e coloco a garrafa de volta na mesa de cabeceira. — Pode me dizer "obrigado" a qualquer momento. Salvei sua vida.

— Eu tenho o seu "obrigado" bem aqui — murmura.

Dou risada dele de novo.

— Como foi seu encontro? Suponho que como já está enchendo o meu saco, você não transou.

O rosto de Jonah aparece na minha cabeça. Quando ele voltou para o cinema e não se sentou conosco, fiquei furioso. Eu o queria perto de mim – não, *precisava* dele perto de mim. Não entendo nada disso. Nunca fui possessivo com uma garota com quem namorei. Por que ele é diferente?

Taylor dá um tapa na minha cabeça.

— Perguntei como foi o seu encontro?

— Ai, filho da puta. — Esfrego onde ele atingiu. — Foi bom. Assistimos o novo filme da Marvel e comemos hambúrgueres. Eu os levei de carro para mostrar o túnel.

— Oh. — E fica quieto.

Ele conhece as histórias do que aconteceu lá fora. Nenhuma delas é feliz. O que eu contei a Jonah e Mary era apenas a ponta do iceberg. Pelo que sabemos, foi a primeira morte, mas não a última, e houve outras merdas que aconteceram lá. É como se brotasse morte e destruição do lugar.

— Achei que iria interessá-los, já que não são daqui. — Dou de ombros, como se não fosse grande coisa, mas queria ver como eles reagiriam ao lugar.

Algumas pessoas são atraídas pela escuridão, enquanto outras têm medo dela. Parece que Jonah é o primeiro, enquanto Mary é o último. Faz sentido, no entanto. Mary é doce, inocente e pura, ao passo que Jonah foi ensinado que o que ele sente é errado, vergonhoso e destinado ao inferno.

Taylor e eu não conversamos muito mais quando terminamos aquela fase do jogo. Colocamos nossos controles na cama e eu me levanto. Pego minha garrafa para beber o resto da cerveja amarga, e Taylor dá um tapa na minha barriga. A dor explode e eu engasgo com a bebida, tossindo e cuspindo, e minhas costelas gritam para mim.

— Porra — arfo, dobrando os joelhos com o braço nas costelas.

Taylor pula da cama.

— Merda! Cara, me desculpe.

Minha respiração fica ofegante por um minuto antes que a dor se acalme o suficiente para eu conseguir me endireitar. Não preciso ver o rosto dele para saber que ele se sente péssimo. Sabe com o que eu lido em casa, mas nem sempre é tão ruim assim.

— Não se preocupe. Estou bem. — Eu o afasto.

Não precisa se sentir mal. Ele estava brincando, nada mais.

— Essa não foi a reação de alguém que está bem. — Ele está na minha frente com os braços cruzados, os pés plantados no chão. — Vamos ver isso.

Sabendo que não adianta discutir, levanto a camisa e mostro as manchas roxas e pretas que compõem a maior parte do meu torso.

— Puta merda! — Taylor estende a mão como se fosse me tocar, mas eu agarro seu pulso para detê-lo. — Você já consultou um médico para ver isso?

— Você sabe que não. O que eu diria a eles? Que escorreguei e caí? — zombo dele, deixando cair a camisa.

BULLY KING

— Pelo menos deixe a minha mãe olhar. Sabe que pode confiar nela.

A mãe de Taylor é enfermeira e já fez curativos em mim antes. Percebo o quanto ela sofre por fazer isso, então não procuro ajuda a menos que eu realmente precise.

— Não há nada que ela possa fazer pelas costelas quebradas. — Pego meu telefone e as chaves e me viro em direção à porta. — Vou para casa. Vejo você na igreja amanhã?

— O quê? — Ele parece tão surpreso que eu me viro e olho para ele com um sorriso. — Você vai à igreja amanhã?

— Era uma condição para poder sair com a filha do pastor.

Taylor ri, alto. Curva-se, segurando a barriga, ainda rindo.

— Não é tão engraçado, idiota. — Jogo uma lata vazia de refrigerante para ele.

Ele se levanta e finge enxugar as lágrimas dos olhos.

— Isso é hilário pra caralho.

— Cala a boca. — Eu me viro para sair, mas paro. — Certifique-se de ter uma garrafa de água ou algo assim, caso eu pegue fogo, no entanto.

O sorriso de Taylor ilumina seu rosto desta vez.

— Deixa comigo.

Quando chego em casa, tudo o que quero fazer é desmaiar por algumas horas. Ainda está cedo, então, se eu dormir agora, ficarei acordado a noite toda. Curar ossos quebrados e machucados é exaustivo demais; fingir que não estou com dor constante só piora as coisas.

Meu pai está na sala assistindo a reprise de um jogo de futebol com uma cerveja na mão e minha mãe está na cozinha fazendo o jantar quando entro em casa sem muita animação. Olhando de fora, parece que somos uma família normal.

Como estão errados.

— Roman! — chama mamãe quando me vê. — O que fez hoje?

— Eu tive um encontro, depois fiquei na casa do Taylor por um tempo — respondo, enquanto passo pela cozinha a caminho das escadas.

— Um encontro? Que ótimo. Com quem? — pergunta, vindo para o corredor, secando as mãos em uma toalha.

— Mary Cohen. O pai dela é o novo pastor da Primeira Igreja Batista.

— Oh. Ela parece ser uma garota meiga. — Ela olha para a sala quando meu pai se move, então se vira para mim depois que ele se acomoda. — Como foi?

— Foi bom, mãe. Estou cansado. Vou tomar um banho e talvez me deitar.

Ela vem em minha direção e leva a mão à minha testa para verificar se estou com febre, como se não tivesse um olho roxo. É tão maternal, me deixa triste e feliz ao mesmo tempo.

— Você está se sentindo bem? — A preocupação está escrita em seu rosto.

— Estou bem, apenas cansado do jogo de ontem à noite, eu acho. — Não posso dizer a ela como minhas costelas estão quebradas. Isso acabaria com ela e a faria voltar para a concha em que está há tanto tempo.

— Tudo bem. Deixarei um prato separado para quando você quiser comer. — Ela beija meu rosto e volta para a cozinha.

Eu fico lá no corredor por um minuto depois que ela desaparece. Não me lembro da última vez que ficou assim. Quase normal. Ela não está se encolhendo, tremendo ou chorando.

Odeio meu pai ainda mais. Como ele pôde fazer isso com ela? Com a gente? Ele deveria ser um cidadão íntegro, a imagem de sucesso para nossa cidadezinha, mas ele não passa de um abusador. Tem tanto dinheiro que o xerife não fará nada a respeito. A única vez que a mãe de Taylor tentou fazer uma denúncia, ela foi informada de que seria presa se tocasse no assunto de novo.

Como isso é justo?

Lixo inútil. Eu deveria envenenar sua bebida. Ajudar esse fígado. Finalmente, dar um pouco de paz à minha mãe.

Com raiva, subo as escadas e tiro as roupas antes de entrar no chuveiro. Acolho a dor desta vez. Ela me alimenta. Mantém minha cabeça no lugar. Não posso amolecer. Tenho que nos proteger, protegê-la, o melhor que posso.

BULLY KING

TREZE

Roman

Já faz alguns dias desde que levei Mary e Jonah para sair. Não consigo parar de pensar nele. Na sensação que foi tê-lo pressionado contra mim na festa.

Minhas pernas pendem para fora da porta traseira da caminhonete enquanto ergo a garrafa de cerveja aos lábios. Kenton Tunnel sempre chamou minha atenção, existe algo em estar aqui que me acalma. Ajuda-me a pensar.

Meu pai viajou para pescar, então as coisas em casa estão tranquilas. Minhas costelas e meus olhos estão cicatrizando. Minha mãe está dormindo, portanto, as olheiras não estão tão escuras. Se ele não voltasse, nossas vidas seriam muito melhores.

Minha cabeça vira ao ouvir o som de cascalhos rangendo. Fico surpreso ao ver Mary andando de bicicleta, sozinha. Um sorriso ilumina seu rosto quando me vê. Pulo da caminhonete e faço uma careta quando minhas costelas doem.

— Oi, rebelde. O que está fazendo aqui?

Ela para ao lado da caminhonete, passa a perna por cima do banco e apoia a bicicleta no descanso. O jeans curto de seus shorts faz com que suas pernas pareçam ser mais compridas do que são. Se ao menos elas me interessassem.

— Oi — cumprimenta, com as mãos nos quadris e um sorriso nos lábios.

— Você está sozinha? — Olhando para a estrada, não vejo mais ninguém.

— Sim. Meu pai me deixou sair sem minha sombra pela primeira vez. — O sorriso dela se torna tímido quando se aproxima de mim.

Estou desapontado, mas sorrio para ela, no entanto. Ela veio aqui procurando por mim, para ficar sozinha comigo. Levantando seu queixo com os dedos, roço meus lábios nos dela.

Mary envolve minha cintura com os braços, me puxando para ela. Fico tenso com a pressão nas costelas. Suas mãos se espalham nas minhas costas enquanto minha boca explora a dela. Assim que mordo seu lábio inferior, seus dedos cravam nas minhas costas, e eu me afasto com um silvo, saindo de seu alcance.

— O que foi? — pergunta, dando um passo em minha direção de novo. — Machuquei você?

— Não é nada. — Beijo sua testa e pego sua mão, caminhando em direção à porta traseira.

— Ele bate em você? — A pergunta dela vem do nada.

Eu me viro para ela, medo e raiva me atravessam, eu inclino a cabeça.

— O que você acabou de dizer? — Minha voz está baixa e letal.

Ela hesita, as mãos inquietas.

— Seu pai, ele bate em você?

Eu a encurralo na lateral da caminhonete, meu corpo tremendo com a pergunta inesperada. O que ela está insinuando? Não sou um mariquinhas.

— Não sei de onde tirou essa ideia, mas é melhor parar. — Eu me inclino, colocando meu rosto no dela.

— Eu o vi — sussurra.

Eu paraliso, esperando que ela continue.

— Depois do primeiro jogo, ele te agarrou e puxou para as sombras. Ele bateu em você? É ele o real motivo de você ter ficado com o olho roxo?

— Você não tem ideia do que está falando.

Por que ela não para? Esquece isso! O medo e raiva estão fazendo meu corpo tremer e não consigo parar.

Antes que eu possa perceber o que ela está fazendo, ela agarra minha camisa e a levanta, expondo o hematoma. Ela ofega, a mão cobrindo a boca e lágrimas enchendo seus olhos.

Fico imóvel como uma estátua. A única pessoa que já se importou ou perguntou disso é Taylor. Não sei o que fazer. Cada músculo do meu corpo está apertado a ponto de quebrar.

As mãos de Mary circundam minha nuca e sua testa repousa no meu queixo. Ninguém jamais demonstrou esse tipo de emoção em relação ao meu abuso. Durante anos, fiquei com raiva das pessoas nesta porcaria de cidade por fechar os olhos para isso, mas agora que alguém se importa, não sei o que fazer.

Eu me afasto da caminhonete, forçando Mary a me soltar ou cair.

BULLY KING

65

Passando a mão pelo cabelo, agarro os fios e puxo, dando alguns passos para longe dela e viro as costas.

— Porra!

— Roman. — Sua voz está baixa, mas cheia de lágrimas.

Eu me viro para prendê-la com um olhar.

— Não! Não tenha pena de mim!

Mary levanta as mãos, palmas abertas para mim enquanto se aproxima.

— Roman. Não é culpa sua.

— Pare! — grito novamente, perdendo o controle.

Se ela descobrir do abuso, o que mais vai descobrir?

Seus passos são cautelosos em minha direção, com medo de eu fugir ou de machucá-la. Ela estende a mão, a palma da mão na minha bochecha, virando meu rosto para si.

— Não é culpa sua — sussurra de novo.

Meus joelhos cedem e eu caio no chão como um saco de batatas, o cascalho afiado cutucando meus joelhos. Meus braços circundam suas coxas, o rosto pressionado na sua barriga. Ela passa a mão pelo meu cabelo, repetidas vezes, tentando me confortar.

— Odeio ele. — As palavras parecem lâminas de barbear na garganta. — Ele bate na minha mãe, mas ela é tão pequena. Tenho que protegê-la. — Lágrimas quentes escorrem pelo meu rosto e encharcam sua camisa. — Ele é um bêbado, cruel e me odeia por poder jogar futebol quando ele não pode.

Suas palavras são tensas pela emoção ao dizer:

— Sinto muito.

— Eu queria que ele estivesse morto.

Mary desliza até se sentar comigo e me puxa para um abraço. Eu permito. Odeio que ela saiba a verdade, e isso a machuca. Eu odeio isso. Deveria ter sido capaz de manter a boca fechada e protegê-la disso. Acho que meu pai está certo. Sou fraco, inútil.

Demora um pouco, mas eu ergo as paredes ao meu redor e volto a minha personalidade normal. Enxugando o rosto, limpo as lágrimas dela, dou-lhe um breve beijo, então me levanto e ofereço a mão para levantá-la.

Pegando um cobertor da cabine da caminhonete, estendo ele na caçamba e ajudo Mary a se subir. Eu me acomodo e ela se deita ao meu lado, com a cabeça no meu braço e nossos dedos entrelaçados em seu peito.

O sol está se pondo, o calor do dia está diminuindo e a lua está brilhando no céu.

— Você não pode dizer nada. — Minhas palavras são silenciosas.

— Não vou. — Ela aperta minha mão.

Ficamos ali deitados até o sol desaparecer e as estrelas brilharem, nenhum de nós falando.

— Está ficando frio. Vou te levar para casa.

Mary sorri para mim e beija meu rosto.

— Obrigada.

Pego sua bicicleta e a coloco na caçamba, em seguida, abro a porta do passageiro para ela. Subindo, ligo o motor e pego a estrada principal. A música no rádio está tão baixa que não consigo entender as palavras; é apenas um ruído de fundo para abafar minha vulnerabilidade.

Mary coloca a palma para cima no console central. Sem hesitar, coloco a minha em cima da dela, que entrelaça nossos dedos. Ela é agradável. Estar perto dela é bom. Demonstra carinho com facilidade porque é doce demais. Espero que não se apegue a mim. Quanto mais perto dela e de Jonah fico, mais claro está para mim que nunca serei o que ela precisa.

A casa dos Cohen está iluminada com luzes atravessando pelas janelas. Daqui da rua, parece aconchegante, acolhedor. Claro, seus pais são rigorosos, mas ela e Jonah são amados.

— Quer entrar?

— Não. Preciso ir para casa, ver a mamãe.

Mary me dá um sorriso triste antes de se inclinar e beijar minha bochecha. Saio da caminhonete e dou a volta, abrindo a porta e a ajudando a descer.

— Obrigada — sussurra.

Quando inclino a cabeça, ela continua:

— Por hoje à noite. Por confiar em mim.

Um nó fecha a minha garganta e eu aceno para ela com um sorriso de lábios fechados. Odeio esse sentimento. Esta vulnerabilidade.

Pego sua bicicleta na caçamba e a coloco na calçada para ela. Mary sorri para mim, sua mão roçando a minha quando pega a bicicleta. Eu a vejo se afastar até a varanda, onde guarda a bicicleta e entra com um aceno para mim antes de fechar a porta.

BULLY KING

QUATORZE

Jonah

A lição de matemática e as minhas anotações estão espalhadas pela cama com o livro aberto no meu colo. Pré-cálculo está acabando comigo. Cubro o rosto com as mãos, derrotado por essas malditas equações.

Uma batida na minha janela me assusta e dou um pulo, viro a cabeça para ver o que foi. Roman está parado do outro lado da janela, as mãos apoiadas em ambos os lados e se inclinando.

O que diabos ele quer?

Fechando o livro, coloco os papéis de lado e vou até a janela para abri-la para ele. A janela abre por baixo e sobe, dando a ele bastante espaço para entrar.

— Que diabos...

Minhas palavras são cortadas com sua mão cobrindo a minha boca. Ele está muito perto.

— Só cale a boca — murmura entredentes para mim.

A raiva está emanando dele. Meu instinto é recuar, ficar longe, mas ele me pressiona na mesa, e eu nem percebi que estava me movendo.

Com uma mão no meu peito, ele me empurra para eu me sentar na mesa, então fica entre minhas pernas, forçando-me a abrir mais as coxas para acomodá-lo. A intimidade da posição em que me colocou não passa despercebida por mim. Ele me forçou a ficar menor do que ele; não tenho escolha a não ser erguer o olhar para vê-lo. O sangue bombeia em mim enquanto espero seu próximo movimento. Roman envolve a minha nuca e mandíbula e esmaga os lábios nos meus.

Não consigo segurar o gemido de desejo com o contato. Minhas mãos o alcançam, puxando o tecido de sua calça jeans para trazê-lo para mais perto. Seu pau está duro encostado na minha barriga, e gemo de novo. Ninguém nunca me tocou assim e em questão de segundos, estou desesperado por mais.

A luxúria me consome, fazendo fogo correr pelas veias.

A mão na mandíbula se move para apertar a garganta, seus dedos cravando na pele, controlando cada aspecto do beijo.

É forte, exigente. Ele não está pedindo permissão, mas forçando a me submeter ao seu ataque. É delicioso.

Meu corpo está tenso, meu pau esticando a calça e implorando para gozar. Soltando minha cabeça, Roman agarra os passantes da minha calça, trazendo meus quadris para ele. Esfrega o pau no meu, usando seu domínio nos meus quadris e bunda para aumentar o atrito. Meus quadris empurraram involuntariamente, perseguindo a pressão, o prazer. Quero tocá-lo, sentir sua bunda na minha mão, sua pele nos meus dedos, mas não sei se posso. E se eu tentar e ele me impedir? Não é justo que ele possa me tocar, mas não sei se posso tocá-lo.

Seus lábios se tornam agressivos; ele está rindo de mim, mas não me importo, desde que ele não pare. Meu pau lateja e está vazando. É demais, mas não o suficiente.

Meus lábios seguem os dele quando ele se afasta, ficando mais alto para olhar em mim. Não existe parede para me proteger dele neste momento. Tenho certeza de que meu rosto é um livro aberto para ele ler. Estou vulnerável para ele e é aterrorizante.

Eu o odeio.

Odeio a forma que ele me faz sentir. Se ao menos não fosse tão bom. Preciso saber a sensação de tudo quando ele me toca.

Seus olhos azul-claros estão escuros com luxúria e sinto um aperto por dentro. Ele me quer tanto, mas não gosta disso. Em uma cidade como esta, você não pode ser gay. Podemos brincar no escuro, mas não podemos dar as mãos à luz do dia.

Ninguém pode saber.

Ninguém.

O sexo puro em seu olhar é mais do que posso suportar. Serei uma vítima de sua paixão. Só espero que ele seja cuidadoso, ou nós dois estaremos mortos. As pessoas por aqui não hesitarão em nos tirar daqui. Não vão apenas nos colocar na lista proibida, ou nos expulsar da cidade, mas irão nos matar de verdade.

Meus olhos se movem para seus lábios, sugando meu lábio inferior na boca enquanto o olho. Roman geme e empurra contra mim, fazendo um arrepio percorrer o meu corpo.

BULLY KING

Sua mão pressiona minha garganta, apenas o suficiente para me fazer ofegar um pouco, enquanto abaixa o rosto para o meu.

— Fique de boca fechada, entendeu?

Eu respondo com a respiração fraca.

— Sim.

A palavra mal sai dos meus lábios e ele já está tomando minha boca de novo. Ele morde o lábio que eu estava chupando, puxando e lambendo a ponta.

Tirando vantagem de minhas mãos em sua camisa, eu o forço a se mover, empurrando-o contra a parede. Suas mãos deslizam sob a minha camisa. A pele calejada de seus dedos é áspera na minha pele intocada. Ofego quando sua palma se achata na minha barriga e começa a se mover, os dedos explorando todos os cumes e vales do meu abdômen.

Minhas mãos mergulham em seu cabelo, correndo pelos fios sedosos, minha boca cobrindo a dele. Desta vez, eu controlo o beijo e me aproveito disso. Sua boca leva embora toda a frustração reprimida que sinto por ele.

Estou frustrado por não ser o que meus pais querem que eu seja, por não poder mostrar a eles quem eu realmente sou. Odeio ser forçado a esconder quem eu sou, quem eu quero, porque esta cidade ainda está presa no passado.

Odeio que ele me faça sentir assim. Ele está usando minha irmã para chegar até mim e uma parte minha está lisonjeada por isso. Eu o odeio por isso, também.

Todo o meu ódio é descontado em Roman. Ele pega tudo e resiste; nossos dentes e línguas lutam.

Roman agarra minha camisa e me força a dar um passo para trás. Ele limpa o canto da boca com as costas da mão antes de ocupar meu espaço outra vez.

— Eu nunca estive aqui, entendeu? — rosna na minha cara.

Empurrando seu peito com as mãos, eu o forço a se afastar e a soltar minha camisa.

— Fique longe de mim.

— Aja normalmente para não estragar tudo — retruca.

— O quê?

— Aja como de costume para que ninguém suspeite de nada. — Ele volta a entrar no meu espaço. — Eu odiaria ter que provar minhas habilidades de sedução com a Mary porque você a deixou desconfiada.

Sua mão pressiona meu pau e todo o ar em meus pulmões desaparece. Seu toque se foi tão rápido quanto apareceu e ele está se afastando de mim, indo embora pela janela de novo.

Merda.

Meu pau pulsa tão forte que estou com medo de gozar no jeans, sério. Com meus punhos e mandíbula cerrados, eu me obrigo a me conter. Não posso deixá-lo ganhar.

Minha cabeça e corpo estão em guerra um com o outro.

Meu corpo ama o jeito que ele me toca. É excitante, novo e tudo o que eu desejo. Mas minha cabeça sabe que ele é perigoso. Ele vai arruinar minha vida.

QUINZE

Jonah

Evito a minha família pelo resto da noite, indo dormir cedo. Minha mãe tentou me acordar para o jantar, mas tudo que eu tive a dizer a ela era que eu não estava me sentindo bem e ela me deixou em paz.

Na manhã seguinte, acordo com o sol. Sentado de pernas cruzadas na cama, ouço os pássaros cantando na árvore ao lado do meu quarto. Por alguns minutos, posso fingir que sou normal. Posso fingir que não estou prestes a me sentar em um banco de igreja com o encontro da minha irmã, por quem estou desesperado para beijar de novo.

No final do corredor, posso ouvir minha mãe começando o dia ao fazer café. O cheiro forte da bebida flutua até o meu quarto. Pegando minhas roupas de igreja no armário, vou para o banheiro para tomar um banho rápido. Preciso tirar Roman da minha pele. A necessidade de estar limpo antes de entrar na casa de Deus é forte demais para resistir.

Os canos rangem quando abro a água quente e espero aquecer. A casa é velha e as tubulações são pequenas, então demora um pouco. Parado na frente da pia, olho para mim mesmo. Não pareço diferente, mas me sinto diferente.

Um menino me beijou.

Ele é um idiota. Arrogante. Convencido. Mas ele me beijou. *A mim...*

E eu quero que ele repita isso.

A sensação de tê-lo tão perto, sentir como ele estava duro contra mim, foi poderosa. Erótica.

Meu pau cresce na boxer ao me lembrar. Com a lembrança da luxúria em seus olhos e suas mãos em mim.

— Vamos, Jonah! Não é só você que precisa tomar banho! — grita Mary, enquanto passa pelo corredor.

Respiro fundo e tiro a roupa antes de entrar sob o jato ardente. Ela vai ficar chateada quando a água quente acabar, mas, francamente, preciso mais do que ela.

A água escaldante e o sabonete limpam os acontecimentos de ontem da minha pele, mas não consigo lavá-lo da memória. Não tenho certeza se conseguiria. Roman é o único garoto que já me tocou, e por mais que ele seja um idiota, me senti muito bem.

O prazer é viciante.

Meu pau está doendo entre as pernas, as bolas pesadas, precisando ser drenadas. Inclino a cabeça para trás na água e me acaricio. Procuro não me tocar, por mais que queira, porque é pecado e não preciso de mais motivos para me arrepender. Desta vez, eu desisto, sabendo que preciso gozar antes de vê-lo novamente. Preciso estar mais calmo, mais controlado.

Minha pele está sensível com o calor da água e a necessidade pulsante que me atravessa. Com um punho apertado em volta do meu pau, acariciando, torcendo, puxando, não demoro muito para meus quadris empurrarem em minha mão, imagens de Roman aparecem por trás das pálpebras fechadas.

Eu mordo o lábio para evitar que os gemidos escapem, mas isso me lembra do jeito que ele me mordeu e estou jorrando esperma no chão da banheira. Meus joelhos bambeiam e eu inclino o ombro na parede para ficar de pé.

Droga.

Sou fraco. Patético. Uma abominação.

Limpo minha bagunça e fecho a água. Usando a toalha para me secar, esfrego minha pele com mais força do que o necessário. Estou decepcionado comigo por ceder.

Eu me visto, coloco a camisa polo azul-escura por dentro da calça cáqui e afivelo o cinto marrom. Sabendo que vai fazer calor hoje, passo bastante desodorante e penteio o cabelo.

Antes de sair do banheiro cheio de vapor, penduro minha toalha e pego o pijama para jogar na lavanderia, depois vou para a cozinha tomar o café da manhã. O display no forno diz que são apenas sete da manhã, mas toda a família está acordada e se preparando. Mary vai para o banheiro tomar banho e sou atingido por uma pontada de culpa. Eu sei que usei muita água quente e agora ela vai ficar só com água fria.

— Sério?! — grita, quando chega ao banheiro. — Você usou toda a água quente?

— Desculpe! Você vai tomar banho primeiro amanhã. Prometo.

— Ugh! — A porta fecha mais forte do que o necessário e escuto a água correr.

BULLY KING

A mão de minha mãe roça minha testa um minuto antes de seus lábios.

— Está se sentindo melhor?

— Sim, acho que eu só precisava dormir um pouco mais. — Pego uma tigela, a encho com ovos mexidos e cubro com ketchup.

Minha mãe se senta ao meu lado com seus ovos e uma xícara de café quando meu pai entra, já vestido, com a Bíblia na mão. Só de ver o livro, a culpa me atinge com força no estômago.

Desonra.

Perversão.

Meu café da manhã pesa e, depois de apenas algumas colheradas, não estou mais com fome. Não quero desperdiçar a comida, mas acho que também não consigo comer. Olhando para a tigela, remexo os ovos com a colher enquanto espero Mary terminar o banho. Talvez ela ainda não tenha comido e termine para mim.

— Você se divertiu ontem? — pergunta minha mãe, tomando um gole de café.

O calor rasteja pelo meu pescoço até a face. Droga.

— Uh… — Engulo antes de eu conseguir dizer as palavras. — Sim, o filme foi bom.

Meu pai coloca um copo de água na minha frente, e eu o alcanço como uma tábua de salvação, precisando de algo para fazer.

— Bom. Roman parece ser um bom menino — comenta ela.

— Uhum. — É minha única resposta.

Ele *parece* ser, sei sim.

Mary entra toda alegre na cozinha, vestida com camisa branca e saia amarela-clara. Toda vaidosa.

Chego minha cadeira para trás e entrego a tigela para ela antes que pegue uma.

— Aqui. Preparei para você.

Ela me dá um olhar estranho, mas aceita sem comentários.

— Se apresse e coma. Precisamos sair logo — avisa meu pai, recostando o quadril no balcão e lendo suas anotações do sermão.

Com um aceno de cabeça, vou no meu quarto buscar as meias para colocar os sapatos. Sento no sofá e espero por todos. Estou tão nervoso e ainda nem saímos de casa.

O que Roman vai fazer hoje? Ele vai me encurralar de novo? Vai me ameaçar? Vai me beijar?

Meu pé está batucando com força no chão; não consigo ficar parado, mas se eu me levantar e andar de um lado para o outro, meus pais terão certeza de que algo está errado.

Meu pai sai da cozinha para calçar os sapatos e arqueia uma sobrancelha para mim.

— O que te deixou tão impaciente?

— Nada — respondo rápido. — Apenas ansioso para chegar à igreja, só isso.

Ele passa por mim com um "hum". E ajeita a gola da camisa no espelho.

— Vamos, senhoras! Nós precisamos ir!

Mary e minha mãe saem, conversando sobre o Roman por causa do rubor nas bochechas de Mary, e calçam os sapatos.

O trajeto até a igreja é rápido, pois tem só três ruas em toda a cidade. Duas mercearias, quatro igrejas, duas escolas, um correio, dois bares, um consultório médico, uma mecânica, uma lanchonete, um banco, uma farmácia e o gabinete do xerife. As coisas normais de que uma cidade precisa para funcionar. As grandes lojas ficam a cerca de uma hora de distância, e a maioria das pessoas por aqui trabalha no frigorífico a poucos quilômetros da cidade.

Meu pai para no estacionamento da igrejinha de tijolos com sua torre e pilares brancos, e estaciona em um espaço reservado com "pastor". A parte principal da igreja é o santuário, mas também há algumas salas de aula para os grupos de jovens, uma creche e alguns escritórios. Minha mãe administra o dinheiro que entra e cuida para que todas as contas sejam pagas.

Somos as primeiras pessoas a chegar aqui. Meu pai abre as portas principais com sua chave, e começamos a preparar as coisas. Levo o cavalete para a rua, Mary acende as luzes, minha mãe arruma os cestos das ofertas e papai se prepara para o sermão.

Não demora muito para que as pessoas comecem a aparecer. Alguns outros garotos do ensino médio acenam quando passam por mim no corredor, mas ninguém para e conversa.

Com talvez uma centena de pessoas chegando em um domingo qualquer, os bancos de madeira lotam rapidamente.

Mary e minha mãe vão para seus lugares quando Roman chega com sua família. Seu pai é um homem grande – não apenas alto, mas volumoso, forte. Ele tem a mesma arrogância, aquele olhar despreocupado de "posso fazer o que eu quiser". Sua mãe é uma história totalmente

BULLY KING

diferente, no entanto. Ela é pequena, as roupas grandes demais nela, quando as do marido parecem ter sido feitas sob medida. Ela parece assustada. Seu sorriso não alcança os olhos.

Roman parece zangado, com ombros rígidos e o rosto fechado. Ele não quer estar aqui ou não quer que eles estejam aqui. Talvez ambos. Eles passam por mim enquanto seguro a porta aberta para eles, os pais de Roman encontram um assento mais no fundo e Roman caminha pelo corredor para se sentar ao lado de Mary, algumas fileiras mais à frente. Fico sentado ao lado de Roman, e sinto o corpo ficar tenso.

DEZESSEIS

Roman

Não queria que meus pais viessem, mas quando minha mãe perguntou quais eram meus planos, eu disse a ela. Já faz muito tempo desde que qualquer um de nós pôs os pés em uma igreja. Faz minha pele arrepiar estar em um lugar tão cheio de ódio disfarçado de moralidade religiosa.

Meu pai chegou em casa ontem à noite e aterrorizou minha mãe por um tempo antes de, finalmente, desmaiar na poltrona reclinável em seu escritório, e mesmo assim, nenhuma pessoa neste lugar faz alguma coisa para pará-lo.

Meus olhos percorrem pelas pessoas enquanto ando pelo corredor. Taylor e sua mãe, Krystal, estão a alguns bancos de distância de Mary e sua mãe. Aceno para eles e deslizo ao lado da garota; ela sorri para mim quando pego sua mão. Ela se endireita. Está muito orgulhosa por eu estar sentado ao seu lado. Todas as meninas ficam.

Consigo sentir Jonah se aproximando antes mesmo de vê-lo. Ele está com raiva de mim. Não posso culpá-lo. Estou com raiva de mim mesmo. Foi uma fraqueza que me levou ao quarto dele ontem à noite. A necessidade de estar no controle e pegar algo que eu queria, em vez do que me foi entregue. Mary é uma garota bonita, doce, mas não faz meu sangue acelerar igual ao Jonah.

Eu sou nojento.

— Temos uma abominação em nosso país. — A voz do pastor Cohen na frente da igreja chama a atenção de todos para ele. — Uma perversão que nos dizem que precisamos aceitar.

Jonah fica tenso ao meu lado. Suas mãos entrelaçadas no colo apertam até seus dedos ficarem brancos.

— Este país foi fundado por cristãos fugindo da perseguição religiosa. Homens e mulheres tementes a Deus. — Ele se afasta do púlpito com uma mão no bolso e gesticulando para tornar seu argumento mais sério. — Deus é muito claro sobre a homossexualidade. "Não te deitarás com um homem, como se fosse mulher. Isso é uma abominação!".

A última palavra ecoa na igreja.

Minha mandíbula aperta até os dentes doerem. Porra. A pulsação no pescoço de Jonah combina com a minha. A culpa me atinge feito uma bola de demolição.

— "Se um homem se deitar com outro homem, como se fosse uma mulher, ambos terão praticado abominação, certamente serão mortos, o seu sangue cairá sobre eles" — continua o pai de Jonah —, nos é dito em Levítico 18, 22 e 20, 13. Não pode ser mais claro. Mas há um grande grupo de pessoas em nosso país que quer que vocês acreditem que está tudo bem.

Cada músculo do meu corpo está tenso. Vibrando de nervoso. Será que alguém consegue perceber que eu o beijei? Que eu quero fazer isso de novo?

Não consigo parar de me aproximar de Mary, apenas para colocar espaço entre nós. Seus olhos se movem para mim, o movimento não passa despercebido.

— Não está tudo bem! — grita ele. — Quando Deus criou a Terra, ele fez Adão, depois fez para ele uma companheira perfeita, Eva. A parceira perfeita para Adão era uma mulher, como deveria ser.

Sim, isso deu muito certo para minha mãe.

Raiva, culpa e ressentimento se acumulam em meu corpo. Que monte de besteira.

— Ser atraído pelo mesmo sexo em vez do oposto, como Deus pretendia, é um sinal da queda do Éden! É moral e espiritualmente condenatório. Esses jovens homens e mulheres que estão se declarando gays são pecadores desorientados, ovelhas perdidas, que precisam desesperadamente de redenção!

Meu joelho não para de mexer, e não tenho controle para pará-lo.

— Nada moralmente bom, nada divino pode vir desses tipos de relacionamentos. Esses meninos e meninas perdidos devem extinguir os impulsos pecaminosos, arrepender-se e fazer o que é certo para Deus. Nenhuma coisa impura habitará com Deus no céu. Eles devem se arrepender! Devem salvar suas almas de tal maldade, ou certamente irão para o inferno. Este país não celebra adultério, assassinato ou roubo. Aqueles que participam de tais crimes farão as mesmas alegações que os "gays", que nasceram assim e não é culpa deles!

"Somos todos pecadores e todos temos nossas cruzes para carregar. Peça a Deus por Seu amor, misericórdia e luz, para guiá-los em seu caminho de justiça para a redenção!"

Um coro de "Amém!" soa da congregação tão alto que eu pulo e olho em volta. Alguns aplaudem, outros elogiam. Eu esperava que esta cidade começasse a alcançar para o século XXI. Parece que isso não vai acontecer.

Enquanto minha cabeça se volta para a frente, meus olhos encontram os de Jonah. Seu rosto está pálido, os olhos vidrados ao segurar as lágrimas. Essa coisa entre nós, seja lá o que for, tem que parar. Preciso ficar longe dele. A cidade nunca nos deixará em paz. Inferno, eles já estão basicamente afiando suas forquilhas.

— A mídia força sexo e pecado em nossos adolescentes e deveria ser um crime. Agora, os governos estaduais estão aprovando o casamento gay… — O pastor Cohen usa aspas em torno do termo. — … e dizendo às igrejas que não podemos rejeitar esses casais homossexuais. É um ataque aos cristãos! O casamento é um vínculo sagrado entre um homem e uma mulher. O casamento gay é uma blasfêmia!

O ódio pelos gays aqui queima mais forte do que nunca. Idiotas de mente pequena, religiosos e julgadores. Todos eles. Tenho vergonha de ser um deles.

— Você está bem?

Eu me assusto com a voz de Mary no meu ouvido e percebo como estou segurando sua mão com força.

Soltando-a na hora, esfrego as palmas das mãos úmidas no jeans.

— Desculpe, com licença.

Eu me levanto e passo por Jonah. Não deixo de notar a mágoa em seu rosto, a traição em seus olhos, quando olha para mim. Ele também vive uma merda de vida. Inferno, é o pai dele lá em cima vomitando ódio.

Indo com pressa em direção à frente da igreja, é preciso de todo o meu autocontrole para não socar aquele cretino na cara. Vou mostrar a ele como sou problemático.

Minha mãe chama minha atenção quando passo por eles, preocupação enrugando sua testa. Dou um breve sorriso e sigo meu caminho. Não vou parar. Estou prestes a arruinar minha vida na frente de boa parte da nossa cidade.

Encontrando uma sala de aula escura, entro para andar de um lado para o outro, me acalmar, pensar por um minuto. A sala tem janelas para a rua, mas estão cobertas por persianas de metal rosa-escuro, com alguns

BULLY KING

móveis que estão encostados nas paredes. Preciso de um saco de pancadas, uma cerveja. Droga, de um boquete. Qualquer coisa para liberar um pouco dessa raiva fervendo por dentro.

Passando a mão pelo cabelo, eu o aperto com força e puxo. Fecho os olhos e me encosto na parede. Imagens de Jonah da noite passada aparecem na minha cabeça. Preciso de controle, e quando ele me deixa ter, é viciante. Seus gemidos quando meus lábios colidiram com os dele me assombraram a porra da noite toda. Eu me masturbei mais nas últimas doze horas do que na última semana. Quero mais dele, mas esta é a prova de que não posso tê-lo.

As portas do santuário se abrem e a congregação sai. Parado nas sombras, observo através de uma fresta na porta da sala de aula, esperando ver a família Cohen. Jonah sai antes do resto da família, pisando duro pelo corredor e vindo direto na minha direção.

DEZESSETE

Jonah

— Jonah. — Meu nome é rosnado.

Roman agarra minha camisa quando me viro e me puxa para uma sala de aula sem luzes acesas. Ele não ouviu o sermão? Não podemos ser pegos juntos. Esperando bater na parede, tropeço no quarto escuro com Roman fechando a porta.

— O que está fazendo aqui?

Ele não me responde, só puxa a minha camisa novamente e me empurra na parede onde não seremos vistos por ninguém passando pela porta e se pressiona contra mim. Seus lábios são agressivos e exigentes nos meus. Ele está chateado, mas ainda estou muito magoado com as palavras do meu pai para ficar com raiva. Ela virá, mas agora, meu coração está pesado e partido.

Agarrando seu rosto, retribuo o beijo com a mesma força, frenético por seu toque. Minha língua duela com a dele e meus dentes travam em seu lábio. Ele rosna, o estrondo vibrando no meu peito. Ele está me pressionando, da boca a coxa, duro feito aço. O sangue bombeia em minhas veias, enchendo meu pau com sua proximidade.

Ele pega minha calça, e eu quebro nosso beijo.

— Roman — ofego, minhas mãos tocando seus pulsos.

— Por que você vem aqui?

Sua pergunta me pega desprevenido. Ele ainda está me apertando contra a parede, seus profundos olhos azuis procurando algo no meu rosto, mas é difícil pensar com ele tão perto.

— Por que eu não viria? Sou filho de Deus.

A confusão me deixa aberto para seu próximo ataque. Os lábios de Roman esmagam os meus, implacáveis. Este beijo é forte, exigente, brutal. É exatamente o que eu preciso. A dor, o desespero.

Eu o beijo de volta com a mesma força, mordendo seus lábios, chupando sua língua, devastando sua boca. Meu pau dói, duro, desesperado

BULLY KING 81

por atenção. O corpo de Roman se move contra mim, o dele tão duro quanto o meu atrás do zíper.

Abaixando-se, ele agarra minha perna e a puxa ao redor do quadril para ficar em um ângulo melhor. Seu pau grosso deslizando contra o meu faz meus olhos revirarem e ele engole meu gemido.

Minhas mãos agarram sua camisa, empurrando-o para longe de mim, forçando-o a soltar meus lábios. Ficamos ali por um longo minuto, ofegantes, sem dizer nada.

— Não podemos fazer isso aqui. — Finalmente sou capaz de colocar as palavras para fora.

Roman sorri com aquele maldito olhar que diz: "Posso fazer o que eu quiser, porra". Suas mãos seguram minha bunda, me forçando a esfregar nele. Meus olhos se fecham e um gemido ressoa da minha garganta.

— Pare — ofego. — Não podemos fazer isso aqui. Não na Casa de Deus. É sagrado. Está errado.

— Você gosta, Jonah? — Os lábios de Roman roçam meu ouvido. — Meu pau contra o seu?

— Sim — murmuro com os dentes cerrados, prazer substituindo a parte do senso comum do meu cérebro.

— Parece certo? Eu tocar você assim? — Seus dentes beliscam meu pescoço. — Hein? Parece pervertido? Parece algo que pode simplesmente deixar de querer?

A mão de Roman vem para a frente da minha calça mais uma vez, a palma empurrando e acariciando meu pau através do jeans. Meus quadris se esfregam nele por instinto, querendo mais.

Seus lábios voltam aos meus, desligando todo pensamento lógico. Minhas mãos tocam seu cabelo, puxando as mechas douradas que usa com tanto orgulho.

Ele agarra meus quadris e me gira tão rápido que tenho que apoiar as mãos na parede. Enquanto estou me recuperando do movimento rápido, Roman abre o zíper da minha calça. Suspiro quando sua mão calejada me envolve e libera meu pau, me acariciando com movimentos longos e poderosos. A pressão e o calor de sua mão me lançam em uma espiral de sensações. Meus quadris balançam, fodendo sua mão.

— Roman. — Seu nome é um gemido.

Ele pega um punhado do meu cabelo e puxa a cabeça para trás bruscamente. Suas bombeadas são fortes e rápidas; ele parou de brincar.

— Espera. — Estou me esforçando tanto para lembrar por que essa é uma ideia terrível, mas o esperma está começando a pingar. — Pare.

Roman passa o polegar sobre a gota e a leva à boca, rosnando quando toca sua língua. Ele morde meu pescoço e chuta minhas pernas com o pé para que fiquem mais afastadas. Uma das minhas mãos deixa a parede para agarrar atrás de sua cabeça, segurando-o contra mim enquanto eu fodo sua mão.

Ele desce as minhas calças e boxers, tirando-as do caminho. O tecido áspero da calça de Roman arranhando a pele da minha bunda.

— Nós… — começo a falar, mas sua mão aperta minha boca.

— Cala. A. Boca — rosna no meu ouvido.

— Por favor. — Eu me esfrego em sua palma.

Quero ser bom aos olhos de Deus. Quero fazer o que Ele instruiu, mas não sou forte suficiente para lutar contra Roman e o prazer que só ele me dá.

— Por favor, o quê? — rosna no meu ouvido. — Quer que eu abaixe minha calça e foda você?

A imagem que suas palavras invocam faz com minhas bolas se apertem, as costas se arqueiam.

A risada de Roman provoca arrepios na pele.

— Você gosta dessa ideia.

— Aqui não. — Eu mal consigo forçar as palavras para fora. — Por favor, Roman.

— Não?

Ele está perdendo o controle, e isso me deixa mais excitado do que nunca, saber que sou a razão.

— Você não quer que eu tome seu ânus apertado pela primeira vez aqui, com nada mais do que seu cuspe no meu pau como lubrificante? Não quer que doa de tão bom que será?

A imagem que suas palavras criam me leva ao limite, jorros de esperma quente espirram na parede em que estou encostado. Sua mão volta a cobrir minha boca enquanto eu gemo. O som dilacerado vem dos cantos mais sombrios do meu ser. Cada músculo do meu corpo aperta e treme quando o orgasmo mais forte da minha vida é arrancado do meu âmago.

Sua mão abafa o som conforme gemo das profundezas da minha alma pecaminosa. Nada em toda a minha vida pareceu tão certo quanto quando Roman me toca. Nada.

Meu corpo relaxa, as últimas gotas de esperma caem no tapete e meus joelhos cedem. Roman passa um braço em volta da minha cintura para me segurar. É um raro momento de compaixão dele, e sou grato por isso.

BULLY KING

DEZOITO

Jonah

Eu me afasto e abotoo a calça. Minha respiração volta ao normal, mas a queimação no estômago está crescendo a cada segundo que ele não diz nada. Isso não era só uma ideia terrível; poderia ter nos matado.

Com a forma como meu pai vomitou seu ódio, a congregação teria nos linchado se nos encontrasse.

Passando as mãos pelo cabelo, eu me viro para encará-lo.

— Por quê?

Aquele sorriso estúpido e irritante levanta um lado de seus lábios inchados do beijo.

— Seu pai é um idiota. — Roman encosta o ombro na parede, com as mãos nos bolsos, como se não tivesse nenhuma preocupação no mundo. Como se não tivesse acabado de tirar meu mundo do eixo e despencá-lo em queda livre.

— Eu te odeio — solto as palavras. Quanto mais tempo eu passo com ele, mais odeio tudo nele.

Ele olha para o meu sêmen secando na parede, depois arqueia uma sobrancelha para mim.

— Estou vendo.

— Pedi para você parar. E você não ouviu — digo entredentes, tentando manter a voz baixa e a calma antes que alguém venha nos procurar.

A raiva queima por dentro, rapidamente seguida de humilhação e culpa. Isso me consome. Saber o quanto meu pai odeia o que eu sou, quem eu sou.

Roman vem em minha direção. Abro os pés, me mantendo firme no chão, quando a porta se abre. Instantaneamente, a gente se volta para ela. Minha frequência cardíaca dispara enquanto todos os possíveis cenários passam pela cabeça.

— Aí estão vocês. — Mary sorri para nós, parada na porta. — Por que está tão escuro aqui?

Ela acende as luzes, e nós dois vacilamos, cobrindo os olhos com as mãos.

— Apenas conversando do plano para o Halloween. — A mentira sai de sua boca tão fácil.

— Sério? E qual é o plano? — pergunta, toda delicada, olhando para ele quando se aproxima para tocá-la.

Ele sorri para ela, mas sou forçado a me perguntar se é um sorriso genuíno ou uma farsa bem praticada.

Roman beija sua testa.

— Fogueira no túnel.

Engulo a objeção que estava pronta para sair. Na verdade, parece divertido, mas tenho certeza de que encontrará uma maneira de estragar tudo para mim. Vou ter que vê-lo apalpar minha irmã de novo, ou vai me molestar nas sombras.

— Ah, parece ótimo. — Mary sorri para ele quando beija o cabelo dela e passa por ela para entrar no corredor. Ela o observa ir embora, então se vira para mim com os braços cruzados e o sorriso não está mais em seu rosto. — O que está acontecendo com você ultimamente?

— O quê? — Minhas defesas sobem na hora.

O que ela quer? Percebeu Roman sendo diferente perto de mim?

— Está sempre se escondendo em seu quarto. Não está comendo. Nunca mais conversamos.

Estou surpreso que ela tenha notado. Está tão envolvida em sair com o rei do Colégio Kenton que eu achava que ela não enxergava mais nada.

Não tenho resposta. Não uma que eu possa dar a ela, de qualquer maneira. Não posso dizer a ela que seu namorado perfeito me apalpou na festa que fomos depois do primeiro jogo de futebol, ou que entrou no meu quarto ontem à noite e me beijou. Depois, tem o time de futebol me fazendo tropeçar toda vez que me viro e suas constantes ameaças de transar com ela para me obrigar a fazer o que ele quer.

Tudo o que posso fazer é dar de ombros e sair da sala onde o namorado dela me masturbou, depois de ouvir nosso pai falar de como estou corrompido, como vou para o inferno. Não posso dizer nada, portanto, não digo. Encontro minha mãe no escritório, contando as ofertas de hoje e informando na planilha bancária.

— Posso ir a pé para casa? Não é tão longe.

Minha mãe olha para mim com surpresa.

— Claro, querido. Você não está se sentindo bem de novo?

— Só quero sair daqui. Caminhar um pouco. — Não consigo encontrar seus olhos quando dou de ombros, com medo de que veja a verdade.

BULLY KING

— Tudo bem. Só ligue quando chegar em casa, tá bom? Deixe uma mensagem se o próximo culto tiver começado.

Concordo com a cabeça e saio do escritório sem falar com mais ninguém. Eu preciso sair daqui. Vou para o inferno porque Deus me odeia, e Roman está determinado a me importunar. Por qual motivo, não faço ideia.

O sol ainda não está no seu ponto mais alto, mas já está quente. O calor bate nas minhas costas ao caminhar os três quilômetros para casa. Não me sinto em casa. Não de verdade.

Esta cidade definitivamente não é um lar. Enquanto Mary, mamãe e papai parecem ser aceitos, eu sou um estranho. Nem amigos tenho, ninguém quer falar comigo na escola, já que o time de futebol me persegue. Que tipo de lugar permite que jogadores de futebol do ensino médio comandem uma cidade inteira?

Estou na metade do caminho quando uma caminhonete azul vem em minha direção. O trânsito está bem tranquilo; poucas pessoas estão dirigindo, já que estão na igreja ou no intervalo. Conheço essa caminhonete, no entanto. Eu a vi no estacionamento da escola. Quanto mais perto se aproxima, mais medo fico.

É um jogador de futebol? Tem mais de uma pessoa dentro? Eles vão parar? Tentar me atropelar?

Estão quase na minha frente quando a janela do passageiro desce.

Merda.

Tenho um mau pressentimento. Não tem para onde ir, nenhum lugar para me esconder.

Um braço aparece e um copo descartável é atirado em mim. Quando viro de costas para a rua, o líquido quente me atinge e encharca a camisa.

— Que merda? — A brisa soprando é tudo que eu preciso para saber o que é.

Urina.

Alguém mijou em um copo e jogou em mim. Excelente.

Com a mandíbula cerrada, tiro a camisa encharcada e continuo indo para casa. Odeio este lugar. Espero que um tornado destrua essa cidade. Talvez um incêndio a queime até o chão.

Chego em casa alguns minutos depois. Ainda bem que a caminhonete azul não voltou. Vou direto para o banheiro tomar outro banho. Estou com raiva, magoado, suado e coberta de mijo. Esse dia pode ir para o inferno e levar o Roman King junto com ele.

ANDI JAXON

DEZENOVE

Jonah

As coisas em casa estão mais tensas do que o normal desde o sermão antigays do meu pai. Talvez seja apenas eu sendo excessivamente sensível e o odiando por isso. Não sei de mais nada. Mary está me observando, como se pudesse ver a verdade. Odeio não poder falar com ela. Ela costumava saber quase todos os meus segredos, mas Roman criou uma divisão entre nós.

A escola ainda é um saco. Anna não fala mais comigo, nem sequer reconhece minha existência. Os malditos atletas fazem de tudo para me empurrar nos armários, tirar coisas das minhas mãos ou simplesmente tirar coisas de mim.

Mais uma segunda-feira se aproxima, e não sei se estou feliz por sair de casa e longe do meu pai ou temendo o que mais me espera. O bullying vai parar ou piorar? Só tem um jeito de descobrir, suponho.

— Pronto? — Mary enfia a cabeça no meu quarto quando estou colocando a mochila no ombro.

— Sim.

Tomamos o café da manhã rápido, nos despedimos de nossa mãe e saímos de casa. A caminhada para a escola é curta e, nos últimos dias, tem havido nada apenas o silêncio entre nós. Hoje, o silêncio é desconfortável. Mary está remoendo algo; seus dedos estão inquietos, continua olhando para mim, depois para outra direção.

— Diz logo o que você tem para falar! — grito mais alto do que pretendia. Estou no limite. Não consigo parar de repetir na cabeça o momento da sala com Roman. O calor do corpo dele contra minhas costas, o aperto que ele tinha no meu corpo, a luxúria em seus olhos. É inebriante. Prazer, o medo de ser pego, saber o quanto é errado.

Meu corpo grita para que ele me toque de novo, mas a cabeça diz para ficar o mais longe possível.

— Por que estava na sala de aula com Roman? — A pergunta de Mary interrompe meus pensamentos.

— O quê?

— A primeira vez que Roman foi à igreja, vocês dois estavam em uma sala de aula com as luzes apagadas. Por quê?

— Uh… — Não tenho resposta. Não uma que eu posso falar.

— Vocês estavam mesmo falando da fogueira? — Ela para de andar para se virar e olhar para mim com os braços cruzados.

— Sim, estávamos. — Dou de ombros. *Só deixe quieto, por favor.*

— Então por que as luzes estavam apagadas?

— Eu estava com dor de cabeça. As luzes estavam me incomodando. — A mentira sai dos meus lábios antes mesmo de eu pensar.

— É por isso que saiu depois do primeiro culto?

Ela sabe. Consigo sentir. A suspeita em seus olhos me diz que ela sabe que estou mentindo.

— Sim.

Quanto mais tempo ela passa me encarando, mais pesada minha culpa se torna. Pesando ao ponto de eu não ser capaz de me mover.

— Há mais nele do que você pensa. — A voz de Mary é calma. Como se estivesse me dizendo algo triste. — Ele não é uma pessoa ruim. Ele está… machucado.

Machucado?

Do que ela está falando? Ele é idiota. Não sei como não viu isso. Não me importo em como ele acha que a sua vida é difícil. Ele ainda é um babaca.

— Sim, claro. Se você está dizendo. — Balançando a cabeça com a desculpa dela, eu me afasto para continuar andando. Não temos tempo para isso.

O resto da nossa caminhada é tranquila. Não tenho capacidade mental para mimá-la agora. Está na hora de ela acordar e ver como o mundo é frio e indiferente. Que se dane o Roman e qualquer história triste que ele contou a ela para acalmá-la. Ele é um idiota mimado, e isso é tudo.

No corredor, me perco na multidão de corpos. Conversas de alunos, batidas de portas de armários, portas das salas abrindo e fechando, passos no piso, chiados de tênis e cliques de saltos.

— Cuidado, bicha. — Algum idiota, vestido com uma jersey, joga o ombro no meu peito, me deixando sem ar.

Arquejo com as mãos nos joelhos. Ninguém pergunta se estou bem ou chama a atenção do idiota. Todos eles esbarram em mim ao passarem pelo corredor superlotado.

Depois de respirar fundo, sou capaz de me endireitar e esfregar o peito enquanto ando através das pessoas até meu armário. Sou acotovelado, empurrado e forçado nos armários. Estou surpreso por não acabar no chão. Mas ninguém diz nada. Ninguém. Os atletas governam esta maldita escola.

Todo mundo tem medo deles, medo de se impor, já que se tornariam o novo alvo.

Assim que, finalmente, chego ao meu armário, minha camisa está um pouco para fora da calça, meu cabelo está caindo na testa, e estou com raiva. Por que eu? O que eu fiz para me tornar alvo?

Tirando a mochila do ombro, pego minhas coisas de matemática e as coloco na prateleira. Minha mão está no livro de inglês quando algo atinge a minha cabeça por trás, batendo meu rosto na porta de metal.

— Que droga!

A dor sobe pelo nariz e sangue jorra pelo rosto. Lágrimas rolam e seguro o nariz com as mãos. Eu me viro para ver quem me acertou, mas todos estão apenas me observando.

— Vocês estão falando sério?! — grito.

Está tão quieto que minha explosão quase ecoa.

O sangue está escorrendo pelos braços, pelo queixo e sujando a camisa. Sem escolha a não ser largar minha mochila, eu a deixo no chão e fecho o armário com o cotovelo e vou para a enfermaria. Quase não consigo ver através dos olhos cheios de lágrimas. Que dor do caralho! Todo mundo sai do caminho desta vez. Acho que ter sangue escorrendo no rosto tem suas vantagens.

— Meu Deus! Jonah, o que aconteceu? — Anna me vê e abre a porta da secretaria para mim.

— Algum idiota bateu minha cara no meu armário! — Estou tão chateado que não mantenho a voz baixa ou modero meu vocabulário. Como não consigo respirar pelo nariz, o líquido acobreado espesso está entrando na boca e revirando o estômago.

As senhoras na secretaria se voltam para mim e ouço um suspiro coletivo antes que a Sra. Tinnon me leve às pressas para a enfermaria.

— Srta. Michele! Temos um sangramento!

O sinal toca para a aula começar e os anúncios da manhã começam a soar pelo alto-falante.

BULLY KING

— Senhor, tenha misericórdia. — É a única resposta da enfermeira.

Sua pele negra é lisa e ela tem uma aura reconfortante. Pelos cabelos grisalhos que reuniu no alto da cabeça, suponho que tenha idade suficiente para ter netos e provavelmente para se aposentar. O uniforme dela é azul e fica justo em alguns lugares, mas parece dar abraços fantásticos.

— Venha. Vamos dar uma olhada em você. — Ela pega algumas luvas e um rolo de papel-toalha e faz sinal para que eu me sente na mesa. — O que aconteceu?

Ela puxa o meu queixo, me fazendo inclinar a cabeça para trás. O sangue já na boca alcança a garganta e eu tusso, quase jorrando o sangue igual uma névoa. Com um maço de toalhas de papel, ela segura o nariz e limpa minha boca. A pressão faz um pulso elétrico subir pelo nariz e solto um gemido. Involuntariamente, meu corpo se afasta de seu toque. Ela arqueia uma sobrancelha, que quer dizer para eu me sentar direito e que está esperando por uma explicação.

— Alguém veio atrás de mim e empurrou minha cabeça na porta do meu armário.

Ela balança a cabeça e suspira, um som exausto. Com dedos cuidadosos, sente a ponte do nariz e sobe em direção aos olhos. A pressão faz mais lágrimas se acumularem em meus olhos e não posso deixar de gemer de novo quando um relâmpago dispara pelo meu rosto.

— Bem, não está quebrado, mas vai ter um belo olho roxo, talvez dois. — Verificando o sangramento, ela limpa meu lábio superior para ver se está diminuindo, dobra as toalhas de papel e aperta o nariz novamente. — Segure isso.

Seguro o papel e ela pega uma bolsa de gelo do pequeno freezer atrás de sua mesa. Com mais toalhas de papel enroladas em volta da bolsa, ela me dá.

— Deite-se, levará apenas um minuto para parar. — Ela fica ao lado da mesa de exame com as costas das mãos pressionadas nos quadris. — Viu quem acertou você?

O sangue está agora escorrendo no fundo da minha garganta. Meu estômago revira e sinto a náusea atacar.

— Não, senhora — resmungo. Não tenho certeza se o gelo está ajudando ou piorando.

— Mm-hum. — Ela tira as luvas e volta para sua mesa. — Você tem brigado com alguém? Algum motivo para alguém querer bater em você?

Não posso deixar de zombar.

— Vai ter que perguntar ao Roman King e seus amigos.

— Ahhhhhh. — Ela arrasta a palavra com uma pitada de diversão em seu tom.

— O que foi? — Fico instantaneamente na defensiva. Aquele idiota arrogante é um terror.

— Tem uma coisa que você precisa entender. — Ela aponta a caneta para mim. — Roman é importante por aqui. Ele joga futebol, muito bem.

Reviro os olhos para ela. Como se não estivesse ciente de seu status como membro da realeza.

— Rapaz, não seja mal-educado. — Ela se levanta e caminha até mim com uma mão no quadril. — Esta cidade permite que se safe bastante, claro, mas ele não tem uma vida familiar perfeita, se é que você entende o que estou dizendo.

Não, não sei o que ela está dizendo.

Nego com a cabeça, sem saber o que dizer.

— O pai dele gosta de um uísque, e isso o torna mais perigoso do que uma cobra de duas cabeças. Sua pobre mãe era a rainha do baile na época de escola deles. Não dá para dizer isso dela olhando-a agora.

Roman sofre abuso?

— Então, o pai dele ser um bêbado perigoso dá a ele uma desculpa para ser um idiota?

Se alguém fosse abusado, espancado, não gostaria de ser legal com as pessoas, já que sabe como é?

— Rapaz, é melhor você tomar cuidado com a língua. — Seu dedo está no meu rosto e, desta vez, definitivamente fui repreendido.

— Desculpe.

Ela coloca outro par de luvas e verifica o sangramento de novo.

— Certo, parece que já parou. Vá se limpar na pia ali. — Ela aponta por cima do ombro, depois se senta em sua mesa.

Olhando no espelho acima da pia, fico surpreso com o reflexo. Estou todo detonado. Minha boca e queixo inteiros estão cobertos de sangue seco, descendo pela mandíbula e garganta, depois na camisa.

Minhas mãos e braços até os cotovelos têm trilhas de sangue secando e trincadas. Tenho certeza de que perdi a camisa.

Abro a torneira para começar a me limpar; a água que escorre na pia fica rosa. Usando as mãos para pegar água, enxaguo a boca. Mais água rosada na pia.

BULLY KING

91

A senhora Michele me entrega algumas toalhas de papel para limpar o rosto. Meu nariz está definitivamente inchado e vermelho. Ainda não tenho nenhum hematoma, mas tenho certeza de que até o final do dia, aparecerão.

Dá um pouco de trabalho, mas me limpo da melhor maneira possível sem ter que trocar de roupa. Entre as aulas, corro para o vestiário e pego minha camisa de educação física.

— Certo, Jonah. Aqui está. Fiz o registro do incidente e só preciso que você o assine. Vou enviar uma cópia para seus pais e uma ficará aqui para nossos arquivos.

Seco as mãos e pego o papel, dando uma rápida olhada. Como não vi ninguém e ninguém vai denunciar, é bem breve. Assino meu nome na parte inferior onde ela o marcou e o devolvo.

— Aqui estão algumas informações a respeito de narizes quebrados. Se o inchaço piorar, a dor aumentar, começar a deformar, o sangramento voltar e não parar, precisa ir ao médico. Você ouviu?

— Sim, senhora, obrigado. — Pego os papéis e me viro para colocá--los na mochila, apenas para lembrar que ainda está no chão ao lado do meu armário. Se eu tiver sorte.

Terei se ninguém tiver pegado ou mexido nela.

— Espere um minuto, já volto. — Ela sai da secretaria para tirar suas cópias, conversa com a Sra. Tinnon por um minuto e depois volta. — Aqui está, e a Sra. Tinnon fará um bilhete para o professor.

— Obrigado.

Saio, cansado. O dia mal começou e já quero voltar para a cama. É só segunda-feira. A semana vai piorar até que ponto?

VINTE

Roman

Já peguei meu almoço e estou sentado em nossa mesa de sempre quando vejo Jonah do outro lado do refeitório. Que merda é essa? Dois olhos roxos e nariz inchado, que eu sei por experiência própria que dói demais.

Como estou sentado de lado com Mary entre as minhas pernas, ela não o viu, e não posso perguntar disso aos caras, mas tenho certeza de que um deles é o culpado. É um saco para ele, mas é assim que tem que ser. Não pode parecer que nos damos bem, como se passássemos tempo juntos.

Pegando meu telefone, percorro os contatos até encontrar o que quero.

> Eu: O que aconteceu com o seu rosto?

> Menino da Bíblia: Como conseguiu meu número?

> Eu: Não importa. Responda à pergunta.

> Menino da Bíblia: Pergunte aos seus puxa-sacos.

Eu sorrio e crio um plano.

> Eu: Me encontre no vestiário em 5 minutos.

> Menino da Bíblia: Por que eu faria isso?

> Eu: Eu poderia chamar Mary para ir comigo, se preferir.

BULLY KING

93

Olhando para o outro lado da sala, posso ver suas costas endireitarem. Ele quer me mandar para "aquele" lugar, mas não vai. Mesmo que esteja com raiva de Mary, ele a protegerá, não importa o custo para ele.

Jonah se levanta, joga o almoço no lixo e sai do refeitório. Espero alguns minutos, depois me levanto para jogar o meu.

Eu beijo Mary no topo de sua cabeça.

— Certo, tenho algumas coisas para fazer. Até mais tarde.

Vou para a academia e entro no vestiário masculino. Não tem ninguém por aqui, já que está na hora do almoço e cheira a uma mistura de bolas suadas e pés. A pesada porta de metal se fecha com um baque que reverbera pelo lugar. O ar está úmido e impregna meus pulmões.

— Jonah. — O nome ecoa, mesmo fechando a porta.

— Você me quer, venha me pegar. — Sua provocação ricocheteia no metal e no chão, tornando difícil identificar sua localização.

Um sorriso perverso surge em meus lábios. Ele quer jogar esse jogo? Espero que ele saiba que vou ganhar.

Movendo-me rápida e silenciosamente, dou uma breve verificada no lugar, mas não o encontro entre as baias dos armários. Meu coração está acelerado no peito enquanto a emoção toma conta. Sou um caçador em campo, procurando um alvo livre, mas sempre sei o que vou encontrar. Aqui, eu não tenho ideia do que está esperando por mim. O que faz meu sangue bombear, a testosterona gritando nas veias. Quero encontrá-lo. Conquistá-lo. Provar de uma vez por todas que estou no comando aqui.

Passos rápidos me fazem parar de costas para a parede que leva aos chuveiros. Forçando minha respiração a acalmar, escuto com atenção, mas entre meu coração acelerado e a respiração ofegante, não consigo ouvir merda nenhuma.

Indo para os chuveiros, rapidamente examino os cantos, mas ele não está aqui. Que porra?!

— Esta perseguição está deixando meu pau duro. Melhor se preparar.

Eu volto, pegando o caminho que vim para tentar interceptá-lo.

— Me causar dor deixa seu pau duro. Eu dizer não para você deixa seu pau duro. Por que isso seria diferente?

Dou de ombros sozinho; ele não está errado. Estamos nos aproximando dos chuveiros outra vez e, francamente, é bem onde eu o quero.

— Não aja como se não gostasse.

Cheguei perto demais. Ele se move, e uma sombra dança ao longo da parede de azulejos brancos. Salto para frente, bloqueando sua fuga. Ele para de repente, ofegante, com os olhos arregalados. Lógico que ele sabe que foi pego, mas seus instintos ainda estão procurando uma saída.

Minha cabeça abaixa, meus olhos atentos nele com um sorriso perigoso. Ele está em apuros e sabe disso. Forçando seu corpo a relaxar, levanta as mãos, rendido, e acompanha meus passos. Para cada passo que dou na direção dele, ele dá um para trás. Seu olhar está tão focado em mim que nem percebe que o encurralei até sentir as costas baterem na parede.

Olhando o espaço no mesmo instante, seus ombros cedem, derrotados.

— Merda.

Igual ao gato que pegou o canário, gostei do jogo, mas quero a recompensa. Dou um passo, invadindo o seu espaço e colocando as palmas das mãos no azulejo frio acima de sua cabeça. Inclino-me para frente. Meus olhos viajam ao longo de seu rosto, observando as contusões roxas começando nos cantos dos olhos, o inchaço do nariz, seus malditos lábios beijáveis.

Jonah deixa cair a cabeça para trás, esperando pelo meu ataque. Seu corpo relaxou na parede, submetendo-se a qualquer coisa que eu queira. Abaixo a cabeça em direção a ele, deixando só um sussurro de espaço entre nossos lábios. Seus olhos se fecham, esperando que eu destrua sua boca, mas não faço nada. Apenas pairo. Quando não o beijo, suas sobrancelhas franzem e seus olhos se abrem. O leve suspiro por me ter tão perto quase me fazendo ceder, quase.

Meu corpo está pressionado no dele. Músculo magro e membros longos. Os braços de Jonah envolvem meus quadris, suas mãos agarrando minha bunda. Tensiono os músculos para manter a postura conforme ele se arqueia em mim, seus quadris roçando os meus. Meu pau endurece com o contato a um nível doloroso.

Estou cansado de me masturbar, está na hora de outra pessoa lidar com o problema.

— Tenho que admitir, você estar meio maltratado é sexy pra caralho.

Ele zomba de mim, revirando os olhos.

— Você está fora de si.

Deixo minha boca cair em seu pescoço, puxando a pele entre os dentes e sugando sua carne. O tremor que o acompanha faz seus dedos apertarem os músculos da bunda.

— Você viu quem fez isso? — Está me incomodando que alguém colocou as mãos nele.

BULLY KING

Nunca me importei no passado com o que acontece com os caras que entram no meu caminho, mas *eu* sou o único que toca Jonah. Vou me certificar disso daqui em diante.

— Claro que não — solta Jonah, bravo, o corpo rígido contra o meu.

Ele está tentando muito não gostar do jeito que o toco. Não consigo deixar de sorrir em sua pele.

— Por mais que eu goste quando você me enfrenta, amo quando cede e se submete ainda mais. — Minha boca percorre seu pescoço para lamber a concha de sua orelha antes de chupar o lóbulo carnudo.

Jonah estremece mais forte desta vez, ofegante.

— Porra.

O sorriso que ergue meus lábios é predatório e orgulhoso ao mesmo tempo. O menino da Bíblia está xingando.

Estou me atormentando ao manter os lábios longe dos dele. Quero sua boca na minha. Eu quero a paixão dele.

O rosto de Jonah está virado para mim, então paro de manter seus lábios longe de mim. Pela primeira vez, nosso beijo não é uma disputa, não é agressivo ou brutal. Apenas um leve encostar de lábios no início, depois um contato mais firme. Ele abre a boca para mim, e eu aceito o convite para explorar. Meu corpo o deseja de uma maneira que eu nunca desejei um corpo feminino.

Perdi minha virgindade aos quatorze anos e nunca olhei para trás. Trepei com quase todas as garotas nesta cidade que estavam na faixa etária certa, mas nenhuma delas se compara a isso. Jonah Cohen é uma droga, e eu estou viciado. Ele não se importa com quem eu sou ou de onde eu vim. Ele definitivamente não gosta de mim, mas seu corpo me anseia do mesmo jeito.

Se ao menos as coisas pudessem ser diferentes. Talvez se não morássemos em uma cidade atrasada e intolerante, pudéssemos tentar de verdade. Mas esse não é o nosso destino nesta vida. Isso é tudo o que podemos ter: beijos roubados e apalpadelas rápidas no escuro.

Jonah rebola os quadris, seu pau alinhando perfeitamente contra o meu. Estou pulsando, doido para gozar, as bolas pesadas de desejo.

Soltando seus lábios, minha testa descansa na sua com nossa respiração irregular se misturando.

— Se ajoelha.

A cabeça de Jonah se inclina para trás, de olhos arregalados, mas seu pau pula e endurece ainda mais contra mim. Um sorriso levanta um dos cantos de meus lábios.

— O quê? — A palavra é mais sussurrada do que dita, Jonah lutando para controlar a respiração.

— Se ajoelha. — Fico parado, dando a ele um pouco de espaço para se mover. Quando ele não o faz, eu agarro o cabelo no topo de sua cabeça e a empurro para o lado. — De joelhos.

Ele engole, o pomo de adão subindo e descendo. Seus olhos castanhos não deixam os meus quando ele se abaixa no chão na minha frente, tanto a raiva quanto o desejo os tornando mais esverdeados.

— Puxe para fora.

— Nós vamos ser pegos — Jonah sussurra para mim, olhando além do meu quadril em direção à entrada dos chuveiros.

— Não, se você calar a boca.

O puxão em seu cabelo o faz voltar a atenção para mim. O desejo me deixa tonto. A expectativa de sua boca quente e molhada chupando meu pau é quase suficiente para me fazer gozar na calça.

— Depressa, caralho.

Seus dedos alcançam o botão e o zíper. Jonah se apoia nos joelhos para dar beijos de boca aberta na minha barriga. A intimidade inesperada me faz sentir um aperto na barriga e meus olhos fecham. Um arrepio percorre minha espinha, minha pele fica toda arrepiada.

Ondas de prazer percorrem o meu pau, vazando pré-sêmen na calça.

— Porra. — Sou forçado a soltar o cabelo dele e colocar as palmas das mãos na parede para continuar de pé.

O botão e o zíper são abertos, me dando um espaço muito necessário.

Forço os meus olhos a abrirem quando seu hálito quente sopra em minha boxer. Mesmo através do tecido, posso sentir o calor. Jonah está me observando, machucado e com o nariz fodido, encarnando todos os sonhos molhados que tive desde o início das aulas. Seus dedos envolvem o elástico e o puxam, liberando meu pau, que balança em seu rosto.

Eu o observo de perto quando ele me vê em carne e osso pela primeira vez. Sou grosso e comprido com veias ao longo do comprimento. Minha pele fica quase roxa quando estou em atenção total assim, a ponta quase batendo no umbigo.

Jonah engole de novo e mais uma vez olha nos meus olhos antes que a ponta de sua língua apareça para arrastar da base à ponta.

BULLY KING

Sou forçado a respirar entre os dentes cerrados. Beijos famintos ao longo da parte inferior do meu pau me deixam ofegante e já estou prestes a gozar.

— Chupe — ordeno, impaciente, desesperado pelo calor, a sucção, o esquecimento.

Cada músculo do meu corpo está tenso quando Jonah agarra meu pau com firmeza e abre a boca. Meus joelhos quase dobram quando sua boca se fecha ao meu redor. Quero estocar dentro de sua boca, cada instinto que tenho está me dizendo para fazer, mas não posso. Ele já está machucado. Não posso piorar, não quando ele está me dando isso.

Ser filho do pastor significa que ele não tem experiência sexual. Fui seu primeiro beijo, o primeiro a tocar seu pau, e o meu pau será o primeiro a tocar seus lábios.

VINTE E UM

Jonah

O piso sob meus joelhos é frio e implacável. O garoto na minha frente não é diferente. Se eu não tomar cuidado, ambos deixarão marcas em mim – as marcas de Roman não aparecerão na minha pele tão fácil assim. Eu não esperava que minha primeira vez fazendo um boquete seria assim. Nos chuveiros do vestiário masculino, me escondendo de todo mundo na cidade, e fazendo para um garoto que me usa, e depois me ameaça para me manter calado.

É também a coisa mais excitante que eu já fiz. Os gemidos e chiados, o movimento involuntário de seus quadris. É inebriante por si só. O prazer é viciante, mas só de dar prazer já é uma delícia. Junte isso ao fato de eu saber que sou o único que causa isso a ele, e sou um caso perdido. E quero mais.

Ele é idiota. É insistente, arrogante e mimado, mas também é excitante, e agora está olhando para mim com reverência. Eu me odeio pela fraqueza de querer que alguém me olhe como ele está fazendo agora.

Acima de mim, ele se apoia em um cotovelo, encostado na parede, e usa a outra mão para segurar o cabelo no topo da minha cabeça novamente. Esse puxão, esse controle que ele tem com os dedos enrolados nos fios macios do meu cabelo, faz meu pau doer. Isso acalma meus pensamentos, me faz flutuar em um mar onde não preciso tomar decisões. Meu corpo segue sua liderança em vez de se atrapalhar, sem saber o que estou fazendo.

Roman usa seu aperto no cabelo para estocar na minha boca, forçando-a para se abrir ainda mais. A cabeça de seu pau alcança a parte de trás da garganta, e eu engasgo, o som ecoando nos azulejos. Os músculos da minha barriga se contraem e minhas costas se curvam para frente.

— Issooo — geme Roman, os olhos vidrados em seu pau desaparecendo entre meus lábios.

Da minha posição no chão, observo em êxtase a forma como seu corpo dança com cada impulso. Os músculos de seu abdômen flexionam, os quadris rebolam. Minhas mãos agarram suas coxas fortes para não cair, elas apertam e relaxam sob meu domínio a cada movimento.

— Engole — grunhi ele. — Cada gota, porra.

Eu levanto a cabeça o máximo que posso para mostrar que entendi. Suas estocadas ficam mais fortes, mais ásperas, mais profundas. Tento respirar através dele, mas engasgo toda vez que ele vai fundo demais. É difícil lutar contra o instinto do meu corpo e deixá-lo continuar.

— Droga! — As palavras de Roman ecoam pelo lugar enquanto jatos salgados atingem o fundo da garganta. — Chupa.

Faço o que ele ordena na hora, chupando o esperma e engolindo o mais rápido que posso. O sabor salgado e picante atinge a língua, e não consigo segurar o gemido. Seus quadris rebolam preguiçosamente mais uma vez antes de sair da minha boca. Limpo os lábios com as costas da mão por precaução.

O sorriso suave que Roman me dá não é o que estou acostumado. Não é um que eu tenha visto vindo dele antes. É… apreciativo?

Seus dedos acariciam meu cabelo e seguram meu rosto por um segundo antes de se afastar da parede e enfiar o pau de volta dentro da calça.

— Porra, precisava disso — diz ele, seus joelhos um pouco trêmulos enquanto me levanto.

Tenho que admitir, estou meio orgulhoso.

— Excelente. Posso ir agora? — Não sei o que fazer com esse Roman mais calmo. Isso me deixa nervoso.

Tiro a camisa e a seguro em uma das mãos. Já que estou aqui, vou vestir a de educação física, pois não tive chance durante toda a manhã. Parece que todos os professores queriam falar comigo do meu rosto depois da aula.

Os olhos de Roman percorrem meu torso exposto, a sobrancelha levantada e lábios franzidos absorvendo cada centímetro. Eu corria antes de nos mudarmos para cá, mas esse ar quente e úmido torna isso quase impossível. Não sou musculoso como ele, mas sou magro. Estou feliz com a minha aparência.

— Você está tirando a roupa por algum motivo? — Ele me olha enquanto abotoa a calça jeans e puxa o zíper para cima.

— Sim. Estou cansado de usar uma camisa ensanguentada. — Eu a ergo para mostrá-la e passo por ele.

Meu armário não fica longe dos chuveiros. Eu tive que ser *extremamente cuidadoso* para não olhar. Na frente dos armários azuis, destranco o meu e encontro a camisa com o nome da nossa escola e mascote. Segurando a camisa manchada entre os joelhos, enfio os braços pelas mangas e estou puxando-a sobre a cabeça quando uma mão quente se espalha na minha barriga e um beijo molhado é pressionado no ombro.

Tenho dificuldade para respirar com o toque inesperado e meus músculos estremecem. O que ele está fazendo? Por que está arriscando sermos pegos? Seria tão fácil ceder ao desejo. Cada parte de mim quer ser tocada, abraçada, mas não podemos. Aqui não. Agora não.

— Ninguém vai te machucar de novo. — As palavras são calmas, mas confiantes. Ele fala sério e se certificará de que são verdadeiras.

Minha garganta aperta com a confirmação de que ele pode fazer tudo parar, mas não vai. Termino de vestir a camisa e empurro seu peito, forçando-me a me afastar dele. Não posso permitir que ninguém pense que eu, talvez, goste de garotos. Roman provavelmente poderia fingir que estava apenas brincando, mas eu seria crucificado por isso.

— Jonah. — Meu nome ecoa pelo espaço conforme saio para voltar à aula.

O intervalo já deve estar quase no fim. Parece que estamos no vestiário há horas. Ele faz isso comigo. Faz o tempo parar quando está por perto. Como se minha visão da realidade começasse e terminasse com ele.

A porta pesada se fecha atrás de mim e dou de cara com a Mary.

— O que aconteceu com o seu rosto? — exige saber, com os braços cruzados e o quadril inclinado.

— Por que não pergunta ao seu namorado?

Sinto uma sensação muito ruim. Namorado da Mary. Estou ajudando o namorado dela a traí-la. Que diabos está errado comigo?

— *Roman* fez isso com você?

Ela está cética, mas está certa em ser. Ele não fez isso, mas sabe quem fez, e tenho certeza de que ele é o motivo disso.

— Não diretamente, tenho certeza, mas era alguém de seu grupinho. — Dou de ombros.

— O que está acontecendo com você? Está dispensando o jantar em casa, sendo reservado e agora brigando. Você não é assim.

— Você está tão envolvida com seus amigos idiotas e seu namorado popular. Como iria saber?

BULLY KING

O rangido das dobradiças e a batida da porta pesada do vestiário soam atrás de mim. Mary se inclina de lado e arqueia uma sobrancelha para a pessoa se aproximando. Não preciso olhar para saber que é Roman.

— Oi, gata. — Seu tom é mais uma vez descontraído quando vê Mary.

Odeio como fico com ciúmes quando ele a chama assim. Enfurecido de vergonha e culpa, dou um passo ao redor da minha irmã chata para seguir rumo à aula, mas ela me para com um aperto no braço.

— Você sabe alguma coisa disso? — pergunta a Roman, apontando para mim.

— Ouvi dizer que bateram o rosto dele no armário. — Sua explicação casual me deixa ainda mais irritado. Que indiferente da parte dele não dar a mínima por eu ter sido humilhado em um corredor movimentado cheio de alunos.

— Ele me disse que você o jogou em um armário no nosso primeiro dia. Isso também é verdade?

Minhas costas se endireitam, e arrisco olhar para Roman. Ele está surpreso com a pergunta e, mesmo daqui, posso ver os pensamentos girando em sua cabeça enquanto pesa qual será seu próximo passo.

— Tivemos um mal-entendido.

Bufo com sua explicação.

Mal-entendido.

Sei.

Reviro os olhos e vou embora. Não aguento mais essa conversa. É tudo mentira.

VINTE E DOIS

Roman

Quando o treino de futebol termina, estou exausto. Não consigo me livrar do olhar no rosto de Jonah quando se afastou de mim. Ele ficou chateado, mas não sei porquê. Eu disse a ele que me certificaria de que o que aconteceu esta manhã não se repetiria.

Tirando esses pensamentos da cabeça, saio cansado e suado da caminhonete. É outono e o clima esfriou. A brisa toca minha pele exposta. O Halloween está chegando, mas tenho um jogo, então tenho certeza de que vou acabar em uma festa depois. Com um pouco de sorte, poderei fugir com Jonah e ganhar outro boquete. Ele fez um bom trabalho hoje, ainda mais por ser sua primeira vez.

Meu pau se contrai, só que continuo usando meus shorts de compressão do treino. Não há para onde ir.

Jogando a bolsa sobre o ombro, eu entro.

Já que o conversível vermelho do meu pai está na garagem, tenho que estar preparado para o que está por vir. Será que está muito bêbado desta vez? Minha mãe já está sangrando?

Não ouço gritos quando chego à porta, o que me permite respirar. Ele ainda não está tão bêbado. O cheiro saboroso de bife Salisbury – o típico prato feito de carne moída e molho – me alcança quando entro e fecho a porta da frente. Meu estômago ronca e dói. Não como desde o intervalo e estou morrendo de fome.

Tudo parece tranquilo aqui, o que significa que tenho um minuto para tomar banho e me trocar. Subindo as escadas correndo, deixo minhas coisas ao lado da cama e tiro o resto do uniforme de futebol, depois vou para o banheiro. Abro a água e me inspeciono em busca de hematomas recentes, como faço todos os dias. Viver com um pai alcoólatra e abusivo significa que tenho que ficar de olho nas marcas. Se alguma aparece, tenho que ter uma história plausível pronta.

BULLY KING 103

Consegui evitá-lo por tempo suficiente para que minhas costelas se curem, mas estava distraído no treino de hoje, então a defesa conseguiu me derrubar algumas vezes. Esses filhos da puta dando um chute no seu corpo é como ser atropelado por um caminhão.

Vapor sai acima do chuveiro e eu entro, fechando o box do banheiro. A água queima minha pele, mas os músculos agradecem quando a tensão desaparece.

Não demoro muito para esfregar e limpar o dia da minha pele, o suor e a alegria. Fechando a água, eu me seco rápido e visto uma camiseta e shorts esportivo, então desço depressa.

Já faz tempo desde que comemos na sala de jantar e eu paro, de repente, ao ver meu pai sentado na cabeceira da mesa. Sinto a acidez no estômago ao me lembrar da última vez que me deparei com esse cenário. Gritos, choros, pratos quebrados e uma mesa virada. Isso parece uma armadilha.

— Sente-se, garoto. — Meu pai levanta o copo de whisky e toma um gole.

Eu me acomodo quando minha mãe entra com um prato de comida fumegante. Bife Salisbury com molho e macarrão de ovo é uma das coisas que ela mais gosta de cozinhar. É reconfortante e a faz lembrar de seus pais.

Meu avô começou o frigorífico fora da cidade que agora é o maior empregador aqui. Ele era um homem de negócios em todos os sentidos da palavra. Até sua esposa e filhos ficavam em segundo lugar. O homem era um workaholic, mas sua esposa e filhos eram bem cuidados. Ele nunca foi abusivo, apenas ausente.

O bife Salisbury era seu prato favorito, então vovó fazia com frequência para incentivá-lo a ficar em casa à noite. A maioria das vezes deu certo, portanto, para mamãe significa lembranças de seu pai.

Nunca conheci meus avós. Eles morreram em um acidente de carro quando meu pai ainda jogava futebol profissional. Ele foi ferido ao mesmo tempo em que a minha mãe foi intimada a retornar para casa. Para receber sua herança, ela teve que voltar, e alguém da família tinha que estar trabalhando na fábrica.

Minha tia desistiu e fugiu, deixando tudo para minha mãe resolver, incluindo uma criança pequena e um marido ferido que tinha acabado de ter seus sonhos arrancados dele.

Minha mãe se senta na minha frente com um grande sorriso no rosto, um que alcança seus olhos dessa vez.

Mas o que está acontecendo?

Meu pai bate uma carta aberta na mesa e a empurra para mim. Não sei dizer se ele está orgulhoso ou chateado, não que eu ligue para o que ele pensa. As palavras "Louisiana State University" em azul-escuro, fonte em negrito fazem meu estômago revirar quando viro o envelope. Meu pai quer que eu jogue na LSU, já que é onde ele jogou, mas não quero ficar no Sul. Preciso sair da porra do Cinturão Bíblico.

— Você abriu? — questiono o meu pai. O filho da puta não podia nem esperar que eu descobrisse o que disseram.

— Claro que sim. Agora abra a maldita carta! — Sua palma bate na mesa novamente, e minha mãe pula.

— Roman — minha mãe diz o meu nome baixinho. — Por favor. — Seus olhos me imploram para não fazer uma cena, apenas aceitar seu bom humor e ficar feliz com isso.

Engolindo a raiva, puxo o papel dobrado e leio.

> *Parabéns, Sr. King.*
>
> *A LSU gostaria de lhe oferecer uma bolsa de estudos integral e uma vaga em nosso time...*

Não preciso ler mais. Eu não vou.

Uma mão dura cai no meu ombro, desviando minha atenção da carta. Meu pai está sorrindo agora. O garotinho dentro de mim que sempre quis que seu pai o amasse se ilumina com a atenção. Aquele garotinho ama seu pai. Ele só quer deixar o papai orgulhoso.

— Estou orgulhoso de você.

Eu odeio aquele garotinho. Raiva e dor lutam para me sufocar. Quantos anos esperei por essas palavras? Quantas vezes quis que ele aparecesse em um jogo e nunca apareceu? Ou que se importasse um pouco com a minha vida?

Um soluço abafado me faz olhar para minha mãe. Lágrimas estão escorrendo pelo seu rosto, um enorme sorriso dividindo-o. Este momento é tudo o que ela sempre quis.

O sonho no qual se agarrou enquanto ele a espancava, jogava coisas nela e dizia como era uma inútil. Este é o sonho que a manteve. Este momento.

BULLY KING

Não importa o quanto eu não queira destruir esse sonho por ela, não posso deixar isso continuar. É uma mentira que me recuso a viver.

— Eu não vou.

Três palavras insignificantes são o que é preciso para o mundo parar. Para que todo o ar seja sugado da sala. As lágrimas de alegria de mamãe se transformam em dor em um instante. As pernas da cadeira rangem pelo assoalho de madeira enquanto papai se levanta, jogando-a na parede. Estou de pé, pronto para a briga que acabei de começar, e mamãe se encolhe na cadeira como se quisesse sumir.

— Seu merdinha egoísta! — ruge meu pai, vindo para mim. — Tem alguma ideia de quantos favores eu tive que pedir para fazer isso acontecer?

Ele está na minha cara agora, quase debruçado sobre mim, mas me recuso a recuar.

— Não serei nada parecido com você.

Meu pai me dá um tapa, jogando minha cabeça de lado, a bochecha esquenta e meus ouvidos zumbem. Minha mãe solta um soluço, mas não se mexe. Ela sabe que não deve interferir.

— Você não vai chegar a lugar nenhum sem mim. É um lixo de jogador andando sob a minha sombra — cospe as palavras na minha cara, mas eu sorrio.

— Prefiro viver na rua do que seguir seus passos. Você é um homem acabado e fracassado, e eu tenho vergonha de ser seu filho!

Eu me afasto antes que ele possa reagir. Sua voz me segue pelo corredor, me dizendo o grande merda que sou, que não chegarei a lugar nenhum. Ao sair pela porta, uma foto de família emoldurada chama minha atenção. Eu tinha uns dez anos, meu pai estava bebendo a ponto de percebermos que seria um problema e minha mãe estava perdendo peso. Mas os sorrisos, a proximidade de nossos corpos, diziam que éramos perfeitos.

Inclinando o braço para trás, eu soco e quebro o vidro. Sangue começa a escorrer pelos dedos na hora, mas não sinto nenhuma dor. Subindo na caminhonete, eu procuro no porta-luvas pela chave reserva. Não me importo que meu telefone ou carteira ainda estejam no quarto. No caso de ser parado, serei reconhecido e liberado sem problemas.

Eu dirijo em direção ao único lugar que sei que posso conseguir o que preciso. A única pessoa que eu quero perto de mim. A única de quem eu deveria ficar longe.

Não consigo tirar da cabeça a expressão de pura alegria no rosto da minha mãe. Meu coração dói por ela. Ela só quer que seu marido não seja um abusador fodido. Por que isso é pedir demais?

Parando na loja de conveniência, pego um fardo com seis cervejas e vou para a casa do pastor. Nem precisei pagar por elas. Estacionando a algumas casas de distância, abro uma e bebo.

O maldito disse que estava orgulhoso de mim. Como ousa! Ele realmente acha que eu ligo para o que ele pensa? Eu me sinto tão angustiado que as emoções se agitam dentro de mim. Eu o odeio. Gostaria que ele fosse um pai de verdade em quem eu pudesse confiar.

Jogando a garrafa no assoalho do banco do passageiro, pego outra e a abro. Levando-a aos lábios, minhas opções para a faculdade passam diante dos meus olhos.

E agora, o que vou fazer? Se as universidades de Los Angeles ou Ohio não me oferecerem uma vaga, não terei escolha a não ser assinar com a LSU ou tentar uma vaga em algum lugar. A UCLA é a minha primeira escolha. Quero ficar o mais longe desta cidade retrógrada que eu puder, porra.

Uma hora se passa, e o sangramento da mão diminuiu para um fio, a maior parte secou e trincou. Jogando a última cerveja no chão, pego a chave e saio da caminhonete. Acabou esfriando mais aqui fora, mas o álcool da cerveja me mantém aquecido na minha caminhada.

As luzes estão acesas, dando um brilho acolhedor à iluminação fraca. É convidativo e caseiro. O Sr. e a Sra. Cohen ainda não percebem o quanto isso é mentira. Eles ignoram o fato de que alienaram seu filho e o sentenciaram à condenação eterna.

Usando as sombras ao redor da casa, dou a volta pela janela do quarto de Jonah e bato.

BULLY KING

VINTE E TRÊS

Jonah

A porta do meu quarto se abre, e eu giro na cadeira. Mary entra e fecha a porta.

— Oi. E aí?

Ela se aproxima, senta na cama e puxa as pernas para cima. Há algo em sua mente. Sua testa está franzida e ela está mordendo o lábio. Ela quer me perguntar ou me dizer alguma coisa. Nenhuma delas é fácil.

— Acho que Roman não está mesmo a fim de mim. — A voz de Mary está baixa, a cabeça abaixada.

Meus pensamentos passam por todos os resultados possíveis para esta conversa. O que diabos eu deveria dizer? Ela não pode descobrir o que estamos fazendo. Não posso permitir que seja cúmplice disso.

— Toda vez que vejo vocês, ele está abraçado a você e te beijando. Pra mim, parece bastante interessado. — *Não tem ideia do quanto eu quero poder tocá-lo livremente, demonstrar carinho.*

— Não sei. Ele mudou desde que começamos a sair juntos. — Ela dá de ombros. Isso a está incomodando, mas não sei dizer se ela suspeita de mim. Está chateada ou confusa?

A culpa me consome. Claro que ele mudou. Tem andado às escondidas comigo. O namorado dela a está traindo, e não só sei, como estou o ajudando nessa história. Sou a razão disso.

Um movimento do lado de fora da janela chama a minha atenção. Meus olhos se arregalam quando Roman aparece, depois desaparece de vista na mesma rapidez. Droga.

— Ele provavelmente está cansado por causa futebol. — A desculpa é esfarrapada, mas tenho que tirá-la daqui.

— Pode ser. — Ela olha para mim.

Tento fingir que estou relaxado. Como se não houvesse um garoto do lado de fora da janela que pudesse revelar meu segredo.

— Sinto falta de poder falar com você.

Ela podia muito bem ter me dado um tapa na cara. Meu coração dói com suas palavras. Abaixo a cabeça e meus ombros caem.

— Sinto falta de falar com você, também. — Com as mãos e dedos entrelaçados, eu aperto com tanta força que as pontas dos dedos ficam brancas. — Odeio esse lugar.

Mary sai da cama e me abraça tão apertado que mal consigo respirar. Meus braços circulam sua cintura e eu a abraço de volta. Ela é a única amiga que tenho e agora preciso de uma conexão física com alguém. Você não percebe o quanto deseja o toque humano quando nem recebe um abraço com frequência.

Eu a aperto com força por um minuto antes de soltá-la.

— Estou cansado. Vou para a cama.

Ela sorri para mim.

— Nos falamos amanhã?

— Claro — concordo.

Mary bagunça meu cabelo e sai, fechando a porta ao passar.

Movendo-me depressa para a janela, eu a levanto para Roman entrar.

— Você realmente deveria me avisar quando vai passar por aqui. E se fosse o meu pai? — Eu me afasto para lhe dar espaço com os braços cruzados.

Uma mão ensanguentada aparece na soleira da janela quando ele se apoia para entrar.

— O que aconteceu com sua mão?

Ele não responde enquanto fecha a janela e faz careta para a marca de sangue deixada para trás.

— Merda, me desculpe.

O fedor de cerveja emana dele. É tudo o que preciso, Roman bêbado no meu quarto. Vai saber o quanto ele será ruim agora?

— Espere, vou pegar uma toalha e o kit de primeiros socorros.

— Não é por isso que estou aqui. — Seus olhos prendem os meus, a tensão emanando dele, tão espessa que é quase sufocante.

— Então, por que está aqui? — Não tenho energia para ele esta noite. Para a briga e a demonstração de domínio que não me importa nem um pouco.

Com a mão no meu peito, Roman me aperta contra a porta do quarto e devora meus lábios. Mordendo e chupando o lábio inferior, a língua exigindo espaço na minha boca, e estou muito cansado para resistir.

BULLY KING

Eu o deixo controlar o beijo. O sabor amargo de cerveja em sua língua é o meu primeiro contato com álcool. Misturado com ele, é definitivamente inebriante. Expectativa me faz sentir um frio na barriga, excitado e nervoso. Ele estava bebendo. Isso o tornará mais ou menos agressivo? Terei que brigar mais para evitar que ele me pressione além da conta?

Meu pau está totalmente ereto e a calça de pijama não servem para escondê-lo. O deslizar de seu pau escorregando através do short esportivo é uma nova sensação erótica que eu não quero interromper.

Alguém tosse no corredor e nos separamos, ambos respirando com muita dificuldade. Essa foi por pouco. Eu me ajusto para tentar esconder a barraca na calça, mas sério, qual é o sentido?

— Volto já. — Não espero por uma resposta, apenas me viro e abro a porta.

Com cuidado, verifico o corredor e não abro muito a porta. Como o banheiro fica ao lado do meu quarto, sou rápido em pegar o kit e voltar para o quarto, andando na ponta dos pés para que ninguém ouça meus passos.

Quando volto, congelo por um segundo, surpreso ao vê-lo tão abatido. Sua cabeça pende do pescoço e os ombros estão curvados para a frente, os braços apoiados nas coxas com as mãos penduradas entre elas. Parece derrotado. Nada parecido com o idiota arrogante que eu sei que ele é.

Mesmo em seu estado atual, parece deslocado no meu quarto. Com móveis grandes demais para o lugar e um edredom azul simples, fica pequeno demais para ele. Usando apenas camiseta branca e shorts esportivo cinza, ele é maior do que a capacidade do espaço apertado permite. É dolorosamente óbvio que ele não pertence a mim.

Não sei como lidar com essa versão dele. Minhas próprias emoções estão à flor da pele a partir de hoje. Estou vulnerável e não há nada que eu possa fazer para mudar isso.

Aproximando-me dele com cautela, sento no chão a seus pés para cuidar de sua mão. Sua cabeça levanta só um pouco para me olhar nos olhos. O azul normal de seus olhos, que é brilhante e cheio de vida, agora está opaco e vítreo de embriaguez. Sem pensar, eu o alcanço e dou um beijo em sua testa. Ele precisa de conforto, e quem mais vai dar a ele? Quem mais vai entender?

Roman estremece com o simples toque. Na verdade, treme. O que isso significa? O que significa ele estar aqui? Está aqui apenas para forçar outro orgasmo meu, me aterrorizar da maneira que só ele consegue fazer, ou sente algo de verdade por mim?

Alcançando a garrafa de água na mesa, coloco a toalha na palma da mão e levanto a mão dele.

— São apenas os nós dos dedos. — Sua voz está baixa e áspera, como se simplesmente não tivesse mais coragem de se importar.

— O que aconteceu? — Derramo um pouco de água nos cortes, lavando uma porção do sangue. Não estão tão ruins, mas parece que tem vidro em um ou dois deles. São profundos e causam a maior parte do sangramento.

— Meu pai me disse que estava orgulhoso de mim.

Tanta emoção está embalada nessa frase que meu coração dói por ele. Não consigo me lembrar da última vez que meu pai me disse que estava orgulhoso de mim, mas não consigo me imaginar socando algo se ele o fizesse.

Ele não é uma pessoa ruim. Ele está... machucado.

As palavras de Mary ecoam na minha cabeça. Acho que existe mais nele do que o que deixa transparecer. Ele admitiu livremente que o pai deu um soco em seu rosto. A enfermeira da escola disse que o pai dele é um bêbado cruel. Mary até tentou me falar.

Não sei o que dizer, e qualquer banalidade que eu diga, ele provavelmente vai me mandar calar a boca, então as palavras ficam entre nós. Não vou pressioná-lo, mesmo que eu queira saber mais. Ele não me deu permissão para perguntar mais.

Roman arfa quando tiro o caco de vidro de sua pele com uma pinça, mas ele não se afasta de mim. Usando a toalha úmida, limpo os dedos e a palma da mão o melhor que posso, certificando-me de que não tenha outro corte que precise de atenção. Enxaguando seus dedos de novo, eu os seco e os cubro com um pouco de gaze e esparadrapo.

Guardo os curativos no estojo e me levanto para limpar a marca da mão da soleira, mas Roman se levanta e a pega de mim.

— Vou limpar isso. — Ele aponta para a janela e eu saio para colocar tudo de volta no banheiro antes que alguém descubra que não está lá.

Como está ficando tarde, apago a luz quando volto; a única iluminação aqui vem da lua cheia do lado de fora da janela. Há tanta dor nesse quarto, girando entre nós, que nenhum de nós parece saber o que fazer a seguir.

Roman levanta a mão enfaixada nas sombras.

— Obrigado.

— De nada.

Já que eu cuidei das mãos dele, espero que vá embora, mas quando me sento na beirada da cama, ele desliza no escuro e reaparece, parado com os

BULLY KING

pés por fora dos meus. Ele está tão perto que consigo sentir o calor de sua pele. Ele cheira tão bem, banho recente tomado e roupa limpa. A presença exigente que ele tem paira sobre mim. Não está mais incerto ou abatido, como se no escuro não precisasse ser vulnerável.

— Tire a calça. — Seu comando é silencioso, mas não menos contundente.

— O que? — Só de cogitar isso meu pulso acelera. Não que eu não queira, mas... — Não vou fazer sexo com você.

Ele dá um passo até onde a cama permite, as canelas agora no meu colchão.

— Eu disse que ia te foder? Não. Mandei tirar a porra da calça.

Meu coração está trovejando no peito, não consigo ouvir acima dos batimentos pulsando nos ouvidos.

— Não.

Ele rosna e levanta um lábio para mim um segundo antes de alcançar minha nuca, os lábios roçam nos meus. Esperando um ataque brutal, não estou preparado para a gentileza de seu beijo. Usando o poder que ele tem sobre mim, me força a me inclinar para trás na cama até que eu me apoiar nos cotovelos. Roman sobe em cima de mim, sentando nos meus quadris.

— Por que tem que tornar tudo tão difícil? — Seu tom diz que ele está agitado, mas a carícia de suas mãos diz o contrário.

Juntos, a gente se arrasta até que estou deitado com a cabeça no travesseiro e ele está entre as minhas coxas.

Começando no meu quadril, ele ergue a minha camisa e beija minha barriga, lambendo, mordendo e beijando meu peito até encontrar um dos meus mamilos. Concentrando-se no bico sensível, ele o suga fundo na boca enquanto seus dedos apertam o outro. Minhas costas arqueiam conforme choques elétricos disparam pelo meu corpo, apertando cada músculo que tenho. As bolas doem e meu pau libera pré-gozo com as sensações que Roman está forçando em meu corpo.

Isso difere de qualquer uma das outras vezes em que estivemos juntos. Mais suave, mais lento. Meu coração disparado precisa desse lado calmo e gentil dele hoje. Enquanto meu corpo aceitaria de bom grado qualquer coisa que ele desse, isso é o que minha alma precisa.

Seus quadris se esfregam aos meus conforme seus lábios mais uma vez encontram os meus, a língua dançando com a dele, encontrando um ritmo que funciona para nós. Estamos duros, mas não temos pressa em acelerar as coisas, apenas curtindo a exploração.

Minhas mãos deslizam pela lateral de seu corpo; sua camiseta sobe expondo sua pele. Com toques hesitantes, meus dedos exploram os contornos de seu torso. Os músculos apertam e saltam à medida que eu os acaricio. Estou rapidamente me viciando em seus sons de prazer, os gemidos que engulo e os estrondos que vibram em seu peito contra o meu.

A respiração de Roman se torna ofegante quando minha palma desliza para baixo de seu peito e ao redor do quadril para mergulhar dentro do short. Os músculos tensos de sua bunda apertam e relaxam com cada impulso contra mim. Sentando-se, ele arranca a camiseta, jogando-a no chão e pegando a minha. Agarrando a gola por trás, puxo a camisa por cima da cabeça com sua ajuda e ela é jogada de lado.

Alcançando o botão da calça de pijama de algodão, seus dedos a abrem, enquanto seu olhar cheio de luxúria prende o meu no escuro. Aquele sorriso arrogante retorna quando estremeço, chupando o lábio inferior entre os dentes para evitar que um gemido escape. A mão de Roman desaparece dentro da minha calça e rapidamente encontra a abertura na boxer para agarrar meu pau. Meus olhos reviram, inspirando bruscamente. Será que nunca vai deixar de ser tão bom?

Não demora muito para que meu pau seja liberado da calça, e Roman puxa seu short para baixo só um pouco para se expor. Ele se toca, puxando apenas uma vez antes de seus lábios colidirem nos meus de novo. Desta vez, seu toque está cheio de desejo e, logo, torna-se desesperado. Uma urgência que não estava lá um minuto atrás.

A pele quente de seu pau no meu é requintada. Perigoso, erótico e tão bom. Eu quero mais, muito mais. Enganchando minhas pernas sobre as dele, eu o encontro impulso por impulso. Choramingos enchem o ar, os dois perseguindo o auge do orgasmo.

Sentando-se mais uma vez, ele se ajoelha entre minhas pernas, as coxas segurando minha bunda. Um feixe de luz da lua brilha em seu rosto. As bochechas vermelhas e o olhar cheio de luxúria apontados para mim são os sonhos que tive desde que o conheci.

Roman envolve a mão no meu pau e me acaricia no ritmo de suas estocadas.

— Me faça gozar.

Perdido no momento, eu o agarro sem questionar. Minha mão nem o envolve direito e ele já começa a fodê-la. Não vou durar assim. É bom demais. O prazer lambe em minhas veias conforme a luxúria me alimenta.

BULLY KING

113

— Mais rápido — peço, sem perceber que eu disse isso em voz alta até ver seus quadris batendo contra os meus. Minhas costas se arqueiam quando seu aperto ao meu redor aumenta.

Os quadris de Roman não param, seu corpo se move na dança mais erótica que já vi. Quando ele se inclina sobre mim de novo e morde meu pescoço, eu me perco, explodindo na barriga e peito. Sua mão rapidamente cobre minha boca para abafar meus sons de euforia. Cada músculo do meu corpo está tenso com o orgasmo, minhas pernas ao redor dele forçando-o para mais perto, minha mão em torno de seu pau exigindo que ele se junte a mim no entorpecimento.

Roman abafa os próprios gemidos mordendo-me novamente, desta vez no meu peito com força, tenho certeza de que aparecerá uma marca de seus dentes amanhã. Um distintivo de prazer que usarei com honra.

De alguma forma, ele é capaz de pensar no futuro e não desmoronar em cima de mim, deixando nossa bagunça de sêmen apenas em mim. Estou ofegante, suado e fraco, mas da melhor maneira possível. Estou pronto para dormir. Sentando-se, Roman olha ao redor e encontra uma camisa que dá para ele alcançar. Com ela na mão, ele me limpa. Ele não consegue desviar o olhar da bagunça que fizemos.

— Você é uma primeira vez para mim, também. — Seus olhos encontram os meus com sua confissão.

Meu coração se contrai.

— Sério?

Virando-se, ele joga a camisa suja no meu cesto de roupa suja e ergue o short. Subo a minha, também, fecho o botão e me apoio sobre os cotovelos.

— Não tem muitos gays por aqui. — Ele sorri para mim.

— Sério? Não tinha notado. — Eu reviro os olhos para ele, e isso me rende uma risada.

Roman se deita ao meu lado na cama. Como é uma cama de solteiro, temos que nos deitar de lado, um de frente para o outro.

Nunca imaginei que teria um garoto aqui, deitado na minha cama com a cabeça no meu travesseiro. Sobretudo, o mais popular da minha escola.

Dedos ásperos se arrastam pelo meu lábio inferior sensível. Olhando-o nos olhos, Roman me puxa para ele para voltar a me beijar, lenta e suavemente. Talvez esses beijos sejam os meus favoritos. Esse lado dele é, com certeza, um dos meus favoritos, também. Estou disposto a apostar que poucas pessoas conseguem vê-lo assim: com as defesas abaixadas, sem a necessidade de se exibir.

Afastando os lábios dos meus, ele beija minha testa e sinto um frio na barriga. Um sorriso estúpido ilumina meu rosto, e não há nada que eu possa fazer para escondê-lo.

— O quê? — pergunta, com um sorriso questionador nos lábios.

— Nada. — Balanço a cabeça. — É bobagem.

— Me diz mesmo assim. — Seu polegar roça ao longo do meu rosto, indo até a orelha.

— Você beijou minha testa — admito, com a vergonha aquecendo minhas bochechas.

Linhas se formam em sua testa.

— O que tem demais nisso? Você beijou minha testa mais cedo. — Ele dá de ombros.

— Parecia que você precisava disso. — É a minha vez de dar de ombros. — Acho que eu não esperava que fizesse isso.

Um arrepio percorre minha espinha e mais deles dançam ao longo da minha pele. Está ficando frio ficar deitado aqui sem camisa. Rolando da cama, eu levanto e pego o cobertor, esperando que agora saia, já que gozou.

— Você vai ficar? — Faço a pergunta antes que eu perceba. Sinto um nó na barriga ao esperar por sua resposta, segurando o cobertor.

Sem hesitar, Roman vai para debaixo do cobertor e me olha com uma sobrancelha erguida, me desafiando a argumentar. Aquele sorriso estúpido e tonto está mais uma vez no meu rosto. O que há com esse garoto?

Ele está de costas para mim quando deslizo sob os cobertores. Eu me aconchego contra seu corpo. Meu braço em volta de sua cintura, beijo seu ombro. Esta noite, algo mudou entre nós. Não sei o que foi, por que ou mesmo como vai nos afetar amanhã, mas Roman King veio até mim quando precisava de conforto. Eu. O filho gay de um pastor.

Roman encontra minha mão e entrelaça nossos dedos. Neste momento, nunca me senti mais confortável na minha vida toda.

VINTE E QUATRO

Jonah

— Jonah!

Meu nome sendo gritado me tira de um sono profundo. Estou tão quente, tão confortável, que não quero me mexer nem abrir os olhos. O sol brilhando através da janela é forte suficiente para incomodar os olhos ainda fechados.

Minha porta se abre ao mesmo tempo em que percebo que estou pressionado a um corpo quente.

Roman King está na minha cama.

— Jon... — Mary nem termina de dizer meu nome depois que abre a porta.

Virando, eu caio da cama, desabando com força por cima do cóccix. O medo está revirando meu estômago com tanta força que quero vomitar. Meu corpo inteiro começa a tremer quando percebe o que está acontecendo. Parece que estou levando uma tijolada na cara.

Mary acabou de me pegar deitado na cama com o namorado dela.

Todos os meus piores medos se desenrolam na minha cabeça mais rápido do que posso acompanhar.

Ela vai contar para os nossos pais? Está chateada? Ela me odeia? Vai contar para alguém na escola? O que acontece agora? Não posso voltar a ficar sozinho.

Lágrimas brotam em meus olhos enquanto espero que ela diga alguma coisa. Minha vida está literalmente nas mãos dela agora, e não tenho certeza se ela percebe isso.

Mary fecha a porta depressa e fica ali, seus olhos saltando entre Roman ainda dormindo e eu chorando no chão.

— Eu sabia — sussurra, enfim. — Sabia!

Espera. O quê?

Mary pisa duro até mim e eu me enrolo em uma bola, preparando-me para seus tapas ou chutes. Em vez disso, ela dá um tapa no ombro nu de Roman.

Ele resmunga, rola, então se senta no segundo em que seus olhos pousam nela. Seu rosto empalidece, os olhos azuis iluminados arregalados.

— Porra.

Ela arqueia uma sobrancelha para ele, cruzando os braços e inclinando o quadril.

— Mary — digo seu nome através do nó na garganta ameaçando me sufocar. — Eu sinto muito.

Meus olhos se enchem de lágrimas, deixando-me incapaz de ver através delas. Tenho certeza de que suspeitava como eu era pervertido, mas agora tem provas. Ela não pode negar o quanto estou contaminado agora.

— Jonah. — Ela cai ao meu lado e me envolve com os braços.

Sua bondade me quebra. Com um estremecimento, um soluço destrói meu corpo e as lágrimas caem. Minhas mãos agarram sua camisa em um aperto desesperado.

Mary esfrega a mão nas minhas costas enquanto as emoções me invadem: medo, raiva e humilhação, sendo essas três as que mais me machucam.

— Jonah. — Ela segura meu rosto e ergue minha cabeça para olhar nela. — Eu só tenho uma pergunta.

Ela faz uma pausa, olhando para a cama onde Roman está nos encarando, sua respiração bastante ofegante.

— Por que é ele que estava de conchinha na sua frente? — Ela acena com a cabeça em direção à cama.

O quarto fica em silêncio por um segundo antes de eu rir. Dou uma gargalhada alta e incontrolável, tapando a boca com a mão para manter o barulho baixo. Mary sorri, rindo da própria pergunta. Subestimo sua capacidade. Ela é uma pessoa incrível e nunca me condenaria.

— Mary — Roman finalmente fala, e nós nos viramos para ele. — Eu… — começa a dizer algo, mas para, seu pomo de Adão movendo-se na garganta.

— Ei, está tudo bem. — Ela se levanta do chão para se sentar ao lado dele na cama e coloca a mão por cima da sua. — Eu meio que já tive um pressentimento.

O medo brilha nos olhos de Roman enquanto ele a olha. Se ela descobriu, quanto tempo levaria para outra pessoa também descobrir?

— Mais ninguém vai descobrir. Nós vamos garantir isso — afirma com um sorriso. — Perto de todos, nada vai mudar. No entanto, você poderia ser um pouco mais legal com Jonah.

BULLY KING

— Não, está tudo bem. — Sou rápido em interrompê-la, me levantando do chão. — Se ele for legal comigo de repente, as pessoas vão desconfiar.

O alarme do meu celular toca, lembrando que todos temos que nos preparar para a escola.

— Merda, tenho que sair daqui. — Roman pega sua chave, levanta a janela e sai. Ele se foi tão rápido, é quase como se nunca tivesse estado aqui.

— Obrigado — sussurro para Mary.

— De nada — responde, esbarrando em mim com o ombro. — Porém o seu rosto está horrível.

— Droga.

— Tome um banho. Você está com o cheiro do meu namorado. — Ela sorri para mim antes de desaparecer no corredor.

Não posso deixar de sorrir, também. O cheiro de Roman permanece na minha pele. Por mais que eu queira que fique ali, eu sei que não pode.

Pegando uma troca de roupa, vou para o banheiro. O sorriso dividindo meu rosto não foi embora, e não sei como vai desaparecer.

Roman King dormiu na minha cama.

Nervosismo me consome durante toda a caminhada até a escola. Que desgraça o dia de hoje vai trazer?

— Oi, vai ficar tudo bem. — Mary tenta me tranquilizar.

— Sério, você não pode contar a ninguém — peço.

— Jonah, pare. — Sua mão no meu braço me para. — Vai ficar tudo bem. Prometo que não direi nada. Pode confiar em mim.

Fechando os olhos, eu me forço a respirar fundo.

— Eu sei. Sinto muito.

— Venha, vamos para a aula antes que a gente acabe se atrasando.

Meus pés estão pesados enquanto subo os degraus que levam à entrada. Não quero entrar. No topo da escada, paro e olho para dentro. Não posso entrar lá. O medo me mantém paralisado, cimentado no chão. Ontem, quebrei o nariz. O que vai acontecer hoje?

— Mova-se, idiota! — Um grito de raiva atrás de mim me faz pular.

— Desculpe — murmuro para os alunos que bloqueei.

Tentando sair do caminho, sou forçado a entrar na escola junto com as pessoas. Sinto o coração bater nos ouvidos, não consigo me concentrar em nada além do medo. E se alguém perceber que ele passou a noite comigo? E se não tiver tomado banho e estiver com o meu cheiro nele?

Pensar nele com o meu cheiro traz um misto de emoções em mim. Quero ele assim, que sua pele guarde um pouco da minha essência, mas se caso esteja cheirando como eu, todos saberão que esteve com alguém. Será só uma questão de tempo até que o liguem a mim.

A batida de um armário me faz pular, meus instintos me dizendo para fugir do perigo.

— Jonah?

Minha cabeça gira ao som do meu nome.

— Anna. — Mesmo para mim, minha voz soa errada. Fraca. Em pânico.

— Você está bem? — Ela olha para mim como se estivesse preocupada, como se ela se importasse.

— Hum, não sei. — Balanço a cabeça, tentando espantar um pouco do medo. — Vai andar comigo?

— Claro. — Ela pega meu cotovelo e enlaça o braço no meu, me puxando junto com ela. — Por que está me evitando?

Huh?

— Não tenho evitado você.

— Jonah, depois da primeira semana de aula, você parou de falar comigo. Você se senta à mesa comigo e com as meninas, mas não fala com nenhuma de nós nem responde quando alguém faz uma pergunta.

— Achei que não queriam ficar perto de mim porque o time de futebol me odeia. — Eu dou de ombros, meu rosto esquentando.

— Você, obviamente, não percebeu que odeio o time de futebol. Eles são idiotas autointitulados.

Dou risada. Uma verdadeira. Eu tive o mesmo pensamento. Não acredito como é reconfortante saber que alguém vê isso, também. Que alguém concorda comigo sobre qualquer coisa.

— Estou feliz que me ache hilária, já está na hora de alguém achar isso. — Sorri para mim quando paro no meu armário. Ela se inclina ao lado do meu enquanto troco os livros da minha mochila. — O que vai fazer no Halloween? Vai ter uma fogueira no túnel Kenton. Já foi lá?

BULLY KING

A lembrança de estar lá me faz hesitar apenas um segundo.

— Ah, sim. Mary e eu fomos lá uma vez.

— Legal. Quer ir à fogueira comigo?

Roman para atrás de Anna e limpa a garganta. Anna olha por cima do ombro e se move com um revirar de olhos. O olhar de Roman procura o meu com uma sobrancelha levantada.

— Eu adoraria ir com você — respondo à pergunta de Anna, enquanto olho para ele.

Roman abre seu armário, afastando aquele sorriso irritante de mim, e retira um livro de dentro. A porta de seu armário se fecha quando passo por ele; estranheza faz eu me contorcer por dentro. Não sei o que fazer, dizer ou como agir perto dele.

— Sabe, alguns anos atrás, um casal gay escreveu seus nomes dentro do túnel. — Tudo ao meu redor desaparece, meu foco só em Roman. — Alguém viu e reuniu um grupo de caras para ir buscá-los e levá-los para o túnel.

Meu estômago se revira com violência. Tenho a sensação de que sei onde esta história vai dar.

Os olhos de Roman não saem do meu rosto enquanto continua:

— Os caras levaram uma surra feia. Um deles teve um cabo de vassoura enfiado na bunda. Ele quase morreu.

Vou vomitar. Suor cobre minha testa e poças de saliva enchem a boca. Sinto o quanto meu corpo está tremendo, mas não há nada que eu possa fazer para impedir. Sabia que esta cidade era contra a homossexualidade, mas este é um nível extra de maluquice.

— Onde você quer chegar com isso? — Anna se irrita com ele quando tento evitar que meu café da manhã se faça presente para todos.

— Apenas contando ao novato um pouco da história da cidade. — Ele dá um sorriso que não a perturba nem um pouco.

— Vamos, Jonah. — Anna me dá um empurrão na direção da aula do Sr. Parker — ignore Roman. Ele só está tentando te assustar.

Está funcionando.

O sinal toca quando Anna e eu entramos na aula. Desabo na minha cadeira, visões do que Roman disse dançando na cabeça. As pessoas por aqui odeiam tanto os gays que os sequestraram, espancaram, agrediram sexualmente e quase os mataram. Que diabos vou fazer?

VINTE E CINCO

Jonah

Fico no limite durante o resto do dia, à beira de desmaiar ou vomitar, às vezes, ambos. Não consegui almoçar; eu só remexi a comida na bandeja. Anna tentou me envolver na conversa do Halloween, mas não consegui juntar duas palavras.

Parado na escada, esperando por Mary, não consigo ficar quieto. O medo ainda me mantém preso em suas garras geladas.

Alguém vai descobrir. Eu vou morrer, literalmente, nas mãos de algum idiota homofóbico. Talvez, eu perca a virgindade com um cabo de vassoura.

— Ei, você está bem? — Mary coloca a mão no meu braço e dou um pulo. Eu não a vi.

— Tudo bem, vamos. — Afastando-me dela, começo a ir para casa, precisando da segurança do meu quarto. Um lugar onde ninguém pode me ver.

Por favor, Senhor, me ajude a encontrar o rumo de volta ao caminho da moralidade. Não sei fazer isso sozinho.

— Jonah! — O som dos passos rápidos de Mary atinge meus ouvidos, acionando meu medo de ser atacado.

Não consigo recuperar o fôlego, hiperventilando. Sinto um nó gigante de ansiedade e apreensão no estômago.

— Ei, o que você tem? — Mary me alcança, andando rápido para acompanhar meu passo mais longo.

— Nada — murmuro, meus olhos passando por todo o lugar a procura de ameaças.

— Droga, Jonah. Pare! — Uma mão aperta meu braço, me forçando a parar.

Meus olhos estão arregalados, a respiração ofegante. Sei que pareço louco, mas não consigo parar. Não sou capaz de me controlar.

— Você sabe o que acontece com... — Olho de lado para ter certeza de que ninguém está ouvindo. — ... gays por aqui?

— Pelo modo que está agindo, não faço ideia.

— Eles são sequestrados, espancados e estuprados com o cabo de vassoura.

Ela não merece minha raiva, mas não tenho outro lugar para descontá-la.

— Um cara quase morreu, Mary. Morreu. Só porque estava com outro.

Sua mão cobre a boca, tristeza cobrindo seu rosto sorridente de sempre.

— Eu... — Ela para e engole. — Sinto muito.

Ficamos ali olhando um para o outro sem palavras, apenas esperando que algo aconteça.

— Não vou deixar ninguém fazer isso com você. — Sua mão segura a minha.

— Como vai impedir isso?

— Ainda não sei, mas vamos descobrir. Contanto que ninguém... — Ela para e considera suas próximas palavras. — ... veja vocês juntos, não terão motivos para suspeitar de nada.

Concordo; faz sentido. Mas qual era o objetivo da história de Roman esta manhã? Só para mexer comigo? Uma tática de susto para garantir que eu fique de boca fechada?

Mary e eu chegamos em casa sem conversar. Eu me sinto um ligeiramente melhor, como se um pouco do peso em meus ombros tivesse sido removido, embora ainda haja muito.

Nossa mãe está na cozinha quando chegamos em casa, o cheiro de carne e molho preenchendo o ar. Meu estômago ronca e dói. Estou morrendo de fome.

Depois de deixar a mochila no quarto e tirar os sapatos, vou procurar algo para comer.

— Oi, querido. Como foi a escola? — Seu sorriso é genuíno quando pergunta.

— Comprido. Eu estou com fome. — Legumes para uma salada estão separados, prontos para serem picados. — Vou picar para a senhora. — Lavo as mãos e, pegando a faca, alcanço o pimentão vermelho para começar. Não me importo de picar. Fazer isso me relaxa. E não é nada ruim eu poder beliscar sem ser repreendido.

— Obrigado, querido. — Ela beija minha bochecha. — Os hematomas estão piores hoje. Como está se sentindo?

— Não dói, só se eu tocar no nariz.

— Bom. — Ela sorri para mim novamente, mas vejo a incerteza em seu olhar. Ela não gosta que não saibamos quem ou por que fui atingido. Bem, ela não sabe o porquê.

Sua mão corre pelas minhas costas antes de passar para outra tarefa.

— Você vai ser um ótimo marido para alguma menina algum dia.

Minha mão paralisa com seu comentário. Não é uma afirmação incomum, mas, hoje, parece mais. Ela vai aceitar quando descobrir que não vou me casar com uma garota? Ou me tornarei o segredo sujo da família do qual ninguém fala?

Assim que os pimentões estão picados, passo para a cebola roxa, depois os tomates e finalizo com pepinos.

— Mary! — chama minha mãe para o corredor, enquanto tira um assado do forno.

A boca saliva com o cheiro no ar da pequena cozinha.

— Sim? — Mary aparece na porta.

— Coloque a mesa, por favor.

Com um aceno de cabeça, Mary deixa tudo pronto conforme eu misturo a salada em uma tigela e a coloco na mesa. Meu pai entra quando minha mãe está colocando o jantar na mesa.

Ele não teve um dia agradável. As linhas de expressão entre as sobrancelhas são profundas, os ombros rígidos.

Ele descobriu que Roman estava aqui? Será que descobriu meu segredo doentio? Ele vai me expulsar?

— Boa noite, querido — cumprimenta minha mãe, pegando a pasta dele e beijando seu rosto.

Ele mal reconhece que ela falou ou que está no cômodo. Alguma coisa o está incomodando.

— O jantar está na mesa — avisa a ele. — Crianças, vão se lavar.

Mary e eu vamos ao banheiro para lavar as mãos como fazemos todas as noites. Eu já lavei as minhas, mas não vou discutir e me arriscar com a ira do meu pai. Hoje não.

— Nosso pai está chateado — sussurra Mary.

— Sim, eu vi.

A gente se limpa rapidamente, nenhum dos dois querendo chamar sua atenção ao demorar para sentar à mesa. Ele é um homem rigoroso e, embora não tenha espancado nenhum de nós desde que éramos crianças, ambos nos lembramos bem de como ele empunha um cinto de couro.

Nosso pai está sentado à mesa com os cotovelos apoiados na madeira,

BULLY KING

as mãos cobrindo a boca. Mary e eu nos olhamos antes de sentarmos o mais silenciosamente possível. Isto não vai correr bem.

Nossa mãe traz uma tigela cheia de pãezinhos quentes e se senta em frente ao meu pai.

— Tudo pronto. Quem vai fazer a oração de agradecimento esta noite? — pergunta.

— Eu — fala Mary.

Porra, ela ganha créditos por isso. Abaixamos a cabeça e juntamos as mãos.

— Querido Deus, gostaríamos de Lhe agradecer pelas bênçãos que nos deu hoje e todos os dias, a saúde de nossa família, as pessoas da cidade e permitir que nossa família faça o seu trabalho. Oramos em nome do Seu precioso filho, amém.

Murmuro o som de "amém" e meu pai se serve de assado ao molho. Todos nós servimos nossos pratos e comemos. A carne assada derrete na boca e se desfaz em uma garfada. É salgado, saboroso e tem o gosto tão bom quanto o cheiro.

— Como foi o trabalho, querido? — pergunta minha mãe, pegando seu copo de água.

— Preocupante — comenta, ríspido.

Todos nós paramos, olhando para ele enquanto esperamos que continue.

— Descobri sobre um local perigoso e mal-assombrado onde os adolescentes gostam de ir.

Meus olhos procuram os de Mary. O que ele descobriu do túnel?

— O túnel Kenton tem um histórico de violência e atividade paranormal. Vocês dois não devem chegar perto dali. Entenderam?

— Mas vai ter uma fogueira de Halloween lá. Fomos convidados. A maioria do pessoal da escola vai — argumenta Mary.

— Fantasmas, Mary! Demônios! — Ele se afasta da mesa, sua cadeira caindo com um barulho no chão. — Existe maldade no próprio solo lá, e vocês não chegarão nem perto daquilo! Entenderam? — Meu pai bate a palma da mão na mesa, chacoalhando todos os pratos e fazendo todos pularem.

— Sim — murmura Mary, baixando o olhar para seu prato. Ela mexe na comida, mas não come mais.

— Pesquisei sobre como banir esses demônios, como limpar a cidade. Esses demônios assumem todas as formas e estão contaminando as

ANDI JAXON

pessoas que vivem aqui. Os jovens aqui estão se afastando cada vez mais da igreja, fazendo sexo fora do casamento, traições e homossexualidade!

Meu coração afunda com cada palavra que ele pronuncia. A pior parte é saber o quanto ele acredita nelas. Ele acredita mesmo que algum fantasma na floresta está transformando as pessoas em gays. Meu próprio pai odeia quem eu sou. Ele só não sabe ainda.

— Estou satisfeito. Obrigado pelo jantar, mãe. — Não posso ficar sentado aqui e continuar ouvindo isso.

Jesus ama a todos, Deus não odeia. A Bíblia fala isso. Qualquer um que tenha lido pode ver claro como o dia. Deus é um Pai que perdoa. Ele ama seus filhos.

Jogando o resto de comida praticamente intocada no lixo, deixo o prato na pia e fujo. Não peço licença; apenas saio. Não aguento mais esse dia.

Calçando os sapatos, pego um suéter e saio de casa. Minha mãe grita por mim, mas não respondo. Não sei para onde vou; só que não posso mais ficar aqui.

Saí pela rua, com o capuz na cabeça e as mãos nos bolsos, sem destino definido. Meus pés na calçada me acalmam. Pegando velocidade, comecei uma leve corrida e permito que o ar em meus pulmões e o bombeamento de minhas pernas derreta o medo e a ansiedade de hoje.

Demônios estão corrompendo as pessoas. Claro. Certo. Se é o que você diz, pai.

Quanto mais longe vou, melhor me sinto. Aquela casa é um campo minado e estou cansado de ter que vigiar cada passo dado. Constantemente no limite, sempre me preocupando com o que digo ou faço. E se um comentário ou pensamento que eu tiver for muito gay, muito progressista, muito diferente?

As opiniões do meu pai só se fortaleceram e seu preconceito aumentou. Esta cidade é venenosa e está arruinando minha família.

Em pouco tempo, estou no atalho para o túnel Kenton. Não hesito em seguir por ele. Está escurecendo e sem iluminação por aqui, mas está calmo. Um quilômetro e meio, a clareira se abre e encontro a caminhonete de Roman estacionada.

O que ele está fazendo aqui?

BULLY KING

VINTE E SEIS

Roman

O barulho de cascalhos sendo pisados me faz olhar para trás. A noite está chegando; o sol está se pondo, deixando faixas brilhantes coloridas no céu. Alguém com um capuz entra na clareira e para. Meu coração dispara com a figura desconhecida.

A cada passo que ele dá, posso ver mais detalhes. A respiração está ofegante, é mais baixo que eu, e está vestindo calça cáqui.

Jonah Cohen.

Respiro aliviado e me sento na beirada da caçamba.

— É bom encontrá-lo aqui.

Jonah tira o capuz e sorri para mim, mas não diz nada. Seu rosto está vermelho e o suor escorre. Ele está super sexy.

— Sobe aqui.

Segurando na beirada da caçamba, ele coloca um pé no topo do pneu e sobe, apoiando as pernas na borda.

Deito-me no colchão de ar que enchi e descanso a cabeça nas mãos, observando-o decidir o que fazer. Sorrio quando ele se deita ao meu lado e imita a minha posição.

Os únicos sons aqui são dos grilos e das folhas farfalhando. É calmo e reconfortante. O silêncio entre nós não é pesado.

— Por que está aqui? — A voz de Jonah está baixa quando fala.

Um suspiro exausto me escapa.

— Meu pai é um bêbado.

O colchão range quando Jonah se vira para me olhar, mas continuo com o rosto voltado para o céu.

— Ele...

Eu sei qual é sua próxima pergunta, mas ele se segura.

— Ele bate em você?

Aí está. A primeira pergunta que alguém faz quando menciono o problema de bebida do meu pai. Só respondi a essa pergunta, honestamente, uma vez. Mary foi a única para quem eu admiti. Taylor e sua mãe perguntaram uma vez, mas eu me recusei a responder, o que acho que é confirmação suficiente.

— Sim. — A única palavra carregada ao vento. Sinto, mais do que vejo, Jonah endurecer ao meu lado.

O colchão afunda e balança, rangendo com o seu movimento. Sua cabeça está deitada no meu braço e ele está olhando para mim com uma emoção que não quero nomear.

— Não é culpa sua. — Suas palavras sussurradas formam um nó no meu estômago.

— Não brinca que não é minha culpa.

Ele se aproxima, seu corpo agora pressionado no meu, o ombro debaixo do meu braço e sua mão na minha barriga. Os músculos do meu abdômen ficam tensos com o toque. Ele é o único que me tocou nos últimos dias, e está mexendo com a minha cabeça. Quero que ele me toque, porra.

— Não é sua culpa — Jonah volta a dizer, sua mão viajando pelo meu peito até segurar meu rosto.

— Cala a boca. — É difícil respirar. Meu coração descontrolado abafa os sons ao redor.

Sua testa pressiona a bochecha. É o mais próximo de um abraço que ele pode me dar agora, e está ferrando com a minha cabeça, também. Não quero precisar dele. Gosto de pressioná-lo, fazê-lo sentir prazer, de me fazer sentir prazer com ele.

— Não é culpa s…

— Se não parar de falar, vou dar outra coisa para sua boca fazer. — Cada músculo do meu corpo está tensionado a ponto de quebrar.

— Se é isso que precisa… — Os lábios de Jonah roçam minha orelha, sua respiração se espalhando pela minha pele.

— O que preciso é que você cale a porra de sua boca. — Cerro os dentes.

Alcançando sua perna, eu o puxo para se sentar em meus quadris. Minhas mãos mergulham em seu cabelo, possuindo seus lábios com os meus. Ele não teima comigo esta noite. Só me deixa descontar a frustração. O que me frustra mais. Eu quero a resistência. A necessidade de fazê-lo se submeter a mim é muito forte.

BULLY KING

Minha mão envolve sua garganta, apertando só o necessário para fazê-lo ofegar, engolindo com dificuldade na minha palma.

Afasto os lábios dos dele, nariz a nariz com o garoto que, de alguma forma, permiti que rastejasse sob a minha pele. Ele está dentro de mim e não consigo tirá-lo. Está me deixando louco. Se alguém descobrir, perderemos nossas vidas.

Em cima de mim, Jonah fica parado, sem dizer nada ou resistindo ao meu domínio. Ele não se afasta do meu olhar, mas o mantém, como um desafio. Suas mãos deslizam por baixo da minha camisa; o toque frio de sua pele em contraste com a minha me faz estremecer.

Suas mãos exploram meu abdômen e peito, seus olhos não desviam dos meus. Os redemoinhos castanhos são muito mais difíceis de ver aqui só com o luar.

— Não sou uma garotinha fraca que precisa de proteção contra o bicho-papão. — Minha voz desmente as palavras. Talvez eu seja a vadia fraca que meu pai diz que sou.

— Eu nunca disse que você era, mas todo mundo precisa de conforto, às vezes.

Eu o empurro de cima de mim e pulo da caçamba.

— Droga!

Puxo o meu cabelo, arrancando-o do couro cabeludo ao gritar frustrado. Eu o odeio. Meu pai é um lixo inútil, e o mundo seria um lugar melhor sem ele. Esta porra de cidade pode queimar até o chão, que eu não daria a mínima. Os fanáticos de mente pequena podem todos apodrecer no inferno.

— Roman...

Jonah está sentado no colchão de ar quando me viro. Ele está inclinado para trás em uma mão, com o outro braço apoiado em um joelho levantado. Está fingindo estar relaxado. Porra, isso é gostoso e eu quero irritá-lo. Deixá-lo tão irritado quanto eu me sinto agora.

— O que estamos fazendo?

Não consigo fazer meus pensamentos desacelerarem o suficiente para entender o que ele perguntou, então não digo nada.

— Sejamos honestos. — Ele se levanta, passa as pernas por cima da tampa traseira e pula, caindo a poucos metros de mim. — Você me odeia, e esse sentimento é bastante mútuo.

Sua declaração me faz estacar, e a minha cabeça parar de girar.

— Não odeio você.

Uma risada sem graça escapa dele.

— Então, é assim que trata as pessoas que você gosta? Como consegue amigos?

— Mas eu gosto de você.

— Está brincando comigo? Seus colegas de time constantemente me assediam. Sou empurrado nos armários, me fazem tropeçar, tenho coisas arrancadas das mãos e, recentemente, tive o rosto esmagado na porta do meu armário. Você está me dizendo que não teve nada a ver com isso? Devo acreditar que é um trote? — Jonah anda de um lado para o outro, mas para e abre os braços.

— Eu não *posso* gostar de você. — Dou um passo na direção dele, com raiva da nossa situação. — Não entende? Se alguém tiver a menor ideia de que algo não-hétero está acontecendo aqui… — Aponto para nós dois. — Seremos linchados.

— Então, precisa fazer de mim um exemplo? Cansei de ser sua vítima. Faça os caras me deixarem em paz, ou nunca mais vai me tocar. Vou garantir para que Mary termine com você, também. — Seu peito arfa de indignação.

Ele não está errado. Merece coisa muito melhor.

— O que espera que eu faça, Jonah? Se eu fizer questão de dizer a eles para deixá-lo em paz, vão suspeitar de alguma coisa. — Estou na cara dele, tentando mostrar que estou tão preso quanto ele. — Serei examinado sob um microscópio. Se o time descobrir que sou a porra de um boiola…

Ele se encolhe com o termo.

— A linha ofensiva não vai me proteger. Vou acabar com um braço ou uma perna quebrada, e nenhuma faculdade vai me querer quando eu estiver machucado. A defesa dos times que jogamos vai fazer questão de me bater mais forte, só para me machucar. Vou ter sorte de não perder meu lugar no time, porque ninguém vai querer jogar com um veado do caralho.

Meus pulmões estão queimando ao final do discurso, o coração galopando no peito, mas, de repente, a resistência se foi. As próximas palavras são um sussurro.

— Meu pai finalmente vai me espancar até a morte, e vai fazer minha mãe assistir.

Nada mais é dito. O que há para dizer neste momento?

— Está certo. — A palavra é sufocada, como se fosse dita entre lágrimas.

Na minha confusão, as sobrancelhas franzem.

BULLY KING 129

— "Está certo" o quê?

Os olhos de Jonah encontram os meus; suas mãos seguram meu queixo, e conforme uma lágrima cai em seu rosto, ele pressiona os lábios nos meus. É um roçar suave de lábios, salgado de suas lágrimas, e significa mais do que qualquer um dos nossos beijos anteriores. Envolvendo os braços por sua cintura, eu o puxo contra mim, precisando senti-lo.

Meus lábios se movem com os dele, deixando-o controlar o ritmo. Este beijo é mais do que um meio para extravasar nossa raiva. É mais do que um desejo impulsionado por hormônios. É compreensão. Aceitação. Eu não o odeio. Nunca odiei.

Puxando a cabeça para trás, tenho que fazer uma pergunta a ele:

— Você me odeia?

Jonah suspira e envolve os braços pelo meu pescoço em um abraço apertado.

— Eu queria. Seria mais fácil assim.

Sorrio no escuro. Isso, eu entendo.

Minhas mãos agarram sua bunda e eu pressiono os quadris nos dele.

— Você não pode odiar um pau tão perfeito.

Ele ri, seu peito vibrando contra o meu. A tensão foi quebrada, o assunto pesado acabou.

Seus lábios roçam minha orelha e minha pele arrepia.

— É um pau impressionante. — O hálito quente de Jonah se espalha sobre a pele antes de ele morder o lóbulo da orelha e suas palmas deslizarem pelo meu comprimento.

E, rápido assim, o sangue está correndo nessa direção, que endurece, pronta para a ação.

— Continue e vou encher sua boca com mais do que atrevimento.

Jonah morde meu lábio inferior, depois solta, fugindo de mim em direção ao túnel.

— Vai ter que me pegar primeiro, King!

Um sorriso se abre em meu rosto. Que os jogos comecem.

Saio atrás dele, surpreso em como ele é rápido. Sou um atleta condicionado, acostumado a correr, mas Jonah não.

Atravessando o túnel, ele sobe uma colina, chegando no topo antes de eu chegar na metade do caminho. *Que merda é essa?*

— Desde quando pratica esportes? — grito entre as árvores. O luar projeta longas sombras no chão.

— Quem disse que não pratico? — Sua voz ecoa um pouco pela base do morro.

— Você joga o quê? — Eu me esgueiro por baixo, na esperança de surpreendê-lo.

— Não disse que jogava nada. — Ele ri, voltando a disparar.

Estou mais perto do que pensei que estaria e dobro o passo para acabar com a distância entre nós.

— Você é um atleta ou não? — É difícil falar estando ofegante, mas consigo dizer as palavras.

— Eu sou.

Merda. Para onde ele foi agora?

Outro morro se aproxima, mais íngreme que o último. Seguindo o vale, corro no leito seco do riacho que em breve voltará a ter água.

— Gosta de falar enigmaticamente? — pergunto, quando a respiração se acalma.

Um galho se quebra atrás de mim, e eu giro, mas não vejo nada.

— Menino da Bíblia, não tem ideia do que farei quando pegar você. — A ameaça é aparente em meu tom. Meu pau está doendo, gostando da perseguição que Jonah começou mais uma vez.

— Conte-me. — Sua voz salta entre as colinas, disfarçando sua localização.

— Gosta quando falo sacanagem com você? — Encontrando uma pilha de pedras, subo e me agacho para observar.

— Estou tentando decidir se vou deixar você me pegar.

Mas que convencido.

A pedra está fria, tirando o calor da minha pele. Sento em uma com as pernas na outra, muito parecido com o Peter Pan quando finge ser o Capitão Gancho para libertar a Princesa Tigrinha. Abro meu jeans, o som alto na quietude silenciosa das colinas.

— Acho que você vai ter que me encontrar antes que eu desperdice isso no chão da floresta. — Até eu posso ouvir como sou presunçoso.

Outro galho se quebra e minha cabeça gira em direção ao som. Sinto a excitação me atravessar quando tiro o pau da calça. Minha pele está sensível com a expectativa. Ele vai me encontrar e participar ou vai assistir à distância?

Fechando o pau em meu punho, torço a mão ao me bombear.

— Porra. — Solto um gemido, longo e alto. — Venha, menino da Bíblia.

Meus olhos se fecham quando inclino a cabeça para trás. A eletricidade

BULLY KING

passa por mim, apertando as bolas e acelerando a respiração.

— O que eu ganho com isso?

Meus olhos se abrem e eu o encontro na pedra acima dos meus pés.

— Eu. — Minha mão para. — Você me ganha.

A lua atrás dele deixa seu rosto nas sombras. Queria vê-lo, observar sua reação, mas não o ver muito bem deixa tudo mais excitante. Quase como se fosse um estranho.

Jonah desliza pela enorme pedra e de alguma forma pousa em cima de mim. Meus quadris balançam com o contato de sua calça, fazendo-me gemer.

Sua mão cobre a minha, apertando mais forte, e a usa para me masturbar. Inclinando-se para frente, coloca a mão livre ao lado da minha cabeça e sua boca está na minha pele.

— Tire a camisa. — Sua voz está rouca de excitação.

Colocando a minha outra mão em volta de seu pescoço, puxo sua boca para a minha, mordendo seu lábio inferior e exigindo entrada.

Ele resiste um pouco, mas não muito, logo cedendo a mim.

Puxando seu cabelo para trás bruscamente, rosno para ele.

— Você não está no comando aqui. Chupa.

A língua de Jonah circula a cabeça do meu pau antes de me engolir fundo. Calor, sucção e umidade me envolvem. Seguro seu cabelo, usando-o para foder sua boca.

— Molhe bastante. Vai doer menos.

Sorrio quando ele para, medo e excitação tencionando seu corpo. Ele quer que eu o foda aqui na floresta, no escuro, quase contra sua vontade. Eu tinha certeza de que resistiria, me faria batalhar, mas ele seria incapaz de me parar se eu quisesse mesmo isso.

A saliva desce pelo meu eixo e pinga das minhas bolas.

Puxando sua boca do meu pau, eu me levanto.

— Levante-se. Desce a calça.

— Roman. — Sua voz treme, mostrando estar nervoso.

Acaricio seu rosto.

— Sua bunda está segura por mais um dia, menino da Bíblia.

Alcançando-o, eu o puxo para erguê-lo, rapidamente o virando de costas para mim e o empurrando para encostar em uma rocha. Circulo seus quadris, deslizo rápido sua calça e cueca até o meio da coxa, travando suas pernas no lugar. Com os pés de cada lado dele, colocando o pau entre as suas nádegas.

— Pés juntos. — Minhas mãos agarram seus quadris, mostrando a ele como eu quero que se dobre para mim.

— Roman. — A voz de Jonah está ofegante, nervosa. Ele não confia em mim para manter a minha palavra.

O tremor de seu corpo me excita. É incrível saber que ele é vulnerável, mas carente.

— Cuspe vai ter que servir desta vez, mas lubrificante seria melhor. — Dou risada quando ele aperta a bunda, certificando-se de que eu não posso chegar perto de seu ânus enrugado.

Usando a mão, alinho o pau com a junção de suas coxas e empurro. Meu pau ainda está molhado o suficiente para deslizar um pouco, mas fica preso. Puxando para trás, eu cuspo no meu pau e empurro para frente de novo.

Jonah está ofegante debaixo de mim, ainda esperando que eu foda com força e que vá doer, mas ele está errado.

O deslizar é mais fácil desta vez por estar mais molhado, meu pau escorrega ao longo da pele sensível atrás de suas bolas, em seguida, roça-a com a ponta.

Ele estremece na minha primeira estocada, a pele do vão de sua bunda se arrepia um segundo antes de gemer. Suas coxas estão molhadas e quentes, apertadas juntas criando atrito.

— O pobre menino da Bíblia não conhece todas as maneiras que pode ser fodido e não ter seu buraquinho rompido. — Meus dentes afundam na carne de seu ombro quando meus quadris ganham velocidade.

— Hu-ung-gh. — Os sons ininteligíveis de Jonah me estimulam e estou batendo os quadris em sua bunda com força suficiente para ecoar no cânion.

— Se toque — rosno, quando percebo que ambas as mãos estão na pedra na frente dele.

— Roman — geme meu nome, e sou forçado a parar ou vou gozar.

Essa foi a coisa mais sexy que eu já ouvi. Meu nome em seus lábios durante um gemido cheio de prazer.

Minhas mãos traçam os contornos de seu corpo, ossos do quadril, abdômen, peito, ombros. Segurando em seus ombros, uso a força dos braços para fazer suas costas se curvarem, erguendo a sua bunda para eu empurrar mais fundo.

Jonah estende as mãos no meu cabelo, segurando minha boca na sua pele. Aqui no escuro, podemos esquecer que não podemos ficar juntos. Eu posso ser livre. Podemos ser livres. Só por um segundo, podemos fingir que não vivemos com segredos que podem nos matar.

BULLY KING

São apenas mais algumas estocadas antes de eu gozar, o interior das coxas de Jonah, de repente, escorregadio e marcado com a minha evidência. Meu corpo estremece quando suas coxas apertam ao redor do meu pau ao ponto de doer. Seu gozo jorra na pedra, a única indicação do nosso tempo proibido juntos.

Jonah cai na rocha, e eu o sigo nas suas costas, fraco demais para me segurar.

— Como vou voltar para casa com essa sujeira toda na calça? — resmunga, ofegante entre as palavras.

Dou risada, um sorriso genuíno tomando conta do meu rosto.

— Vou te ajudar a limpar assim que eu voltar a sentir as pernas.

Desta vez, Jonah ri, e eu beijo seu ombro. Ao luar, posso ver a marca molhada que minha boca fez em sua camisa. Adoro marcá-lo. Parte de mim espera que esteja em sua pele também, mas, se alguém ver isso, será óbvio que ele estava brincando com um cara.

— Merda. — Minha letargia pós-orgasmo desaparece. De repente, eu me afasto dele e tiro a camisa, primeiro me limpando, depois limpando ele. A frustração me torna mais áspero do que pretendo ser. É um saco que tenhamos que nos esconder aqui na floresta assombrada.

Jonah, gemendo entredentes, traz minha cabeça de volta ao presente.

— Desculpe. — Esfrego a mão no rosto e desço das pedras, minha camisa suja na mão.

Depois de um minuto, Jonah cai ao meu lado.

— Sou corredor.

Com um sorriso, coloco o braço sobre seu ombro e subimos a colina de volta ao túnel. Deus, é bom tocá-lo ao ar livre. Jonah passa um braço em volta das minhas costas e enfia a mão no meu bolso da frente.

Essa novidade, seja o que for, é inebriante. Ele me deixa ser um idiota, mas me faz correr atrás da recompensa. Ele quer me tocar tanto quanto eu quero tocá-lo. Ambos somos inexperientes nesse tipo de relacionamento.

— Pelo jeito que subiu essas colinas, aposto que o seu estilo é cross-country.

Um sorriso orgulhoso cobre seu rosto, o primeiro que acho que já vi.

— Isso mesmo.

— Espero que consiga entrar para o time, então.

— Não sei. É muito difícil esconder uma ereção nesse shorts de corrida. Minha cabeça pende para trás e dou risada conforme caminhamos pelo túnel todo colorido. O som reverbera nos tijolos, ecoando mais alto.

— Espera. — Jonah para e me puxa para ficar na frente dele. Não tem iluminação aqui, nem raios da lua. — Me beija. Aqui.

Agarrando sua nuca com as mãos, eu o beijo. Eu o beijo como se minha vida dependesse disso. Meus lábios pegam os dele em uma reivindicação primitiva. Nossas línguas se enroscam, explorando uma à outra, marcando a outra com um calor que sentiremos por dias.

BULLY KING

VINTE E SETE

Jonah

Na manhã seguinte, estou sentado na cama quando Mary chega para ter certeza de que acordei. Seu vestido é amarelo hoje, embora esteja cinza e nublado lá fora. Ela entra e fecha a porta, depois se senta ao meu lado na cama.

— Você voltou tarde ontem à noite. — Seu sorriso me diz que estava acordada esperando por mim.

Imagens de Roman ao luar surgem na minha cabeça.

— Sim, eu sei.

— Onde você foi? — Mary deita a cabeça no meu ombro.

— Eu corri para o túnel.

Mary levanta a cabeça para olhar nos meus olhos.

— Ah? E encontrou alguém lá? — Um sorriso sorrateiro brinca em seus lábios.

— Como você sabia?

— Ele me mandou mensagem para perguntar se chegou bem em casa. Parece que você não estava atendendo o celular. — Ela dá de ombros e se levanta, indo em direção à porta. — Ele estava preocupado.

A porta se fecha devagar atrás dela, e fico pensando em Roman.

Deixei o telefone aqui ontem à noite e, quando voltei, era a última coisa em que pensava. Estava exausto e só precisava dormir. Honestamente, não tenho certeza de onde ele está agora.

Pegando minhas roupas, vou até o banheiro e olho para os hematomas sob os olhos. E, para minha surpresa, está melhor hoje. Abrindo a água quente para aquecer, escovo os dentes enquanto espero com o coração aliviado. Acho que hoje vai ser um bom-dia.

O banho é rápido e, antes que eu perceba, estou colocando os sapatos e parando na cozinha para me despedir de mamãe.

— Tenha um dia magnífico, querido. — Ela sorri, me dando um meio abraço.

— Será — respondo com um sorriso.

Com um guarda-chuvas para nos proteger, Mary e eu chegamos à escola em tempo recorde. Pela primeira vez desde que comecei aqui, entro no prédio com um sorriso no rosto e a cabeça erguida.

Anna está no armário de outra garota, de costas para mim. Decidindo que já passou da hora de fazer uma amizade genuína com ela, eu me aproximo dela e a cutuco com o cotovelo.

— Oi, sumida.

— Oi! — Ela sorri para mim. — Olhe para você, todo sorridente hoje.

— É um bom-dia. — Ofereço a ela meu cotovelo. — Quer que te acompanhe até a aula?

Ela passa o braço no meu e segue minha liderança pelo corredor.

— Gosto do Jonah feliz.

— Eu meio que gosto dele, também. — Dou risada, parando no fim do corredor para a nossa primeira aula. — Precisa passar no seu armário?

— Sim, por aqui. — Ela me puxa por um corredor onde só desci uma ou duas vezes. Virando no final e depois de novo, ela finalmente para em uma fileira de armários.

— Nossa. Você está mesmo no fim do mundo.

— É uma droga. — Ela tira a bolsa do ombro e troca o que precisa para a primeira parte do dia, depois enlaça o braço de volta no meu.

— Então, por que desse cara alegre?

— Fui correr ontem à noite. Consegui chegar ao túnel, depois subi algumas colinas.

Dou de ombros, deixando de fora os detalhes cruciais como a conversa franca que tive com Roman e o jeito que ele fodeu minhas coxas.

Um arrepio percorre minha espinha, a lembrança de seu toque tão forte que quase posso senti-la agora.

Anna me olha de lado e arqueia uma sobrancelha.

— Então, correr te desestressa?

Eu rio, dando de ombros.

— Quero dizer...

Deixo subentendido e sorrio para ela. Senti falta de ter um amigo para conversar.

— Você estava na equipe de atletismo em Washington?

BULLY KING

— Sim, corria cross-country. Sabe, trilha a longa distância. Quase quebrei alguns recordes escolares no ano passado, também.

— Fantástico! Precisa tentar entrar para nossa equipe, com certeza.

Chegamos à aula, e eu abro a porta para ela, seguindo logo atrás e indo pro meu lugar.

Nem mesmo a prova surpresa de pré-cálculo diminui meu bom humor. Estou meio confiante de que fui bem. Talvez.

No refeitório, deixo a bolsa na mesa com Anna e seu grupo de amigos, depois vou pegar minha comida. Burritos de feijão e queijo com molho menos picante tornaram-se meu prato preferido. Como isso o tempo todo.

Com a bandeja pronta, sorrio agradecido para a funcionária do refeitório e me viro para voltar à mesa quando uma parede de idiotas vestidos com a camisa do time entra no meu caminho. Já estava saindo da frente deles quando me cercam, braços cruzados. O medo parece gelo em minhas veias. Meu corpo treme e o estômago revira com tanta força que tenho receio de desmaiar.

É difícil engolir ao mesmo tempo que procuro uma rota de fuga. Estou em desvantagem e já sei que ninguém vai me ajudar. Anna pode tentar, mas vai se machucar, e não posso permitir. Conferindo o lugar, meus olhos param em Roman, sentado de lado em uma mesa com minha irmã entre as pernas, com ela de costas para mim.

Confusão e curiosidade passam por seu rosto. Seus olhos não deixam os meus quando diz algo para Mary, então se levanta, seus passos largos consumindo a distância entre nós.

Um pé bate atrás do meu joelho e com um grito, eu caio no chão. Meu almoço se espalha pelo piso, e de repente, está tão quieto que daria para ouvir um alfinete cair no chão.

— Que porra está acontecendo aqui? — Roman invade a parede formada e olha ao redor.

Ele está tentando controlar a situação, mas provavelmente vai piorar as coisas para mim. Empurra todos até que não haja mais ninguém no caminho.

— Ele acha que vai se juntar à nossa equipe de atletismo quando os testes começarem — diz alguém atrás de mim.

Droga.

Diante dos meus olhos, Roman muda para a persona pela qual todos o conhecem. O babaca arrogante e sorridente que eu odeio. O cara que me atormenta por diversão.

Aquele sorriso irritante é direcionado para mim, ainda no chão, meus joelhos doendo com a queda. Meu corpo pulsa de aflição. Minha frequência cardíaca dispara como um trovão. Não vou sobreviver a isso.

— Sério? — Ele dá um passo à frente, e o círculo se fecha com ele dentro junto comigo.

Minha respiração para quando olho para ele e vejo o olhar em seus olhos. Frio. Cruel.

Ele vai me machucar e sentir prazer nisso.

— Que bonitinho. — Ele dá um tapinha mais forte na minha bochecha, mas não de estalar.

A única coisa que posso fazer é aguentar o que ele está prestes a fazer comigo. Estou apavorado com o que ele vai me forçar a fazer. O que vai acontecer comigo?

— Roman? — ecoa a voz da minha irmã pelo refeitório.

Posso ouvir a incerteza em seu tom, mas não sei se alguém mais ouviria. Ela vê muito mais do que a maioria das pessoas imagina. Deve saber que estou aqui com ele e ela está dando a ele uma saída.

Ele se afasta de mim pela primeira vez desde que se juntou ao grupo dos meus algozes.

— Estamos apenas tendo uma conversinha, gata. Não se preocupe. — Ele pisca para ela e se vira para mim.

O olhar dela pega o meu entre dois corpos. Posso vê-la segurando as lágrimas. Ela está com medo.

Sou arrancado do chão por um punho pela camisa. Roman me segura e me força a entrar no banheiro, com seus *minions* seguindo atrás. O pânico ameaça me sufocar. O que ele vai fazer?

Tem alguém lavando as mãos quando entramos, mas um dos idiotas o agarra e o joga para fora, trancando a porta.

Merda.

Porra.

Minhas costas atingem o azulejo branco frio da parede com um baque, o ar em meus pulmões evapora.

— De joelhos — exige Roman, abrindo a calça.

Empalideço e as emoções ficam presas na garganta.

Que merda é essa que ele está fazendo?

Os caras atrás dele estão em uma parede impenetrável, observando com interesse óbvio.

BULLY KING

— De joelhos! — O grito de Roman ecoa no azulejo.

Deslizo para me sentar no chão com os joelhos dobrados para cima. Aproximando-se de mim, ele empurra minhas pernas da frente e planta os pés em cada lado dos meus quadris, colocando o pau bem no meu rosto.

Como chegamos aqui?

Ergo o rosto para ele, uma lágrima escorre.

Por uma fração de segundo, seus olhos o denunciam. Ele não quer fazer isso, mas não sabe como fazê-los parar. Ele está se protegendo às minhas custas. Eu o odeio por ser um covarde e deixar esses idiotas o forçarem a isso, mas sou um covarde, também.

Sua mão desliza com delicadeza do topo da minha cabeça até descer pelo comprimento do cabelo antes de agarrá-lo com força.

— Abra. — Meu pau engrossa encostado na perna.

Esse tom dominante latindo ordens me pega toda vez.

Os caras atrás dele riem, mas ele abaixa a voz para que apenas eu possa ouvi-lo.

— Não é como se meu pau nunca tivesse estado na sua boca.

Minha boca se abre. Não vou brigar com ele. Não tem sentido.

Lágrimas caem pelo meu rosto enquanto ele me usa, sua mão no meu cabelo dando mais controle a ele. Recusando-me a desviar o olhar dele, não vou deixá-lo se esconder disso. Ele tem que enfrentar o que está fazendo comigo. Se eu for sua vítima, ele enfrentará a monstruosidade de suas ações.

Os quadris de Roman balançam, empurrando o pau profundamente em minha boca, me sufocando. A saliva escorre pelo queixo para se juntar às lágrimas na camisa. Eu o odeio.

Preciso dele.

Seu desejo queima meu coração. Ele não sabe como me proteger deles.

Eu o amo.

O ritmo de seus quadris vacila, tornando-se brusco em vez do deslizar suave que era antes. Na minha boca, seu pau engrossa e lateja. Preparando-me para ele gozar na minha garganta, arfo quando ele tira para fora e goza no meu rosto.

Meu corpo para quando o sêmen quente me atinge. Ele me marcou na frente de todos.

Sua mão relaxa no meu cabelo, então ele a coloca contra a parede acima de mim.

— Ninguém mexe com ele além de mim.

A ordem não admite argumentos de ninguém enquanto ele enfia o pau dentro da cueca e abotoa a calça. Alguma parte distorcida do meu coração estremece com ele me reivindicando em público.

— Saiam todos daqui! — esbraveja por cima do ombro, sem se afastar de mim.

Alguns dos caras riem, mas fazem o que ele exige. Com certeza, pensam que ele vai fazer pior agora e não quer testemunhas.

A porta se fecha depois que seus companheiros e seu corpo relaxa. Ele solta um suspiro profundo, em seguida, pega as toalhas de papel.

Molhando uma, Roman se agacha na minha frente e enxuga meu rosto.

— Você é meu, está me ouvindo? Ninguém toca em você além de mim. — Seus olhos encontram os meus, implorando para que eu entenda.

— Você acabou de arruinar minha vida. Minha família vai me renegar. — Minha voz fica presa na garganta conforme as consequências me atingem.

Estou acabado. Meu pai vai me expulsar. Não tenho para onde ir.

— Ninguém vai contar ao seu pai. Eles sabem que devem manter a boca fechada. — Afastando minha preocupação, ele se levanta e me oferece a mão, mas eu não a aceito.

— Nunca mais, Roman. Isso acaba agora. Faça com que me deixem em paz.

Ele se agacha entre as minhas coxas e agarra minha nuca.

— Não vão tocar em você de novo.

Roman toma meus lábios em um beijo brutal. Estou preso entre a parede de músculos que é seu corpo e o azulejo frio, confuso sem saber o que estou sentindo. Por um lado, ele me agrediu sexualmente, mas por outro, eu gostei. Isso faz de mim um monstro, também?

Roman chupa meu lábio inferior e engole meu gemido quando sua mão pressiona meu pau. Está duro igual pedra, claramente, nada confuso. Se ao menos minha cabeça fosse a mesma.

A porta do banheiro se abre, e passos rápidos fazem Roman girar e ficar de pé. Com a respiração arfante, pronto para brigar e me proteger.

Mary observa a cena diante dela. Eu, sentado no chão com as costas na parede, o cabelo bagunçado, lágrimas e traços de Roman no rosto. O peito dela está agitado quando se vira para ele. Dando um passo em sua direção, ela puxa o braço para trás e dá um tapa no rosto dele com força suficiente para jogar sua cabeça de lado.

BULLY KING

— Como pode fazer isso? — exige ela, baixinho, seu pequeno corpo tremendo de indignação.

Ele não diz nada, não se vira para olhar para ela ou para mim. Apenas fica lá e aceita a raiva dela.

— Na frente de toda a linha ofensiva! — Ela o empurra desta vez, forçando-o a dar um passo para trás ou cair. — Confiei em você!

Ainda assim, ele não diz nada.

O rosto de Mary está vermelho de raiva e dor. Seu coração está partido com a prova de seu namorado me agredindo.

— Mary. — Dói quando digo o nome dela. Tanto sofrimento e emoção girando neste banheiro que está entupindo minha garganta.

Ela cai ao meu lado, um soluço escapando.

— Não fique brava — digo a ela, enxugando uma lágrima de seu rosto. — Ele está me protegendo.

As costas de Roman endurecem. Ele olha para mim por cima do ombro com tanta angústia por um segundo, que eu quero estender a mão e confortá-lo, mas ele nunca deixaria.

Até pode ter se forçado em mim, mas também está destruído por isso. Ele não é um monstro. Não de verdade.

Roman sai do banheiro, empurrando a porta com força suficiente para bater contra a parede. Mary e eu pulamos de susto, mas não dizemos nada.

Ela se levanta e me ajuda. O cara no espelho, olhando para mim, não sou eu. Ele é de alguma forma mais forte do que eu, mesmo com suas cicatrizes emocionais.

Abro a torneira e uso o sabonete para lavar o rosto, enxaguando a reivindicação de Roman, escoando-a em um redemoinho na pia de porcelana.

VINTE E OITO

Jonah

— Vou embora — aviso.

Mary busca pelo meu olhar no espelho.

— O que você quer dizer?

— Vou pegar minha mochila no refeitório e vou embora. — Juntando algumas toalhas de papel, seco o rosto e pescoço e as jogo no lixo. — Vejo você em casa mais tarde.

Eu saio do banheiro, determinado. Quando chego à mesa, Anna se levanta.

— Ei, você está bem? O que aconteceu lá dentro?

Humilhação colore meu rosto.

— Nada. Não importa.

Com a alça na mão, coloco a mochila no ombro e saio de cabeça erguida. Fodam-se eles.

Não vou ao armário, nem paro na secretária. Apenas saio. Os olhos de todos estão em mim, mas isso não me impede. Não é possível.

A caminhada para casa é rápida e entro, usando minha chave. Coloco tênis de corrida, guardo a mochila e visto moletom. Preciso ficar longe de todos da única maneira que eu sei.

Pegando meu telefone do bolso de trás, digito uma mensagem curta para Mary.

> Eu: Vou pro túnel e meu celular vai ficar em casa. Voltarei mais tarde.

Confiro se está no modo silencioso e o jogo na cama. Enchendo uma garrafa de água, saio de casa e tranco a porta.

Meu ritmo é intenso, os músculos queimam enquanto vou ao limite. Depois de correr na floresta, estou um pouco dolorido e deveria descansar um pouco, mas não consigo parar. A necessidade de tirar Roman King das veias é forte demais para ignorar.

Eu o odeio, mas o entendo, também. As pessoas nesta cidade são tão rápidas em condenar qualquer um que considerem impróprio. Ele tem que se proteger ou sofrerá a ira deles.

Estou destruído. Indigno.

Meus pés batendo no chão me acalmam, acalmam minha alma. Pernas bombeando para ir mais rápido, mais longe. Chego ao desvio para o túnel Kenton mais rápido do que eu esperava. Fica a três quilômetros de casa, mas minhas pernas consumiram a distância em menos de quinze minutos. É um belo tempo para quem não está com o mesmo condicionamento de antes.

Mantenho o ritmo pela estrada de terra e pelo estacionamento. Como está chovendo, forma um riacho que atravessa o túnel. Meus pés espirram na água rasa, e eu me arrependo na hora. Tênis molhados são os piores.

Ignorando o desconforto da água encharcando as meias, continuo correndo. Sigo a água até o aterro e entro na floresta. Nunca voltei por esse caminho. Com a minha sorte, vou tropeçar em algum caipira fazendo contrabando e acabar com a bunda cheia de bala.

A subida torna-se íngreme, obrigando-me a desacelerar. O terreno rochoso facilita demais uma torção no tornozelo. Encontrando um grande carvalho com algumas folhas formando uma cobertura, encosto no tronco e fecho os olhos.

Escuto o coração batendo nos ouvidos, o único som que consigo ouvir além da própria respiração. Meus pulmões estão puxando tanto ar que estou quase com medo de desmaiar. Os músculos das coxas estão parecendo gelatina. Não tenho certeza de como vou voltar, ainda mais porque não estou com meu celular.

Deslizando pela casca áspera até a grama seca, eu me estico, dando ao meu corpo o descanso que precisa desesperadamente.

A respiração ofegante faz meus dedos formigarem quando muito oxigênio atinge meu organismo. Abrindo os olhos, concentro-me em acalmar a respiração e a frequência cardíaca. Quanto mais me concentro, mais difícil fica para respirar.

As lembranças do banheiro me atingem como um caminhão, me levando de volta ao pânico. E se não ficarem quietos como disse Roman? Todo mundo sabe quem são meus pais. Não seria difícil alguém passar na igreja para falar com meu pai. Alguém tirou fotos ou fez vídeos? E se espalharem pela escola que eu chupei um pau no banheiro?

ANDI JAXON

Sinto náuseas me sobrecarregarem. Rolando sobre as mãos e joelhos, vomito na grama. Já que meu almoço se espalhou pelo chão do refeitório, meu estômago está vazio. O ácido estomacal explode na boca e arde o nariz.

O que é que eu vou fazer?

Assim que meu estômago se esvazia e acalma, rastejo até o riacho e pego um pouco de água com a mão para enxaguar a boca. Provavelmente, vou acabar com salmonela, mas estou há tanto tempo sem me importar que não é mais engraçado.

Volto para a árvore, mas o vento aumenta, fazendo o cheiro de ácido estomacal voltar até mim. Sem querer sentir o cheiro, eu me levanto e desço devagar de volta para o túnel.

O sol está alto atrás das nuvens, mas eu deveria ir para casa. Vai demorar mais para voltar do que levou para chegar aqui. Não sei há quanto tempo estou aqui, de qualquer maneira.

Seguindo o riacho, os sons tilintantes e o dos meus tênis molhados são os únicos aqui.

Estou andando há um tempo quando paro e olho em volta. A entrada do túnel ainda está um pouco longe. Corri muito mais do que pensava. Minhas pernas estão cansadas, mas estou muito feliz por estar descendo, já que os joelhos começam a falhar.

Assim que saio do túnel, ainda andando na água, a caminhonete de Roman entra cantando pneus no estacionamento e ele sai pela porta, correndo até mim antes mesmo de desligar o motor.

— Jesus Cristo! — grita, quando consegue me alcançar com o braço, suas mãos passando pelo meu corpo. — Por que foi embora?

Ele tem a audácia de ficar com raiva de mim?

— O quê?! — Empurro suas mãos para longe de mim e passo em torno dele. — Você me agrediu sexualmente no banheiro na frente de seus amigos e acha que tem o direito de ficar chateado quando matei o resto das aulas? Vai se foder.

Ele agarra meu braço, me girando para encará-lo. Tão rápido quanto o movimento, seus lábios cobrem os meus. As mãos de Roman estão no meu rosto, me segurando contra ele enquanto devasta minha boca, só que esse beijo não é raivoso ou dominante. Este beijo demonstra medo. Ele quer ter certeza de que ainda estou aqui, que estou bem.

A barragem que segura as minhas emoções sob controle desmorona com sua preocupação. Meus braços circundam sua cintura, pressionando

BULLY KING

cada centímetro possível de nossos corpos. Fico na ponta dos pés para mudar o ângulo do nosso beijo, enquanto as lágrimas escorrem no rosto. Estou tão assustado.

A boca de Roman se inclina na minha, aprofundando e abrandando o beijo.

— Meu — diz, contra meus lábios.

De alguma forma, o buraco no meu peito se recompõe. Esse garoto, esse idiota hipócrita, precisa de mim. A casca vazia de uma pessoa.

Ofegante por causa do nosso beijo, Roman encosta a testa na minha, os olhos fechados bem apertados.

— Desculpa. — Sua voz falha e seus dedos cravam em minha pele.

Meus lábios se erguem em um sorriso triste.

— Eu perdoo você.

Seus olhos azuis se abrem, prendendo-me nele.

— Como? Por quê?

— Não vou dizer que está tudo bem, porque não está.

Roman arfa com um soluço, caindo de joelhos na minha frente e envolvendo os braços nas minhas pernas. Seu rosto está encostado na minha barriga, apertando meu corpo.

— Não mereço você.

Alcançando seu queixo, ergo seu rosto para ele me olhar.

— Talvez, eu não devesse te dizer isso, mas aquilo me deixou duro.

Meu rosto aquece de vergonha. Quem diabos fica excitado durante uma agressão? Estou tão longe do caminho de Deus que não sei se conseguiria encontrá-lo, mesmo que tentasse. Vou para o inferno. Minha alma vai queimar por toda a eternidade, mas pelo Roman poderá valer a pena.

Ele inclina a cabeça, seus olhos vibrantes ficam escuros ao processar o que eu disse. O inocente menino da Bíblia é um pervertido.

Aquele maldito sorriso está mais uma vez em seus lábios, suas mãos passam a subir e descer pelas minhas pernas. As pontas dos dedos cravando nos músculos cansados e doloridos me fazem gemer.

— Mm, esses sons que você faz para mim. — A palma da mão de Roman cobre meu pau ficando duro.

Forçando-me a recuar, eu o faço me soltar.

— Não.

Ele vem atrás de mim, sorrateiramente, a cabeça baixa observando cada movimento meu com um sorriso perigoso.

— Não. — Ergo as mãos para bloquear seu avanço, seu peito empurrando-as.

— Entra na caminhonete. — O rosnado em sua voz faz com que excitação corra nas veias.

— Por quê? Para onde vai me levar? — Não posso confiar que ele não vai encontrar um beco escuro em algum lugar para me empurrar na parede e pegar o que ele quer.

Um dia desses, ele vai tirar minha virgindade, por vontade própria ou à força. Neste momento, minha cabeça destroçada e pervertida quer que ele a tome.

— Está começando a chover de novo. Entre na maldita caminhonete antes que eu force você a entrar.

Sou incapaz de impedir o sorriso que divide meus lábios.

Roman rosna; a vibração profunda nas minhas palmas sobe pelos braços e desce pelas costas.

— Não me tente.

Roman tropeça para frente quando deixo cair as mãos de seu peito para correr até a caminhonete.

— Filho da puta — resmunga, fechando a porta do passageiro para mim.

Ele sobe atrás do volante, mas se senta de lado para me encarar. Eu espelho sua posição.

— Obrigado por vir me procurar — sussurro no silêncio da cabine. — Como sabia que eu estaria aqui?

— Tive um bom palpite. — Ele dá de ombros. — Se não estivesse aqui, eu teria checado na igreja, mas imaginei que seus pais estariam lá, então não seria sua primeira escolha.

Sinto a barriga gelar quando percebo que ir à igreja não foi meu primeiro pensamento. Quando Deus deixou de ser minha primeira escolha?

— Temos sete meses até a formatura. Onde vai fazer faculdade? — A pergunta de Roman interrompe meus pensamentos.

— Hum... eu... ainda não tenho certeza. — Balanço a cabeça, tentando mudar de assunto.

— A UCLA é minha primeira escolha. OSU é a segunda. Ambas têm programas de futebol incríveis. — Ele olha pelo para-brisa. — Meu pai quer que eu vá para LSU, onde ele fez. Recebi uma carta de aceitação, mas não vou.

— Por que não?

BULLY KING

— Primeiro, porque isso o irrita. — Ele sorri com a ideia. — Segundo, preciso ficar longe das idiotices dessa gente de cabeça pequena. O casamento gay é legalizado na Califórnia.

— Quero voltar para a Costa Oeste. — Sinto falta do meu povo viciado em café e defensores da natureza. — Estava pensando em WSU ou UW. Sinto falta de Seattle.

— Estive lá uma vez para assistir um jogo em que meu pai jogou, mas não me lembro de lá.

— Espera. Seu pai jogou de verdade na NFL? Achei que era mentira.

— Sim, ele jogou pelo Texas por alguns anos, antes de se machucar.

— Ele era quarterback, também?

Roman nega com a cabeça.

— Não, ele era ponta defensiva.

— Eu, uh... não sei o que isso significa.

Ele ri, alto. Não sei por que é tão engraçado, mas Roman está dobrado sobre o volante, enxugando as lágrimas dos olhos.

— Você definitivamente não é daqui. — Ele balança a cabeça.

— Sem sombra de dúvidas, não. Não entendo nada de futebol.

Roman olha para mim por um minuto, depois verifica a hora em seu telefone.

— Tem jogo hoje à noite. Quer assistir? Podia te explicar algumas coisas para o meu jogo amanhã.

— Onde? — Olhando para minha roupa e pés gelados, volto o olhar para ele. — E posso me trocar primeiro?

VINTE E NOVE

Roman

Meu estômago revira quando o conversível vermelho na garagem aparece. Porra. Minha mandíbula aperta sem saber o que vou encontrar lá dentro.

Eu paro e estaciono, desligando a caminhonete, mas não me mexo para sair ainda.

— Tudo certo? — Jonah olha ao redor, procurando o que mudou meu humor.

— Olha. — Respiro fundo, fechando os olhos. — Meu pai está em casa e não sei o quão bêbado ele está. Não olhe diretamente para ele. Não diga nada. Apenas me siga e faça o que eu mandar, e você ficará bem.

Ele empalidece, olhando para a porta de entrada da monstruosidade que chamo de lar. Gostaria que ela queimasse até o chão ou fosse levada por um tornado.

— Eu posso ir embora — sugere, voltando-se para mim. — Nós não temos que fazer isso.

Meus dentes doem com a pressão da mandíbula apertada.

— Não trago muita gente aqui. Ele é um problema. — Olho para a casa e decido que honestidade é o que preciso oferecer a Jonah agora. — Quero que você esteja aqui comigo.

— Tudo bem. — Sua resposta é um sussurro, mas eu o ouço muito bem.

Meus olhos se movem para os seus castanhos só por um segundo antes de eu sair da caminhonete.

Jonah segue alguns passos atrás de mim. Eu não parei na casa dele para deixá-lo se trocar, assim cada passo dele é acompanhado por um squish. Seria engraçado se eu não estivesse prestes a jogá-lo na cova de um leão.

Abrindo a porta, não há nada que denuncie a situação atual. Isso pode ser bom ou ruim; é muito cedo para dizer. A TV na sala está tão baixa que só dá para escutar um murmúrio, mas não vejo ninguém.

— Vamos. — Faço sinal para Jonah me seguir escada acima, meus ouvidos se esforçando para captar qualquer indício de meus pais.

Por algum milagre, chegamos ao meu quarto sem ver ou ouvir ninguém. Talvez isso signifique que o desgraçado já está desmaiado. Só me resta a esperança.

Ligo a TV, coloco no jogo, tiro o tênis e deito na cama. Esperando que Jonah se junte a mim, fico confuso quando o encontro parado na porta, tentando se unir à parede.

— O que você está fazendo? — Eu me apoio no cotovelo.

— Minhas roupas estão molhadas.

Um sorriso toma conta do meu rosto.

— Então, fique sem roupa.

Seus olhos encontram os meus com a expressão fechada nada engraçada. Dou risada, mas me levanto e procuro uma troca de roupa na cômoda. Encontrando uma camiseta e uma calça de moletom cinza, eu as entrego para ele.

— Aí está.

Jonah pega as roupas e olha para mim.

— Sem cueca?

Cruzo os braços e encosto o quadril na cômoda.

— Como vou admirar seu pau nessa calça se não posso vê-lo?

Jonah cora, mas não comenta. Ele sai para ir ao banheiro. Eu o sigo, parando recostado no batente da porta.

Ao me ver, ele para com os polegares nos passantes da calça.

— Você me dá licença?

— *Nope.* — O "p" estala entre meus lábios. — Faz tempo que vi sua bunda nua na luz.

— Que se dane — murmura, tirando seus tênis e meias molhadas; em seguida, tira a calça e a cueca. Ele as chuta de lado, depois me observa arrastar os olhos por sua pele exposta. Na hora meu pau fica duro e dolorido dentro da calça; não faço nenhum movimento para disfarçar ao me ajustar.

Alcançando a barra de sua camiseta, e com um movimento suave, a retiro junto com o moletom e os jogo na crescente pilha no chão.

Meu olhar passa por cada centímetro de sua pele. Parado nu e excitado na minha frente, ele é uma tentação que eu não sabia que precisava. Um belo físico; pernas musculosas, abdome definido e braços tonificados. Aquele V entre os quadris levando até os cachos castanhos macios que mantém aparado, abrigando o pau grosso ereto.

Traço ao longo do lábio inferior com a língua, e sua respiração falha. Quero lamber cada centímetro dele. Deslizar entre suas nádegas e empurrar profundamente dentro dele. A necessidade de montá-lo com força é quase avassaladora.

— Ou coloque a roupa ou se curve. — Quase não reconheço o rosnado na minha voz.

— Então já terminou de me comer com os olhos? — Jonah cruza os braços, assumindo uma postura desafiadora.

— Já falei. Vista-se ou vou estrear esse ânus, menino da Bíblia.

Ele sorri para mim, mas pega as roupas. Quase choro quando cobre a pele. Esfregando a mão pelo rosto, volto para a cama e sento encostado na cabeceira.

No colchão queen-size, tem muito espaço para ele se sentar ao meu lado e não me tocar se não quiser. Quando ele se aproxima da cama, passa por cima de mim em vez de ir pelo outro lado, intencionalmente roçando meu pau.

— Você está confiante demais de que eu não vou rasgar essa maldita calça.

Jonah ri, mas não diz nada. Ele só assiste a TV. Demora só uma fração de segundo olhando na tela para saber o que está acontecendo, mas ele inclina a cabeça como se estivesse ouvindo uma língua estrangeira.

— Precisa de ajuda? — Dou risada.

— Ah, sim. O que está acontecendo? Como sabe quem tem a bola? Para que lado eles estão indo? O que são esses números no topo?

Solto um grande suspiro.

— Uau. Imaginei que tivesse *algum* conhecimento do jogo. Tenho certeza de que qualquer criança do jardim de infância por aqui poderia te ensinar.

Pegando o controle remoto, faço uma pausa no jogo para explicar a ele o que está acontecendo, quem são os times e quem tem a bola.

— Certo, o quarterback tem quatro chances, chamadas de *downs*, para levar a bola a dez jardas para o final do campo adversário. — Eu me levanto e aponto para os números na tela. — Esses números dizem em qual tempo estamos e quanto resta para acabar, em qual quarterback está a vez e quantas jardas ele tem para conseguir levar a bola até as dez jardas finais.

— O quê? E como sabe quem tem a bola?

— Pela formação em campo. — Avanço rapidamente até chegar à

BULLY KING

linha definida. — Aqui, veja como esse lado tem esses dois caras aqui? Esse é o *center* e o quarterback.

— Faz sentido.

Explico alguns outros detalhes antes de apertar o play. Eu me acomodo de novo na cabeceira da cama. Assistimos as próximas jogadas antes que as bandeiras sejam lançadas.

— O que está acontecendo? — pergunta, sem tirar os olhos da tela.

— Falta. Provavelmente interferência no passe.

Os juízes se reúnem para discutir o que aconteceu, e o árbitro liga o microfone e anuncia qual time, a falta, os jogadores envolvidos e a penalidade. As imagens da jogada são reprisadas e os locutores discutem.

— O que é interferência de passe?

Sorrio para ele. Eu meio que gosto de ele saber quase nada do jogo.

— Neste caso, o defensor segurou o braço do recebedor. Você não pode fazer isso.

Jonah acena com a cabeça e se concentra no jogo, sentando-se com os cotovelos apoiados nos joelhos enquanto observa.

Estou tendo dificuldade em prestar atenção nisso, minha mente vagando para Jonah estar no meu quarto, vestindo minhas roupas. Sem cueca.

Ele faz mais algumas perguntas, esclarecendo as regras.

— Ah, qual é! Foi interferência de passe! Os braços dele estavam em volta daquele cara! — grita Jonah para a TV.

Um sorriso brinca em meus lábios, meu pau endurece com sua explosão.

Ele se vira para mim, indignado com a injustiça e esperando que eu concorde com ele.

Seu rosto está definido em linhas intensas, sobrancelhas franzidas, lábios em uma linha fina. Mordendo o lábio inferior, eu olho para ele.

— Você fica sexy pra caralho falando de futebol.

Ele bufa para mim e se vira para a tela.

Sentindo uma emoção que não quero explorar, me movo para sentar atrás dele, as pernas de cada lado das dele. As costas de Jonah se endireitam ao meu toque. Beijo seu pescoço, mordendo e sugando a pele. Minhas mãos deslizam por suas pernas e por baixo da camisa emprestada, acariciando sua pele.

Depois do show de horrores na escola, ele merece gentileza. Alguma parte de mim precisa provar a ele que não sou um idiota egoísta.

— Não consigo me concentrar quando faz isso. — Sua voz está calma, mas áspera com a excitação.

Meus lábios sorriem na pele arrepiada.

Puxando-o junto comigo, eu me recosto na cabeceira da cama. O peso dele me empurrando para a cama é inebriante. Meus dedos correm por seu cabelo. Jonah suspira e relaxa contra mim, absorvendo o conforto que estou oferecendo livremente.

Como de costume, não sou muito de abraçar. Gosto de tocar, e passar o braço em volta dos ombros de uma garota é um hábito que me forcei a ter, mas gosto desse gesto para ter uma saída fácil. Alguém me tocando me deixa nervoso. Talvez encontrem uma cicatriz ou uma contusão que não quero explicar. A maioria pode ser culpada pelo futebol, mas e se eles não acreditarem na mentira?

Jonah se acomoda no meu colo, empurrando meu pau com a bunda. Fico duro e latejando só de tê-lo no meu espaço, mas pressionado em mim assim está me matando.

Não quero apenas usá-lo para me divertir. Ele significa mais do que isso. Não tenho certeza de quando aconteceu ou como, mas a verdade se aprofunda na minha alma. Ele inclina a cabeça de lado, me dando melhor acesso ao seu pescoço quando puxo seu cabelo.

Minha mão em seu abdome sente cada contração, cada aperto, cada movimento de seus quadris quando minha boca ataca sua pele. A frente da calça de moletom cinza está erguida com seu pau. Estou me torturando por não tocá-lo.

Um estrondo alto no andar de baixo o faz pular, e minha cabeça gira em direção à porta. Parece que o silêncio não ia durar a noite toda. Quando uma mulher grita, disparo da cama e abro a porta. O medo por minha mãe bombeia no sangue. Tenho que protegê-la daquele idiota bêbado com quem ela se casou.

Com um rápido olhar para Jonah, seus olhos arregalados e respiração ofegante dizem o que eu não posso.

— Fique aqui. — As palavras são ásperas, mas preciso protegê-lo, também.

Fecho a porta e vou até a minha mãe.

BULLY KING

TRINTA

Jonah

— Fique aqui. — O tom de Roman diz para não discutir, mas a raiva em seu rosto fala que vou me arrepender se o fizer.

A porta se fecha com um clique suave, seus passos rápidos desaparecendo à medida que se afasta de mim.

Roman ruge de algum lugar da casa, e antes que eu perceba o que estou fazendo, saio do quarto e desço as escadas voando. Não conheço a casa, mas isso não me impede de seguir os gritos e estrondos, os cacos de vidro estilhaçados contra a parede.

— Seu merda imprestável. — A voz profunda paralisa meus pés no carpete macio do corredor.

Uma risada sarcástica ecoa de uma sala à minha frente.

— É preciso ser um pra reconhecer outro — retruca Roman.

Um soluço suave é quase inaudível. Deve ser a mãe dele.

Algo é jogado na parede e se estilhaça, seguido por um grito ensurdecedor. O estrondo inesperado me faz pular e procurar um lugar para me esconder.

— Você nunca será nada. Como virou titular? Você chupa o pau do treinador? — Uma grande sombra se move no chão. — Você não é meu filho. Nenhum filho meu seria um chupador de pau.

— Talvez se chupasse um pau, teria se saído melhor. — A resposta de Roman quase me faz rir, mas as lágrimas fechando a minha garganta me impedem.

Eu me aproximo da porta. Talvez haja algo que eu possa fazer para ajudar. Tirar a mãe dele de lá, talvez.

A porta, do que parece ser um escritório, está aberta. Estantes revestindo as paredes, uma grande mesa de madeira dominando o espaço com cadeiras de couro voltadas para ela.

Uma mulher magra e trêmula está no chão a poucos metros da porta, sangue escorrendo no rosto, mas não consigo ver de onde vem. Suas roupas estão penduradas em sua forma esguia, rasgadas e manchadas de sangue e algum líquido marrom. O loiro-claro de seu cabelo está emaranhado e embolado. Ele a sacudiu pelo cabelo, obviamente.

Raiva e medo correm pelas minhas veias. Não consigo me imaginar vivendo assim. Do lado de fora, Roman King vive uma vida privilegiada. Seus pais são ricos, ele escapa de tudo, é talentoso. Mas quando você olha além da fachada, vê como essa família está destruída de verdade.

Roman está cara a cara com um homem que se parece com ele. O Sr. King é alguns centímetros mais alto e duas vezes mais largo, mas o olhar em seu rosto, aquela frieza e maldade, é algo que eu já vi antes.

— Psiu — sussurro para a Sra. King encolhida.

Ela pula com o ruído, mas olha para mim. Aceno para ela vir até mim. Se eu puder tirá-la do perigo, talvez Roman também consiga escapar.

Seus olhos saltam para frente e para trás entre a liberdade do corredor e seu algoz ameaçando ferir o filho.

— Sua mãe é uma puta do caralho. Você é o filho ilegítimo de um homem que não te queria — solta seu pai, segurando a camisa de Roman com as mãos.

— Prefiro ser de outra pessoa do que compartilhar qualquer DNA seu. Você me deixa doente. Você não é um homem, mas a porra de uma criança fazendo birra. — Roman levanta o queixo para o pai, recusando-se a recuar.

O Sr. King ruge e ataca o filho, seu punho colidindo com a boca de Roman. O golpe é tão forte que posso senti-lo daqui em meus ossos. Roman cai no chão, atordoado com o sangue escorrendo da boca.

A Sra. King ofega, a mão cobrindo a boca, enquanto observa o filho levar um chute no estômago.

— Venha — sussurro para ela, pressa e medo dele tornando difícil para falar.

Em um ritmo lento, ela desliza pelo chão até sair.

Quando a pego nos braços, meus olhos se conectam com os de Roman. Lágrimas caem pelo meu rosto ao ver o lábio inchado e rachado, e a resignação em seu rosto. Ele acena para mim, segurando a barriga quando seu pai o chuta de novo.

— Eu deveria ter jogado você em uma lixeira quando criança, como o lixo que você é — diz o Sr. King, cuspindo no rosto de Roman e finalmente indo embora.

Encolhidos em um canto escuro, a Sra. King e eu prendemos a respiração quando ele tropeça ao passar por nós. Ele desaparece em outra sala e bate à porta.

Colocando a Sra. King encostada na parede, corro para Roman. Ele está deitado e de olhos fechados.

— Roman? — sussurro seu nome, ajoelhando-me ao lado dele.

— Eu disse para você ficar lá. — Ele tenta soar irritado, mas não consegue.

— Ouvi você gritar. Queria ajudar.

Ele abre os olhos e olha para mim, pegando minha mão.

— Obrigado por ajudá-la.

O caroço de emoções na garganta está de volta, dificultando para falar. Aceno para ele e tento sorrir, mas não consigo.

Roman geme e rola de bruços, então se apoia sobre as mãos e os joelhos para se levantar. Fico de pé e ofereço a mão a ele. Ele segura a minha mão estendida e murmura:

— Obrigado.

No corredor, Roman se agacha na frente de sua mãe.

— Venha, mãe. Vamos te limpar.

As lágrimas ainda estão caindo em seu rosto, a dor e o constrangimento nos olhos são tão evidentes que parecem os meus.

Apesar de seus ferimentos, Roman a pega nos braços e a leva para um banheiro espaçoso com uma pia comprida. O espelho acima da pia é cercado por uma moldura dourada e grossa. A bancada e o piso parecem granito. Este banheiro provavelmente custa mais do que minha casa inteira. Quanto mais olho esta casa, mais óbvias as diferenças entre nós se tornam. Por que ele começou a andar com a gente, para começo de conversa?

Roman abre a porta de um armário que não notei atrás de mim e pega alguns panos. Abro a torneira e ajusto a temperatura.

— Mãe, este é Jonah. Ele é irmão de Mary. — Ele molha o pano na pia e torce. — A senhora se lembra de eu mencionar Mary?

Ela funga, empurrando o cabelo embaraçado do rosto.

— Sim, eu lembro.

A pobre mulher está um caco. Ela mantém o rosto virado para baixo, sem olhar para nenhum de nós.

Com um suspiro profundo, Roman ergue o rosto dela com os dedos sob o queixo.

— Ele não vai te julgar, mãe.

Com o pano na mão, limpa o sangue secando na bochecha dela com cuidado. Afastando o cabelo da têmpora, encontra o corte e o limpa. Pego o pano sujo, lavo e devolvo.

Seus olhos encontram os meus por um momento quando nossos dedos se tocam.

— Obrigado.

— De nada.

Trabalhamos em silêncio com as fungadas de sua mãe ecoando baixinho no cômodo. O corte na têmpora é superficial, mas sangra igual porco no abate.

— Você está sangrando em outro lugar? — Roman pergunta a ela.

Ela não diz nada, apenas nega com a cabeça.

— E hematomas? Alguma coisa quebrada? Cacos de vidro?

Ela volta a fazer não com a cabeça.

Todo esse cenário é estranho para mim. Não sei o que fazer ou como ajudar. Nunca fui espancado assim ou vivi em constante estado de medo físico. Como ele consegue?

Quando meu pai descobrir que sou gay, tenho certeza de que ele vai, literalmente, me bater com a Bíblia. Pode me dar um tapa. Com certeza, haverá coisas jogadas e palavras ríspidas, mas, fisicamente, vou ficar bem. Aqui? Se seu pai descobrir, não está fora do reino da possibilidade de que ele morra.

— Tudo bem, vamos levá-la para a cama. — Ele a levanta novamente, e eu abro a porta para eles, seguindo em silêncio.

Ela é uma mulher frágil e pequena, mas deve doer para ele carregá-la escada acima. Ele levou pelo menos dois chutes no estômago. Não sei como está de pé, sem falar que carrega outra pessoa.

Ela se enrola numa bola, os braços cruzados no peito, as mãos sob o queixo e os ombros curvados. A cada passo, ela cai mais fundo dentro de si mesma. Espero que para um lugar onde seja feliz.

— Você pode abrir a porta?

A voz de Roman me assusta, mas faço o que ele pede. O quarto está uma bagunça: roupas e lixo espalhados pelo chão, a cama está desarrumada e os pratos estão empilhados na mesa de cabeceira.

BULLY KING

— Mãe, por que não deixa Wendy entrar aqui para limpar? Vou ligar para ela e ver se pode vir amanhã.

Ele a deita na cama e puxa o cobertor sobre sua forma imóvel. Inclinando-se para ela, roça os lábios em sua testa e saímos do quarto. Antes de fechar a porta, ele a tranca e certifica-se de que está travada.

Roman não diz nada e não para até voltarmos ao quarto dele e a porta estar trancada. Ele se inclina contra a porta e olha para mim. Meu coração se parte com a dor e frustração em seus olhos. Do jeito que seus ombros caem, eu faria qualquer coisa para ter aquele maldito sorriso arrogante de volta.

Formando um plano, tiro a camiseta e a deixo cair no chão. Não afasto o olhar dele enquanto a calça de moletom que peguei emprestada é empurrada pelos meus quadris para se amontoar aos meus pés.

Seus olhos percorrem meu corpo como uma carícia física. Meu pau incha, a respiração acelera e a pele aquece. Eu o quero. Quero dar a ele uma válvula de escape. Confortá-lo de uma maneira que ele aceitará.

Roman desencosta da porta, a sobrancelha arqueada e cabeça inclinada, dando um passo em minha direção. Com meus olhos nos dele, as emoções pesadas vão embora, e o imbecil sombrio e dominante que estou começando a ansiar assume seu lugar.

— Você sabe o que está fazendo? — Profunda e gutural, sua voz provoca arrepios na minha pele.

Ele não me tocou, mas já estou vazando. Estou quase ofegante. Ele é letal. Lábio partido, cabelo bagunçado, fúria e a promessa de dor em seu olhar. O sangue secou em seu queixo e manchou a camiseta. Se eu fosse inteligente, correria o mais rápido e para o mais longe possível dele.

Roman para bem na minha frente, as beiradas de sua camisa fazendo cócegas na minha barriga.

— Se você não está pronto para ser fodido com força, para se machucar, então saia.

Não preciso de palavras para me provar. Alcançando sua calça, deslizo a mão dentro e envolvo os dedos ao redor de seu pau. Ele está duro, parece aço envolto em veludo na palma da minha mão.

Um puxão forte é suficiente para acabar com o seu controle. Uma mão agarra meu cabelo, a outra envolve minha garganta, e seus lábios estão nos meus. Uma pitada de gosto metálico se mistura com o sabor que conheço como sendo o de Roman.

Tropeçamos para trás até minhas panturrilhas baterem na cama. Usando seu aperto na garganta, ele me empurra ainda mais para pousar no colchão e me acompanha, o tecido áspero de sua calça jeans arranhando a pele macia da parte interna das minhas coxas quando ele abre minhas pernas e sobe por cima de mim.

Perdendo o controle que eu tinha dele quando caí, alcanço sua camiseta e a tiro. Ele se senta só o tempo necessário para tirá-la e jogá-la de lado, depois volta para mim.

Quando nos rolo de lado, uma das minhas pernas se prende em seu quadril. Sua mão agarra minha bunda, me abrindo no ar. A boca de Roman deixa a minha, seus dedos forçando a entrada nos meus lábios.

— Chupe — ordena.

Minha boca se fecha em torno dos dois dedos e eu faço o que ele exige.

Da mesma forma que ele os coloca na minha boca, já os tira para arrastar entre as nádegas e encontrar o lugar proibido. Meu corpo tenciona com o toque inesperado e desconhecido. Um arrepio percorre minha espinha, forçando-me a fechar os olhos, quando um dedo empurra no círculo apertado de músculo.

Respiro ofegante, cada parte do meu corpo tenso.

— Se empurre contra o meu dedo, me mostre o quanto você quer.

A posição é estranha, mas eu me inclino para trás, empurrando mais de seu dedo dentro de mim. Arde um pouco, mas não é desconfortável. A sensação é estranha, desconhecida.

— Bom menino — rosna Roman, tomando meus lábios em um beijo áspero mais uma vez. Seu único dedo é substituído por dois. Empurrões lentos e superficiais no início.

Eu gemo no beijo de Roman, ansiando por mais.

As estocadas se tornam mais fortes, mais profundas, mais rápidas. Meus dedos cravam na pele de Roman enquanto o prazer ilumina cada terminação nervosa que tenho.

— Porra — choramingo contra sua boca, minha respiração presa na garganta. Meu mundo inteiro começa e termina com seus dedos.

Ele morde meus lábios.

— Adoro quando você xinga. Significa que estou fazendo algo certo. Se apoie nas suas mãos e joelhos. — Suas palavras roçam meu ouvido, o cheiro de sua pele invadindo minha cabeça. — Segure firme, menino da Bíblia.

Seus dedos desaparecem, deixando-me à beira do entorpecimento e desesperado por mais.

BULLY KING

Roman desliza da cama, bate uma mão forte na minha bunda, e procura por algo em sua mesa de cabeceira.

Suspiro com a ardência, mas me posiciono. Minha respiração está irregular, meu pau grosso e pesado. Apoiando-me em um cotovelo com minha bunda para cima, eu me acaricio. Olho para Roman por cima do ombro e o vejo com um frasco de lubrificante na mão, mas percebo que ele está se debatendo com algo, internamente.

— Você é o único que tocou meu pau em meses. Quero você sem nada entre nós.

Leva um segundo para meu cérebro entender o que ele está falando, o que ele quer dizer. Sem preservativo.

— Confio em você.

Líquido frio escorre entre a minha bunda, me fazendo pular. O calor de sua pele roça a parte de trás das coxas, seus joelhos empurrando os meus ainda mais afastados para acomodá-lo. A cabeça do pau de Roman espalha o lubrificante ao redor.

— Vai arder no começo, mas vai passar. — Seu tom não é tranquilizador; tem uma parte dele que está animada com a perspectiva de eu sentir dor. — Empurra para trás.

A cabeça de seu pau é muito mais grossa do que os dois dedos que estavam dentro de mim alguns minutos atrás. Vai doer muito mais?

— Como você sabe? — O medo me vence e a pergunta escapa dos meus lábios.

— O quê? — Ele para, a cabeça fazendo pressão contra a pele enrugada.

— Como sabe que será assim?

Ele fica quieto por tanto tempo que acho que não vai responder. Empurra contra mim novamente, desta vez, consegue e coloca a ponta de seu pau dentro.

Respiro entredentes, chiando com a ardência. Tento me afastar da pressão, mas Roman agarra meus quadris com as mãos e me puxa para trás. Meu corpo recebe mais de seu pau. A ardência incomoda. É desconfortável, mas tolerável. Só espero que ele goze rápido.

Ele tira, depois empurra de novo, fazendo meu corpo receber mais dele.

Fico tenso com a intrusão, e ele espera, me dando tempo para me ajustar. A ardência desaparece depois de um minuto e eu balanço devagar contra ele.

— Assim mesmo, engole esse pau. — Dedos flexionam em meus quadris, agarrando firme a pele.

ANDI JAXON

Quanto mais me movo, mais fácil ele desliza, melhor é a sensação. Sentindo-me corajoso, consigo colocar mais até que minha bunda para em seus quadris. Roman geme e puxa para fora até ficar apenas a parte mais grossa dele dentro.

Com um movimento de seus quadris, ele empurra com força, enterrando-se na minha bunda. Sem parar, ele se enterra dentro de mim, usando seu aperto em meus quadris para me puxar de volta para ele, mudando o ângulo até encontrar e esfregar algum ponto mágico que faz meus olhos revirarem e um gemido é arrancado da garganta. Ele atinge esse ponto repetida vezes até que não consigo pensar direito e estou prestes a gozar. É esmagador, mas não basta, tudo ao mesmo tempo.

— Goza para mim, Jonah. Goza com meu pau na sua bunda.

Suas palavras me levam ao limite. Gozo quente é derramado em sua cama enquanto choramingo e gemo no cobertor para abafar o som. Tremendo com a força do orgasmo, Roman não tem pena de mim e me fode com mais força, suas bolas batendo em mim, os sons do sexo preenchendo o quarto até que ele encontra seu clímax em um longo gemido.

BULLY KING

TRINTA E UM

Jonah

Roman geme quando sai de mim. Uma mão quente corre pelas minhas costas, parando em um lado da minha bunda.

— Caralho, essa é uma bela visão — murmura Roman.

Roman beija a parte baixa das minhas costas, a curva da bunda, a parte externa do quadril. Deslizando os dedos entre as nádegas, ele geme.

— Meu esperma na sua bunda está me deixando duro de novo.

Forçando minha respiração a desacelerar, levanto as mãos para me apoiar nas pernas dobradas, o constrangimento vencendo a necessidade de conforto. Roman sendo cuidadoso me deixa desconfortável. Nunca sei quanto tempo vai durar ou quando vai decidir que cansou.

Minha pele está pegajosa de suor, corada com o calor do pós-coito. Estou com medo de olhar por cima do ombro. Qual Roman vou encontrar?

Não tenho a chance de descobrir. Roman chega até mim, virando meu rosto para cobrir meus lábios com os dele. É um beijo possessivo, lento, mas determinado. É evidente que está fazendo uma reivindicação, mas quem a contestaria?

Estou muito atordoado, perdido nas sensações do meu corpo. É óbvio que não sou mais virgem. Estou dolorido.

Usado.

Pervertido.

Sujo.

Não há como negar. Eu sou gay. Um pecador destinado ao inferno por toda a eternidade. Não tem volta.

Uma profunda tristeza se apodera do meu coração. Não me arrependo do que fizemos, o que só aumenta a culpa. Durante aqueles minutos com Roman, fui livre. Mas agora? Agora estou desamparado.

O desespero dá um nó na garganta e um soluço se forma no peito.

Meu corpo estremece encostado ao garoto que de alguma forma passou a significar muito. Como posso fingir depois disso? Como serei capaz de agir como se nunca tivesse acontecido?

Meu lábio inferior treme ao sufocar as lágrimas. A pressão no peito é demais, não consigo respirar. Afastando-me de Roman, saio da cama e vou em direção ao banheiro.

— Ei, o que foi? — Pela primeira vez, o infalível Roman King está inseguro. — Sinto muito. Eu avisei que não seria gentil.

Ele passa a mão pelo cabelo, agarrando os longos fios loiros. Ele se aproxima de mim, mas, antes que possa me alcançar, ergo as mãos para detê-lo. Não posso tê-lo me tocando agora. Eu só preciso de um maldito minuto.

— Pare. — A palavra voa dos meus lábios com mais força do que esperava.

A surpresa o faz parar, olhando para mim com mágoa e preocupação.

— Só espere. Por favor.

Sua expressão fica tensa, os punhos cerrados. Ele não sabe o que está acontecendo e é injusto da minha parte não dizer a ele, mas não posso. Ainda não. Meus olhos se enchem de lágrimas e não há nada que eu possa fazer para impedi-las de cair.

Os olhos de Roman se concentram na lágrima descendo pelo meu rosto, sua respiração se torna ofegante. A gota cai do rosto no peito e seus olhos voltam para os meus.

— O que é isso?

Seu tom é áspero, frustração se transformando em raiva por não entender. Dando um passo em minha direção, seu peito pressiona as minhas palmas. Ele fica parado na minha frente, usando sua altura a seu favor.

— Jonah.

O soluço crescendo no meu peito finalmente escapa dos lábios. Minha cabeça pende, estremecendo o corpo quando o peso da situação me atinge. Vou para o inferno. Não só fiz sexo com Roman; eu gostei. Vai acontecer de novo. Não sou forte suficiente para viver uma vida de celibato, sobretudo agora que sei como é bom estar com alguém.

Cansado de esperar por uma resposta, Roman tira meus braços do caminho e me puxa contra ele. Seus braços me envolvem, me segurando enquanto meu mundo desmorona.

Seus lábios pressionam beijos suaves na minha testa, sua mão grande segurando a minha cabeça por trás. O corte em seu lábio arranha minha pele.

BULLY KING

Se isso o incomoda, ele não diz nada e não para.

Cada crença que eu já tive recai sobre mim ao mesmo tempo em que o esperma escorre pela perna. Deus vai me punir por minha indiscrição. Meu pai vai me abandonar e proibir minha mãe e Mary de falarem comigo. Serei enviado ao inferno por causa de algo que não posso controlar. Não escolhi ser assim. Não estou mais puro, não aos olhos de Deus.

— Jonah — os lábios de Roman sussurram em meu ouvido. — Fale comigo.

O soluço abranda para um gemido, lágrimas ainda caindo no rosto, mas eu já consigo respirar com mais facilidade.

— Vou para o inferno. — Minha voz falha, quase irreconhecível.

Meus olhos encontram os dele, dos castanhos para o azul-cristalino. A preocupação está escrita nele. Ele se importa.

— Do que você está falando?

— Nunca encontrarei Deus no céu. Serei banido para as chamas do inferno.

Ele fica quieto por um minuto, digerindo o que eu disse. Em questão de segundos, ele passa de preocupado a arrogante.

— Quer mesmo ficar preso lá em cima com um monte de gente iguais aos que vivem aqui? Idiotas preconceituosos, de mente fechada e intolerantes?

Ele pode ter razão, mas não vou dizer a ele.

— Isso, seja o que for, vai contra tudo o que fui criado para acreditar. Eu sabia que era errado, e fiz mesmo assim. — *E vou fazer de novo.*

— Você quer ir embora? — As mãos de Roman soltam meu corpo, se preparando para a rejeição e me deixando com frio. — Vou deixar você ir, e nunca vou tocar em você novamente, se é o que quer. — Sua voz está tensa, mas está sendo sincero.

O pânico toma meus pulmões.

— Não! — Eu o alcanço, envolvendo os braços por sua cintura.

Eu preciso dele. Porra, eu preciso dele como preciso respirar.

O peso no meu peito está de volta e ameaça me sufocar. Não posso perder isso. A única conexão que tenho com alguém. A única pessoa que me faz sentir normal.

— Não posso competir com o seu Deus — afirma. Roman olha ao redor do quarto, procurando por palavras ou respostas, não tenho certeza. — Você é o único que me conhece.

— O quê? — Olhando para ele, eu o vejo procurar as palavras certas de novo.

— Você acha que eu deixei todas as garotas que eu comi ver a loucura? Essa minha parte fodida que fica dura quando você tem medo de mim? — Ele se aproxima, sem deixar espaço entre seu corpo e o meu. — Como fico duro quando te pressiono além da razão e você finalmente cede, mesmo não querendo? Eu seria indiciado com uma acusação de estupro mais rápido do que um piscar de olhos.

Ficando na ponta dos pés, envolvo sua nuca e trago sua boca para a minha. Despejo cada emoção conflitante que tenho neste beijo. O bom, o mau, o feio. Não posso perdê-lo, mas não sei o que fazer com essa culpa. Está comendo minha alma, mas Roman se afastar de mim seria a morte.

As partes confusas dele falam comigo como nada jamais fez. Preciso disso tanto quanto ele. Nunca sei o que esperar dele. É tão excitante quanto aterrorizante. Ele desafia os meus limites, muitas vezes pisando em cima deles, mas nunca me pressionou além da conta.

As mãos de Roman deslizam e agarram minha bunda, me puxando para ele. O beijo que comecei se torna sensual, e ele está mais uma vez me levando por um caminho que tenho medo de percorrer. O caminho dos perdidos.

— Chuveiro — diz contra meus lábios, antes de morder o inferior, que está inchado e sensível. — Não posso deixar você sair daqui cheirando a sexo, posso?

Seus olhos brilham com malícia um segundo antes de um dos lados da minha bunda ser puxada de lado, e um dedo deslizar sobre o ânus, escorregadio com seu esperma. Suspiro e meus olhos reviram com a pressão.

Com um sorriso que promete pura devassidão, Roman empurra o dedo em mim. Minha respiração fica presa na garganta enquanto me agarro a ele. O ritmo lento enviando faíscas pela espinha e pernas.

— Seu pau já está duro, menino da Bíblia — sussurra no meu ouvido antes de lamber o pescoço. — Que se foda a interpretação da Bíblia que diz que você vai para o inferno.

Como ele consegue ter pensamentos tão ordenados quando meu cérebro está parecendo mingau? Não é justo.

— Isso. — Um segundo dedo é empurrado fundo dentro de mim, pontuando suas palavras. — É quem somos.

Seus dedos saem do meu corpo quando ele abre a água e tira a calça. O chuveiro com revestimento de pedra é grande suficiente para nós dois. Para ser franco, é bem possível que seria capaz de acomodar quatro ou cinco pessoas ali.

BULLY KING

Roman entra sob o jato, a água caindo em cascata pelos músculos fortes de seu corpo. Tem marcas vermelhas enormes pelo torso por causa de seu pai, mas age como se não estivessem lá. Como se não pudesse senti-los.

Por que tem que doer tanto? Meu corpo me diz que isso é certo, é o que eu preciso. Meu coração me diz para não deixar Roman. Os pedaços rachados da minha alma gritam para eu seguir esse caminho desconhecido e prometem que vou me encontrar no final.

Mas minha cabeça diz que é errado. Sórdido. Sou um pecador nojento destinado ao inferno.

TRINTA E DOIS

Jonah

Parado debaixo d'água, me forço a esquecer o amanhã, a não me preocupar com meu pai ou com a morte e apenas aproveitar o momento que temos. Não teremos muitos deles.

Não posso deixar de acompanhar seus movimentos conforme pega o sabonete líquido e despeja um pouco na esponja. Aproximando-se de mim, Roman passa a esponja no meu peito. Com cuidado, ele limpa minha pele. Minha cabeça cai para trás e os olhos se fecham.

— Você é meu — diz, fazendo minha frequência cardíaca aumentar.

Seus dentes cravam no meu pescoço ao mesmo tempo em que ele agarra uma das minhas coxas para prendê-la em seu quadril. Envolvo os braços por seus ombros enquanto ele se limpa da minha pele. O dedo coberto pela esponja, arrastando sobre o ânus usado, envia eletricidade pelas costas e o sangue começa a descer para o meu pau.

— Seu — choramingo, quando ele me morde de novo, seu corpo pressionado ao meu.

Seu pau está duro de novo, empurrando meu abdômen. Minha perna é solta e Roman me gira para ficar de frente para a parede. Agachando-se, ele lava minhas pernas, enxaguando a evidência de sua reivindicação do meu corpo.

Ele lava minhas costas, ombros, braços, seus dedos seguindo a esponja. A extensão quente de seu peito encontra minhas costas conforme desliza a mão ao redor da minha virilha. Contornando meu pau ereto, ele me segura e dá um aperto suave, tirando um suspiro de mim.

Este lado dele se enterra em meu coração. Ele é carinhoso, reconfortante, e isso me amolece para ele. Depois da brutalidade vem o afeto. É uma combinação mortal. Como eu poderia mantê-lo à distância quando ele age assim?

BULLY KING

Eu vi tantos lados dele agora. Qual é o verdadeiro? O idiota arrogante sem preocupações? O babaca exigente que pega o que quer? Esse lado carinhoso e consolador?

Sua mão envolvendo meu pau interrompe meus pensamentos mais uma vez. O aço de seu pau está aninhado na minha bunda.

— Porra — geme. — Eu quero você de novo.

Estou um pouco dolorido, mas a luxúria está acabando com a autopreservação bem depressa.

— Pega — murmuro, quando seu aperto fica mais forte.

Ele paralisa por um segundo, mas não questiona. Ele se afasta de mim; o som de uma tampa sendo aberta reverbera pelas paredes e ele volta, pressionando algum tipo de óleo no meu ânus.

Uma mão agarra meu quadril e seu pau desliza pela minha bunda. Usando o pé, Roman empurra o meu para abrir minha postura antes de se alinhar e empurrar devagar em mim.

Seu pau entra profundamente, os quadris na minha bunda, e fica parado. Deixando-me ajustar a sua intrusão. Desta vez, não sinto ardência, mas uma pontada de dor quando a pele abusada se opõe.

— Mãos para cima na parede — ordena, envolvendo o braço em meu pescoço, a curva do cotovelo em volta da garganta.

Minhas mãos deslizam pela parede até meu torso encostar no azulejo, as costas arqueadas. O braço em volta do meu pescoço aperta conforme puxa para fora. O deslizar de sua pele na minha faz meu corpo se arrepiar.

Estocando, ele é áspero, punitivo, mas para e espera um segundo antes de sair de novo. Sem parar, ele me conduz assim, lento, mas punitivo. Implacável. Garantindo para que eu sinta cada centímetro de seu pau grosso dentro de mim. Cada. Pedaço.

Meu pau começa a pingar.

— Por favor — imploro, a voz soando rouca em torno do aperto na garganta.

— Você quer gozar, menino da Bíblia?

Esse maldito apelido sendo dito no meu ouvido enquanto ele está enterrado na minha bunda me faz estremecer.

— Sim — murmuro.

— Que pena.

Não consigo parar o gemido. Ele está usando meu corpo, pegando o que quer. A risada no meu ouvido me diz tudo o que preciso saber: ele não se arrepende de me fazer esperar.

Sua velocidade aumenta, me fazendo segurar no braço em volta da garganta. O mesmo braço que está usando para desacelerar minha respiração.

Nunca estive tão excitado na vida. Roman está dominando todos os aspectos do meu corpo e estou perto de virar uma poça aos seus pés. Alguma coisa vai parecer tão certa quanto isso, algum dia?

A mão de Roman envolve meu pau. Meus quadris pulam com o contato. O mundo gira com a falta de oxigênio. Tem muita coisa acontecendo, não consigo me concentrar. Meus pulmões gritam por ar, meu pau exige atenção, minha bunda está dolorida. Muitas sensações estão me dominando.

— Por favor. — A palavra sai sofrida, quase irreconhecível.

Não sei o que estou pedindo. Mais? Menos?

O corpo de Roman bate contra o meu, me forçando a foder sua mão na mesma velocidade que está me fodendo. Demora só alguns impulsos sentindo o aperto para o meu corpo tensionar. O formigamento começa embaixo, depois me engole, acertando a parede com o meu esperma.

Sua risada se transforma em um gemido profundo quando minha bunda se contrai ao redor dele, trazendo seu orgasmo.

O braço em volta da garganta relaxa e ele se inclina contra a parede, finalmente deixando meus pulmões famintos de ar respirarem fundo.

— Porra — sussurra na minha pele, deixando um beijo suave debaixo da orelha.

Assim que recuperamos o fôlego, voltamos a nos limpar rapidamente, e fechamos a água quando fica fria.

Roman pega uma toalha para mim, depois outra para ele, secando a água do corpo. Arrasto o tecido macio pela pele sensível. Depois de secar o cabelo, ele joga a toalha por cima do ombro e pisca quando me pega olhando para ele.

Constrangimento floresce em meu rosto conforme enrolo a toalha em volta da cintura. Com um sorriso nos lábios, ele sai do banheiro para se vestir. Pego meu reflexo no espelho e me apresso para ver melhor, o medo me consumindo por dentro. Sinais de mordidas roxas-escuras marcam meu pescoço. Merda.

— Roman! — exclamo.

Meu pai vai me matar. Como vou esconder isso?

O movimento na porta chama minha atenção. Ele está recostado no batente, os braços cruzados sobre o peito, calça de pijama cinza-escuro parando abaixo da cintura e sem camisa. Aquele sorriso estúpido em seu rosto.

BULLY KING

— Você chamou?

Afastando-me do espelho, marcho em direção a ele.

— Sim, chamei. Que merda é essa? — Aponto para o meu pescoço, onde estão as marcas perfeitas de seus dentes na minha pele.

— Parece com marcação de território. — Ele dá de ombros, como se eu não fosse surtar.

— Como vou explicar isso?

Ele volta a dar de ombros.

— Brigou com um aspirador de pó?

Sem achar graça na brincadeira, eu o empurro com força suficiente para que ele dê um passo para trás. Tão rápido quanto um raio, sua mão agarra minha nuca, dedos cravando a pele, e fico cara a cara com ele. Nossos narizes quase se tocam, nossa respiração se misturando.

— Não dou a mínima para o que vai falar a seus pais. Diga que aquela garota com quem você anda na escola fez isso.

Por um momento ofuscante, seus lábios pegam os meus. Não há dúvida em minha mente de que ele está me reivindicando. Na mesma velocidade que seus lábios pegam os meus, ele recua.

— Se quiser transar comigo por pena de mim de novo, vou te nocautear. Estamos entendidos?

Agora estou confuso.

— O quê?

— Você desistiu de sua bunda porque teve pena de mim. — Seus olhos estão intensos quando olha para mim. Ele acha mesmo que só fiz sexo com ele porque seu pai é um maldito abusivo.

— Vá se foder — xingo, empurrando-o para longe de mim ao passar por ele. Dou um passo quando ele segura meu braço apertado. — Se acredita mesmo que foi isso que aconteceu, nunca mais ofereço de novo.

Arranco o braço de seu aperto e encontro as roupas que peguei emprestadas dele. Jogando a toalha na cama, enfio a calça, depois volto a olhar para ele.

— Não abri mão da minha virgindade por pena. — Encontro uma camisa no chão e a visto por cima da cabeça. — Não me condenei ao inferno porque tive pena de você, seu idiota. Mas fico feliz em saber como você se sente sobre isso.

Dando meia-volta, abro a porta e pego o corredor na direção das escadas.

Foda-se isso. Eu não vou ficar aqui.

Na minha frustração, não penso em esbarrar com o pai de Roman, na chuva lá fora ou na falta de calçados. Os chupões no pescoço estão à vista para qualquer um ver enquanto caminho para a minha casa. Ainda bem que a cidade é bem pequena, e não tenho muito o que caminhar.

TRINTA E TRÊS

Jonah

Papai teve um ataque quando cheguei em casa. Encharcado, sem tênis, com chupões e sem telefone. Ninguém sabia onde eu estava, exceto Mary, e ela não me entregou. Ela ficou no corredor escuro e viu como ele me repreendeu. Minha mãe pegou uma toalha para mim, mas fui forçado a ficar ali, molhado e tremendo, enquanto ele gritava versículos da Bíblia. De repente, percebeu como eu estava perto de perder a alma por causa dos hormônios.

No dia seguinte, as roupas e tênis que deixei na casa do Roman estavam pendurados no meu armário quando cheguei da escola. Não apenas secos, mas limpos. Comecei a usar cachecóis para cobrir as marcas. Era quente e coçava, mas não havia mais nada que eu pudesse fazer.

No dia do Halloween, Mary entra no meu quarto sem bater.

— Dia. — Sorrio para ela.

Não vou me fantasiar. Para quê? Mary, no entanto, está vestida da Dorothy de *O Mágico de Oz*.

— Onde está sua fantasia? — Ela para de repente, a cesta de vime com um cachorro preto de pelúcia balança com a mudança repentina de movimento.

— Não vou me fantasiar. — Fecho o cinto e pego a mochila. Pela primeira vez em duas semanas, não estou usando um lenço. Já chega.

Mary fecha a porta e se recosta nela para me impedir de sair.

— Ele não falou com você, não é?

Queria poder fingir que não sei do que ela está falando. Como se meu peito não doesse toda vez que eu o via em seu armário ou no refeitório. Ele é um idiota egoísta, e estou melhor sem ele. Infelizmente, meu coração discorda.

— O que *ele* tem a ver com isso? — Cruzo os braços.

— Você está tentando chamar a atenção dele ao não seguir o que todo mundo está fazendo — afirma de forma tão simples. Sem julgamento em seu tom, apenas uma declaração. — Ao não se fantasiar, o time vai notar e ele terá que fazer algo para salvar a sua cara. Você gosta quando ele te machuca?

— Obrigado pela avaliação psicológica, mas precisamos ir. — *Você não tem ideia do quanto eu gosto disso.*

Ela solta um suspiro profundo, mas abre a porta. Pega sua jaqueta e um guarda-chuva, e sai pela porta comigo logo atrás dela. Não paro para me despedir da minha mãe há semanas. Não estou tomando café da manhã. Droga, não estou comendo direito. Não tenho opinião sobre nada, a menos que seja por Mary ou Anna.

Sabia que Roman King seria ruim para mim. Que ele iria me machucar, mas deixei acontecer de qualquer maneira. Não tenho ninguém para culpar, exceto a mim mesmo.

Quando chegamos na escola, Mary desaparece para se juntar a seus amigos e abro caminho até meu armário. Recebo muitos olhares, sussurros, até mesmo uma mochila na barriga quando alguém a pendura no ombro.

— Ei, sem lenço hoje! — A voz de Anna chama minha atenção quando do estou mexendo na mochila. — E sem fantasia?

— Não, não gosto de me fantasiar, na verdade. — *Já estou de máscara. De quantas eu realmente preciso?*

— Escolha interessante, meu amigo.

Bato a porta do armário e coloco a mochila no ombro, ficando cara a cara com o sorriso que eu tanto odeio.

— Escolha interessante para o Halloween, menino da Bíblia. — Ele me olha da cabeça aos pés, e eu juro que posso sentir esse olhar como uma carícia física.

— Não preciso impressionar você. — Passo por ele e vou para a aula, segurando a porta para Anna.

Parando no meu armário antes de ir comer, encontro algo pingando nele. Mas que merda? A pessoa que usa o armário acima do meu enfiou uma garrafa de água aberta na dela?

Abrindo a porta, sou atingido por uma onda de amônia. Alguém urinou no meu armário. Estão de brincadeira comigo? Minha mandíbula aperta com força suficiente para os dentes doerem. Bato a porta com mais força do que o necessário e vou à secretaria fazer uma reclamação.

Sério? O que essas pessoas daqui têm na cabeça? Quem mija em um armário? Como conseguiram isso?

Abrindo a porta da secretaria, entro e espero no balcão. Estou com

BULLY KING

173

tanta raiva que estou praticamente tremendo. Quero dar um soco na cara do Roman. Duvido que tenha sido ele, mas é responsável por isso. Idiota.

— Jonah, o que o traz aqui hoje? — pergunta Sra. Tinnon com um suspiro, como se eu fosse o encrenqueiro aqui.

— Alguém mijou no meu armário.

Todo mundo na secretaria para e se vira para me olhar.

— Como é que é? — pergunta, como se não entendesse.

— Alguém. Mijou. Dentro. Do. Meu. Armário — enuncio cada palavra, cuidadosamente, para que não haja erro no que eu disse.

Ela não diz nada por um minuto, apenas pisca para mim.

— Eu… hum… sinto muito — gagueja as palavras, sem saber o que dizer.

Meu rosto está fervendo de raiva e vergonha.

— Preciso de livros novos — digo entre os dentes cerrados.

— Sim, claro. — Ela volta para a mesa e pega o telefone. — Alguém urinou em um armário — diz no aparelho. — É armário…

Ela olha para mim, e eu passo o número.

— Oitocentos e trinta e seis. Obrigada. — Ela respira fundo e coloca o fone no gancho. — Certo, a servente vai limpá-lo e desinfetá-lo. Vou ligar na biblioteca e informá-los que você está indo pegar livros novos.

Resmungo um "obrigado" e saio do escritório. O que vai ser da próxima vez?

Ainda estou com raiva no final do dia. A notícia do meu armário se espalhou pela escola, então todo mundo sabe. Quando Mary me encontra depois da última aula, ela não diz nada, só caminha comigo para casa. Tenho certeza de que há coisas que ela quer dizer, mas o olhar no meu rosto deve ser suficiente para mantê-la quieta. Não estou no clima para isso.

Não preciso ouvir o "eu avisei" ou o "me desculpe" que tenho certeza de que está segurando. Só quero ir para casa e fingir que hoje não aconteceu. Odeio este lugar. Odeio as pessoas que vivem aqui. Odeio minha vida aqui.

Meu pai não está em casa quando chegamos, então posso desaparecer no meu quarto. Minha mãe está ocupada na cozinha e apenas grita seu cumprimento.

Quando abro a porta do quarto, fico surpreso ao encontrar Roman sentado na minha cama. Entro rápido e fecho a porta.

Enfrento uma luta interna, parado ali olhando para ele. Estou com raiva. Ele parou de falar comigo depois que transamos, deixou marcas na minha pele que meus pais viram, e tive que escondê-las com cachecol para ir à escola. Ele está por trás do que aconteceu com meu armário hoje. Eu sei que ele está.

Mas parte de mim quer correr para ele. Uma pequena parte quer que ele me empurre contra a parede e me beije até eu esquecer tudo isso. Eu o odeio, mas eu o quero, e isso não é justo.

— O que você está fazendo aqui?

Algo se acende em seus olhos, mas desaparece antes que eu possa identificar.

— Eu preciso de você. — Ele se levanta e caminha em minha direção, determinação em cada passo até seu corpo empurrar o meu contra a porta.

O quê? Ele precisa de mim? Desde quando?

Meu coração está martelando no peito, pescoço e ouvidos. Quero acreditar, mas ele já me queimou.

— Você tem um jeito engraçado de demostrar isso.

Ele encosta a testa na minha e fecha os olhos.

Meu coração está destroçado. Por que ele está fazendo isso comigo? Vá embora e me deixe lamber minhas feridas. Pare de voltar a abri-las para sangrar aos seus pés.

— Eu tentei ficar longe de você. Não consigo. — Roman estremece contra mim, acariciando de leve os meus lábios com os dele.

Minhas mãos agarram sua camisa na primeira pressão de sua boca. Estive carente de atenção, de carinho. Enfiado em um canto escuro e deixado para murchar.

Logo entro em frenesi, precisando que ele me mostre o quanto me quer. O quanto está arrependido.

As mãos de Roman seguram minha cabeça exatamente onde quer para devastar meus lábios, sussurros e gemidos sendo engolidos enquanto tentamos nos aproximar mais.

Ele está tão frenético quanto eu, puxando minhas roupas com uma mão e enterrando a outra no meu cabelo. Sua mão desliza pelas minhas costas e jeans para segurar minha bunda quando seu telefone toca.

Surpreso com o som repentino, ele pula para trás, e minhas mãos o soltam.

Estamos respirando muito rápido e corados quando ele pega o telefone.

— Alô.

Ele ouve por um minuto e volta para minha cama, sentando-se nela.

BULLY KING

— Claro, vou para a fogueira. — Ele pausa. — Logo chego na casa dos Cohens. Vou falar com o pai de Mary e ver se consigo convencê-lo a deixá-los ir.

Sem chance de ele nos deixar ir para a fogueira. Teremos sorte de não acabar na igreja, fazendo faxina nos bancos ou algo assim.

— Certo, cara. Vejo você mais tarde. — Ele desliga e guarda o telefone no bolso, me observando ao mesmo tempo. — Quando seu pai vai chegar?

— Se você falar que é no túnel, ele não vai deixar a gente ir, de jeito nenhum. — Encosto o quadril na minha mesa.

— Você não achou que ele me deixaria levar Mary em um encontro com um olho roxo, também. — Ele se levanta e invade meu espaço, me forçando a sentar na mesa para se acomodar entre as minhas pernas. Deus, é bom ser tocado.

Roman segura minha mandíbula e me beija novamente, profundo, meticuloso e lento. Nossas línguas se entrelaçando enquanto exploramos um ao outro.

Ele se afasta, pressionando um beijo casto em meus lábios, depois levanta a janela para sair. Assim que seus pés tocam o chão, ele se vira e me dá uma piscadela antes de desaparecer.

Estou tão ferrado.

Algumas horas depois, o sol está se pondo e meu pai chega em casa. Pela primeira vez desde que nos mudamos para cá, estou na sala assistindo a um programa com Mary no sofá. Entrando na casa, ele nem olha direito para a TV antes de resmungar.

— Se vocês têm tempo de observar essa tela, têm tempo para estudar a Bíblia.

Minha mandíbula aperta, segurando uma resposta. Não sei por que mudou tanto desde que nos mudamos. Respirando fundo, fecho os olhos e deixo para lá. *Seis meses e eu vou embora.*

Levanto para voltar ao meu quarto e paro quando escuto uma batida na porta. Mary e eu nos olhamos antes de atender. Não tenho que verificar; eu sei quem é.

Abrindo a porta, dou um passo para trás e deixo Roman entrar. Ele está todo confiante e arrogante, piscando para mim ao passar.

— Oi, gata — diz para Mary, beijando-a no rosto.

Meu peito dói com o termo de carinho. Nunca vou receber um oi assim? Será que algum dia estaremos em um lugar onde possamos ser sinceros?

Mary se levanta, retorcendo os dedos e mordendo o lábio com a testa franzida.

— O que foi? — Roman segura seus ombros, puxando-a para ele.

Seus olhos estão em mim quando me aproximo do corredor. A minha presença na sala parece irritar meu pai ainda mais. Roman e Mary terão melhores chances de conseguir a permissão dele se não me ver.

— Ele está de mau humor. Poupe-se do problema e vá embora. — A voz de Mary está baixa, para que não seja ouvida na cozinha, onde nossos pais estão.

Roman beija sua testa, ainda me observando.

— Eu posso tentar.

— Ouvi alguém na porta? — Meu pai vem da cozinha, de repente todo sorridente, o rosto falso para o nosso visitante. — Ah, Sr. King. O que o traz aqui?

Apresso-me do corredor até o quarto. Com a porta entreaberta, escuto a conversa. De onde estou, posso ver a sala de estar.

— Pastor Cohen, queria perguntar se o senhor me permite escoltar Mary até a fogueira que meus colegas e eu montamos. — Ele é alto, muito parecido com o deus que eu sempre achei que se parecia. É seguro de si, confiante em suas habilidades.

Só fico imaginando como deve ser isso.

— Onde será essa fogueira? — Meu pai enfia as mãos nos bolsos e levanta o queixo.

— Será no túnel Kenton. Tentei fazer em outro lugar, mas perdi para a maioria. — Ele dá de ombros, fingindo estar desapontado.

— Bem, então vou ter que dizer não. Esse não é um lugar onde eu quero meus filhos frequentando. — E nega com a cabeça. — Aquele lugar provoca o mal, enganando as pessoas tementes a Deus a seguir o plano de Satanás para corrompê-las.

Meu rosto esquenta. Tipo seu filho beijando outro garoto? Tarde demais para isso.

Roman dá um suspiro dramático, abaixando os ombros.

BULLY KING

177

— Entendo. — Ele inclina a cabeça, parecendo ter tido um pensamento, embora eu tenha certeza de que já tinha tudo planejado. — Jonah e Mary vão pedir doces ou travessuras? Vão sair?

— Não, o Halloween é um feriado que glorifica muitos dos sete pecados capitais. Não permito que meus filhos participem.

— Entendo. Tudo bem se eu os levar para jantar? Eu sei que o senhor não gosta que Mary vá sozinha. Jonah é bem-vindo a se juntar a nós. No restaurante no final da rua.

Meu nome nos lábios de Roman me faz sentir um aperto no estômago. O frio na barriga me estremece.

— Tudo bem — meu pai concede. — Pode levar Mary e Jonah para jantar, mas depois direto pra casa. Entendeu?

— Sim, senhor. Entendido.

— Jonah! — grita meu pai, me fazendo pular.

Venho pelo corredor com as mãos nos bolsos, fingindo não saber o que está acontecendo.

— Pois não?

— Você vai jantar com Roman e Mary. Pegue seus sapatos e sua jaqueta.

Com um aceno de cabeça, passo pelos dois, fazendo um breve contato visual com ele ao pegar minhas coisas.

Roman abre as duas portas do passageiro para Mary e para mim quando chegamos na caminhonete. Ele oferece a Mary uma mão para ajudá-la a subir. As portas se fecham e ele sobe ao volante.

— Nós vamos mesmo para o restaurante? — pergunta Mary.

— Se ele ligar para o restaurante para ver se estamos lá, saberá — acrescento.

— É verdade. — Mary afunda em seu assento.

— Para o restaurante, então — diz Roman, ligando a caminhonete e virando no meio da rua.

O estacionamento está vazio, a maioria das pessoas está pedindo doces ou travessuras ou espera que as crianças apareçam em suas portas. Como o cavalheiro que finge ser, Roman abre as portas da caminhonete e a porta do restaurante para nós. Quando passo por ele para entrar, sua mão aperta minha bunda por um segundo. Pulo com o contato, meu rosto esquentando. Um sorriso estúpido ergue meus lábios, então abaixo a cabeça e cubro a boca com a mão para escondê-la.

Roman passa por mim e sussurra:

178   **ANDI JAXON**

— Tão fácil. — Antes de passar o braço em volta dos ombros de Mary.

Balanço a cabeça quando uma garota de cabelos escuros e alguns anos mais velha que nós leva a gente para nossos lugares. Mary e Roman deslizam de um lado da mesa, deixando o outro para mim. Os menus são colocados à nossa frente enquanto a garota estala seu chiclete.

O cheiro de comida frita é pesado no ar, quase como se pudesse senti-lo na pele. As mesas ao redor são velhas e rachadas, desbotadas pelo sol e pelo uso. No passado, o tapete era verde-escuro, acho.

Pelo que parece, a comida vai ser incrível. Os comércios familiares sempre têm a melhor comida.

— A garçonete virá atendê-los em um minuto. — Ela se vira e vai embora sem olhar para trás.

Sem querer ser pego olhando, pego o cardápio e folheio as poucas páginas plastificadas. O plástico está pegajoso e rachado nas bordas, como qualquer outro restaurante nos Estados Unidos.

— Nós não comemos aqui antes. O que recomenda? — pergunta Mary.

Roman ri.

— Vocês já comeram alguma comida sulista de verdade?

Ambos negamos com a cabeça.

— Guardem os cardápios. Não precisam deles.

Outra garota de cabelos escuros vem até a mesa com um bloco na mão e uma caneta com uma grande flor rosa na ponta.

— Meu nome é Lori. Já sabem o que vão pedir?

— Queremos frango frito, macarrão com queijo, sopa de feijão, pão de milho, quiabo frito e tomates verdes fritos — fala Roman.

Meus olhos se arregalam. É muita comida e nunca provei a maioria.

— E chá — acrescenta.

Ela acena com a cabeça e guarda o bloco no bolso do avental.

Somos as únicas pessoas aqui. Os funcionários ficam conversando. Voltando-me ao Roman, tenho uma pergunta.

— Quem mijou no meu armário?

A cabeça de Roman vira para mim, seus olhos encontram os meus. Mary olha entre nós, para frente e para trás, mas eu não me mexo. Não desvio do seu olhar.

— Alguns dos caras da defesa do time.

— Você mandou fazerem isso?

BULLY KING

179

— Claro que não! — interrompe Mary. Ela tem tanta certeza, mesmo depois de tudo o que fez, ainda dá o benefício da dúvida para ele.

— Você não me deu muita escolha, na verdade — diz.

Mary dá um tapa no peito dele e se afasta, empurrando o braço de seu ombro.

— Quem vai para a escola no Halloween sem fantasia?

— Você poderia ter me ignorado. Como nas duas semanas anteriores.

— Certo, talvez eu não esteja pronto para perdoá-lo.

Colocando os braços sobre a mesa, ele se inclina, trazendo seu rosto muito mais perto.

— Você se afastou de mim — rosna baixo o suficiente para que mais ninguém possa ouvi-lo.

Copio sua posição, deixando apenas alguns centímetros nos separando.

— Eu te dei minha virgindade e você cagou nisso. As coisas ficaram muito sérias e você me afastou, fez eu me sentir inútil — retruco o mais silenciosamente possível.

Seus olhos caem para os meus lábios, a ponta da língua passando ao longo do lábio inferior carnudo.

— Fui para casa na chuva, descalço, com suas roupas, chupões e marcas de mordidas. Tem ideia de como minha vida tem sido desde então?

Seus olhos encontram os meus.

— Sim, eu tenho.

Surpreso com sua resposta, eu me afasto.

— O quê? Como?

Roman não diz nada, olha para minha irmã. Seus olhos se arregalam e suas bochechas ficam rosadas.

— Porque eu perguntei — afirma, recostando-se no assento.

A garçonete aparece com uma bandeja cheia de comida e a descarrega na mesa com nossos chás e três pratos.

— Precisam de mais alguma coisa?

— Não, obrigado, moça — responde Roman.

Ela acena para ele com um sorriso sedutor, e eu reviro os olhos.

— Tem algo errado com este macarrão com queijo — diz Mary, empurrando-o com o garfo.

Roman e eu nos inclinamos para dar uma olhada. Ela está certa; parece estranho. Tem um tempero diferente ou algo assim.

— Não tem nada de errado.

— O que tem aí, então? — pergunto.

— O quê? Você está falando da pimenta?

— Por que tem pimenta? Macarrão com queijo não vai pimenta.

Roman ri de nós.

— Bem-vindo ao Sul. Colocamos pimenta em tudo, junto com manteiga e molho.

— Bem, você terá um choque de realidade quando chegar em L.A., colocam abacate em tudo. O vegetarianismo e a alimentação saudável são as regras supremas, e basicamente nada é frito ou com molho.

Ele franze o rosto em desgosto e entrega o frango. O empanado é escuro e crocante. Minha boca está salivando só com o cheiro.

Uma mordida na coxa e eu gemo. Sabores crocantes, suculentos e picantes explodem na minha língua.

— Pensei que era o único que conseguia fazer você produzir esse som — sussurra Roman, do outro lado da mesa.

Mary bufa enquanto meu rosto esquenta, e Roman sorri.

Ela dá uma mordida no pão de milho e geme também, lambendo o mel dos lábios.

— Nossa. Jonah, você tem que experimentar isso!

Roman ri quando pego uma fatia e dou uma grande mordida.

— Todo mundo vai pensar que vocês estão tendo um orgasmo aqui se não pararem.

Mary cora e dá outro tapa no peito dele. Mais uma vez, fico com ciúmes com a facilidade com que se tocam em público, enquanto sou excluído no outro lado da mesa.

Mary pega um pedaço redondo e frito de alguma coisa.

— O que é isso?

— Tomate verde frito — responde Roman, com a boca cheia de feijão.

— Isso sempre me confundiu — comenta ela, olhando o pedaço de perto. — Por que você fritaria um tomate verde?

Dou outra mordida na coxa, observando Roman sorrir para ela.

— Porque aqui no sul fritamos tudo. — Ele sorri para ela. — Come logo, Mary. — Pisca, as bochechas dela ficando vermelhas.

Eu bufo com esse ato. Pela primeira vez, somos normais. Podemos sentar neste pequeno restaurante e experimentar comidas que nunca comemos antes e brincar como se fôssemos amigos. Não vai durar muito. Qualquer pessoa da escola poderia entrar a qualquer hora e estaria tudo acabado,

BULLY KING

mas por esses poucos minutos, posso apreciá-los.

Roman pega uma fatia de pão de milho quando seu telefone apita com uma notificação. Ele está tirando o celular do bolso e o de Mary toca.

Que estranho.

Roman desbloqueia o telefone, digita algo e seus olhos se arregalam.

— Porra.

Mary ofega, olhando para o celular, e o meu vibra.

O que está acontecendo?

Mary olha para mim, a mão na boca e medo em seu olhar.

Abrindo uma mensagem de Anna, toco na imagem para ampliá-la. Está escuro e meio confuso, mas não é preciso ser um gênio para ver dois garotos se beijando nas sombras.

— Quem é esse? — pergunto ao Roman.

Roman está digitando no telefone furiosamente, depois o coloca no ouvido para fazer uma ligação.

— O... — atende um cara, mas Roman começa a falar antes que a palavra esteja completa.

— Saia daí. Vá para casa agora, porra. Não estou brincando. Não fale com ninguém. Saia logo daí.

TRINTA E QUATRO

Jonah

Roman joga algumas notas na mesa e nos apressa para fora do estabelecimento. Ele voa pela rua, gritando, tendo uma conversa inteira na qual só ele está envolvido.

O medo embrulha o meu estômago, revirando a comida que acabei de comer e ameaçando pô-la para fora. Os caras nessa foto vão ter uma noite longa. É evidente que Roman conhecia um deles, mas não nos diz quem é. Não sei se está envergonhado por ajudá-lo ou o quê, mas não é bom.

O celular de Roman está explodindo, uma mensagem atrás da outra. A luz de fundo nem tem tempo de desligar antes de outra entrar. De vez em quando, uma chamada é recebida, mas ele está ignorando todas elas.

Fazendo a curva para a nossa rua a toda velocidade, os pneus cantam e sou jogado contra a porta segundos antes de Roman pisar no freio.

Ele não se move quando a caminhonete está parada. Ambas as mãos apertam o volante, ficando com os nós dos dedos brancos, seu peito arfando.

Tirando o cinto de segurança, deslizo pelo banco até parar no centro e me inclino sobre o console para me aproximar dele.

— Roman.

Ele se encolhe quando digo seu nome.

— O que está acontecendo? Por que está em pânico?

Ele respira fundo e se vira para me olhar nos olhos.

— Meu melhor amigo foi fotografado beijando outro cara.

Mary arfa, mas não tiro os olhos do garoto na minha frente.

— Essa foto foi enviada para todos da escola. Ele é jogador de futebol, Jonah. O time todo vai querer o sangue dele. — Sua mandíbula se aperta, e mesmo com a iluminação fraca, posso ver seus olhos vidrados ao segurar as lágrimas. — Você está prestes a descobrir o que acontece com gays em uma cidade pequena no Cinturão Bíblico.

Roman se afasta de mim, olhando para o para-brisa.

— Saiam.

Quero tocá-lo. Dizer a ele que vai ficar tudo bem, que não pode ser tão ruim quanto está imaginando, mas não posso. Ele não vai aceitar o meu conforto. Não agora.

Saindo da caminhonete, ofereço a mão a Mary quando ela pula. Fecho as portas e ele acelera. Parado na calçada do lado de fora de nossa casa, vejo as luzes traseiras desaparecerem e tudo o que posso esperar é que ele não faça nada que vá se arrepender amanhã.

Quando o sol ilumina o céu na manhã seguinte, ainda estou acordado. Não dormi nada, checando o celular, o tempo todo, por notícias de Roman. Mandei algumas mensagens para ele, mas todas ficaram sem resposta.

Não sei o que esperar quando chegar à escola hoje, mas pela primeira vez não serei o foco principal do maldito time de futebol.

O alarme do celular toca e eu me sento. Acho que está na hora de acabar com isso.

Começo a me arrumar, tomar banho, me vestir, verificar se todos os deveres de casa estão na mochila. Mary bate na porta e, olhando para ela, é óbvio que também não dormiu muito.

— Você já teve notícias dele? — pergunta baixinho.

— Não. Ele não me respondeu de jeito nenhum. E você?

Ela faz que não com a cabeça e sai do quarto, fechando a porta.

Jogando a mochila no ombro, passo pelo corredor e vou para a sala calçar os sapatos e pegar a jaqueta. Não me preocupo em ir na cozinha para o café da manhã. Não estou com fome. Minha irmã, sempre enérgica, está quieta e retraída; isso parte meu coração.

— O que você sabe dele? Do melhor amigo de Roman? — pergunto a ela no caminho para a escola.

— Taylor. Ele é um cara legal. Sempre sorrindo e brincando. Ele tem aquelas covinhas que simplesmente derretem seu coração. — Ela sorri um segundo antes de começar a chorar.

Parando, eu a abraço e a deixo chorar.

— Quanto tempo vai demorar até que ele mostre aquelas covinhas de novo?

— Não sabemos o que vai acontecer. Quem sabe, Roman esteja exagerando. Talvez fique estranho, mas não será tão ruim. — Quando me tornei o otimista neste relacionamento?

— Se isso fosse possível, Roman já teria dados as caras. — Mary dá um passo para trás e enxuga as lágrimas do rosto. — Eu me pergunto se ele sabia.

— Acho que não sabia. — Não sei porque penso assim, no entanto.

— Acredito que vamos descobrir em breve.

O resto do caminho, andamos em silêncio, ambos perdidos em pensamentos, no medo do que testemunharemos hoje.

Mary para ao pé da escada e olha para a porta aberta. Pela primeira vez desde que começamos, ela não está animada por estar aqui. Foram realmente só dois meses? Como é possível?

— Oi. — Anna se aproxima de mim, o rosto fechado.

— Oi.

— Mantenha a cabeça baixa e continue andando. Os meninos estão à procura de briga.

O medo faz minha garganta apertar, cortando o oxigênio dos pulmões. Não quero entrar. Tudo o que quero fazer é voltar para casa, me esconder no quarto e fingir que hoje não está acontecendo.

Um dos caras do time de futebol, um dos famosos, foi pego pela câmera beijando outro garoto. Não sei como vamos nos recuperar do dano que está prestes a ser feito.

Com a respiração trêmula, Anna passa o braço no meu e nós subimos as escadas. Mary segue atrás, tão nervosa quanto eu. Ela é amiga do grupo de pessoas que mais será afetado, mas é muito nova no grupo para saber o que vai acontecer.

Quanto mais perto das portas chegamos, mais sufocante fica o peso no estômago, mais apertada a pressão no peito se torna. Sou capaz de aguentar? De andar pelo corredor como se nada fosse diferente, como se um garoto como eu não fosse atacado por pessoas que achava que eram seus amigos?

Anna não me dá muita escolha, me puxando quando meus passos vacilam.

— Cabeça abaixada, vamos — sussurra para mim.

BULLY KING

Meus olhos descem para o chão, vendo os corpos se movendo ao meu redor com o canto dos olhos. Tento me tornar invisível, me misturar o melhor possível, assim ninguém vai me ver. O tempo todo, eu rezo.

Ainda que eu andasse pelo vale da sombra da morte, não temeria mal algum, porque tu estás comigo; a tua vara e o teu cajado me consolam. Preparas uma mesa perante mim na presença dos meus inimigos, unges a minha cabeça com óleo, o meu cálice transborda. Certamente que a bondade e a misericórdia me seguirão todos os dias da minha vida, e habitarei na casa do Senhor por longos dias.

Chego ao meu armário sem problemas, desta vez, sem nenhum líquido pingando da beirada, e abro. Uma nota amassada está apoiada nos livros. Olhando em volta, não vejo ninguém que poderia ter deixado um bilhete, mas o alcanço e o abro.

Desculpa.

Embora não esteja assinado, volto a sentir um mau pressentimento. Pânico bombeando adrenalina em minhas veias enquanto giro, procurando por Roman. Ele vai fazer algo que já se arrepende.

Meu coração troveja no peito e meus olhos lacrimejam, mas não o vejo. Enfiando o bilhete no bolso, pego o telefone com as mãos trêmulas.

> Eu: Não faça isso, seja lá o que for, não faça.

> Roman: Não tenho escolha.

> Eu: Você sempre tem uma escolha! Enfrente-os, mostre compaixão ao seu amigo.

> Roman: Se fosse fácil assim.

> Eu: É. Só precisa ser corajoso o suficiente para fazê-lo.

> Roman: Ah, menino da Bíblia, você está tão superior e poderoso em cima desse pedestal.

> **Eu:** Não faça isso. Você é melhor do que isso.

> **Roman:** Você tem muita fé em mim.

> **Eu:** Defenda o que é certo, mesmo se estiver sozinho.

Ele para de me responder, e guardo o telefone no bolso. Meu lábio treme quando passo a mão na testa. O que diabos está acontecendo?

Anna me encontra no meu armário depois de passar no dela, uma expressão triste no rosto.

— Taylor está aqui — diz ela, baixinho.

TRINTA E CINCO

Roman

Defenda o que é certo, mesmo se estiver sozinho.

A citação de Suzy Kassem que Jonah jogou em mim circula na minha cabeça. Ele não tem ideia do que está falando. Se eu defender Taylor, serei igualmente culpado aos olhos do time, da cidade. Não importa quem eu sou ou o que fiz, assim como não importa quem ele é. Taylor me ajudou a vencer vários jogos, ampliou o orgulho de nossa escola e nossa cidade, apenas por estar em campo. Não importa que ele seja meu melhor amigo.

Ele beijou um menino. Ele é um desses homossexuais, e não toleramos esse tipo por aqui.

Não sei dizer quantas vezes ouvi isso nas últimas doze horas. Se eu ouvir de novo, serei capaz de dar um soco na cara da pessoa que está falando. Estou cansado. Este é o maldito século XXI.

Não vejo a hora de sair dessa porra de cidade atrasada.

Balançando a cabeça, fortaleço minha determinação. Tem que ser feito. Tenho que fazer parte disso. A humilhação pública vai acontecer e não há nada que eu possa fazer para impedir. Se eu não participar, estarei junto com ele, ou em pior situação, talvez.

Os corredores estão lotados de estudantes, todos esperando para ver se Taylor aparece.

Depois de deixar Jonah e Mary na noite passada, fui até a casa dele e disse para ele fugir. Disse para sumir da cidade por alguns dias, mas ele se recusou. Com lágrimas escorrendo no rosto, ele me encarou e disse que estava cansado de se esconder, cansado de fugir. Ele lidaria com as consequências de suas ações.

Não disse a ele que sou gay. Não conseguia dizer as palavras. Porra, eu nunca disse essas palavras. Só me virei e fui embora. Não dormi, apenas andei pelo quarto até a hora de sair para a escola. Resignação enrijecendo meus ombros e endireitando a coluna, espero com os outros caras pela chegada de Taylor.

Tenho que bater no meu melhor amigo por ser quem eu tenho medo de ser.

Os corredores sempre barulhentos do Colégio Kenton estão estranhamente silenciosos. Todo mundo observando, com medo de falar e perder alguma coisa, ou ser rotulado como simpatizante. Quando essa merda vai acabar? O que será necessário para esta cidade acordar?

Na porta, todos paralisam, mostrando que Taylor chegou. Cada músculo do meu corpo fica tenso conforme os alarmes soam na minha cabeça.

Fuja, Taylor. Fuja, porra. Por favor.

O time se move como um só, me arrastando junto com eles. Não quero fazer parte disso. A náusea revira meu estômago a cada passo que damos em direção às portas da entrada da escola. Todos saem do nosso caminho, se espremendo nos armários e nas portas das salas de aula, impedindo os professores de verem o que está acontecendo.

Os caras se espalham no degrau mais alto, bloqueando seu caminho. Alguém me empurra para a frente, esperando que eu fique indignado e comece a briga.

Taylor está na calçada esperando por nós. Ele sabe o que vai acontecer aqui e está pronto para isso. Os ombros para trás, coluna reta, não está recuando. Estou muito orgulhoso dele por não abaixar a cabeça, mas eu o odeio por isso ao mesmo tempo.

Eu o odeio por me colocar nesta posição, por me obrigar a isso.

Que se foda.

Descendo as escadas, eu me lanço na direção dele. Talvez se eu for primeiro, ninguém mais vai tocá-lo. Meu punho atinge sua mandíbula, a cabeça estalando de lado, e ele tropeça para trás. Forçando-o a cair no chão, monto em seu peito e o soco outra vez. Ele não me ataca; ele mal tenta bloquear meu ataque.

Levar a surra sem brigar comigo transforma minha raiva em fúria.

Agarrando sua camisa, puxo seu rosto para o meu.

— Revide, filho da puta! — grito com ele.

Ele não diz nada, apenas me olha com sangue escorrendo no queixo. Soltando sua camisa, bato, de novo e de novo.

Sinto que estou perdendo a cabeça e o controle da realidade, e não sei como voltar ao normal.

BULLY KING

— Como pôde?! — grito, continuando o ataque em seu corpo. — Eu te odeio!

Meu corpo se move, mas não sou eu que o controla.

— Pensei que éramos amigos!

Esse sou eu?

— Brigue comigo!

Por que não revida? Por quê? Preciso que ele me ataque, me insulte, qualquer coisa. Grito com ele até a garganta doer e os dedos ficarem ensanguentados. Alguns caras me tiram de cima dele, me forçando a recuar.

Estou tão perdido que não percebo as lágrimas no meu rosto. Afastando-se do meu melhor amigo, algo chama minha atenção no topo da escada. Jonah.

A pressão no meu peito é demais, não consigo respirar. Não consigo pensar. Não consigo fazer nada certo. Sou fracassado e fodido, e nada vai ficar bem depois disso.

O olhar de decepção assombrando suas feições me fez dar um passo em direção a ele. Ele tem que entender. Preciso que ele entenda!

Jonah vira e entra na escola enquanto os professores e os seguranças chegam correndo para acabar com a briga. Não olho para trás. Não consigo ver o que esses idiotas fizeram com meu melhor amigo. Não posso mais ficar aqui. Indo em direção ao estacionamento, entro na caminhonete e dirijo sem pensar em nada.

Dei um soco na cara do meu melhor amigo por algo que faço com frequência. Beijar outro cara. Taylor se atreveu a fazer isso perto dos outros, nossos colegas, enquanto eu sempre fiz nas sombras. Ele é mais corajoso do que eu jamais serei.

TRINTA E SEIS

Jonah

Nunca vou esquecer o que estou vendo. Roman sentado no peito do melhor amigo, gritando com ele enquanto se lamenta. Sem parar, seus punhos golpeiam o corpo de Taylor, mas ele não revida. Ele olha para Roman, sem dizer nada, apenas levando a surra em silêncio.

Roman está pirando. Está ficando desequilibrado, e não tenho certeza do que me assusta mais: assistir a ruína ou o que vou encontrar quando tudo isso acabar. Por uma fração de segundo, meu Roman está lá, mas é rapidamente enterrado.

Lágrimas escorrem pelo rosto de Roman, pingando em Taylor. De onde estou, no topo da escada, posso ver o suor brotando em sua testa. Ele está desmoronando e não há nada que possa fazer sobre isso.

Alguns caras engancham os braços sob os de Roman e o tiram de cima, só para outros cercarem Taylor e começarem a chutá-lo. Eles são mais silenciosos em seu ataque verbal, mas algumas palavras chegam aos meus ouvidos, transformando meu sangue em gelo. Talvez se eu estivesse prestando atenção neles e não em Roman, eu os ouviria melhor, mas o que escuto é suficiente.

A vontade de descer os degraus e empurrar essas idiotas de lado é tão forte que consigo sentir o gosto. Se eu já não fosse odiado, intimidado todos os dias, eu o faria. Mas quanto pioraria a surra para ele se eu interferisse?

Roman puxa o cabelo com força, respirando com dificuldade, rosto molhado. Quase posso ver os soluços chegando. Afastando-se de Taylor, ele paralisa e se concentra em mim. Dizer que estou decepcionado com Roman é um eufemismo. Ele poderia ter feito a diferença.

Ele dá um passo em minha direção, mas eu o poupo, virando e caminhando para a aula. Os corredores estão vazios, todo mundo está assistindo a porra da aglomeração na entrada ou na sala de aula. Um redemoinho de emoções queima na garganta. Quando as pessoas vão aprender?

Anna me alcança, passa o braço pelo meu, mas não diz nada. Andamos o resto do caminho em silêncio até a primeira aula. Bem, o que resta dela, de qualquer maneira.

Durante todo o dia, uma sensação melancólica ronda a escola. O único assunto falando é da surra desta manhã, mas tudo em tons sussurrados. Pequenos grupos de estudantes se amontoaram, murmurando uns para os outros.

Parece que alguém quase morreu. Talvez para as pessoas desta cidade, morreu mesmo. Para uma cidade como esta, é suicídio social ser considerado gay. Ele será expulso do time de futebol? Da escola? Sua família será expulsa da cidade?

Espero por Mary no topo da escada, olhando para baixo, onde meu namorado espancou o melhor amigo.

Namorado?

Não soa certo, mas o que ele é?

Depois disso, acho que não posso mais vê-lo, então não importa.

Mary e eu voltamos para casa num silêncio pesado. Meu estômago se revira com a incógnita do que o amanhã trará, o medo novo de alguém na escola descobrir que sou gay e a tristeza de ver Roman desmoronar.

— Você já teve notícias dele? — pergunta Mary, baixinho.

— Não. Mas também não mandei mensagem para ele. — Minha resposta é mais ríspida do que pretendia, mas estou mentalmente esgotado para me desculpar. Foda-se Roman e seu senso de moralidade ferrado.

Minha mãe está na cozinha quando chegamos em casa, sem saber do trauma que foi para nós esta manhã.

— Oi. — Seu sorriso cai assim que nos vê. — O que aconteceu? — Ela corre para frente, puxando nós dois para um abraço em grupo.

É a primeira vez que alguém além de Roman me abraça em meses. A represa que segura minhas lágrimas desmorona e meu aperto nela aumenta. Mary desaba também, agarrando-se a mim enquanto abre seu coração.

— O que foi? O que está acontecendo? — pergunta minha mãe de novo.

— Um menino na escola foi espancado porque beijou outro menino. — As palavras saem de meus lábios sem intenção.

Minha mãe fica tensa, mas nos abraça mais forte.

— Que terrível.

Soluços de cortar o coração e esmagar a alma me alcançam. O que vou fazer, caramba? Roman é um idiota. É exibido e arrogante, mas dolorosamente destroçado.

Com cada fibra do meu ser, quero salvá-lo, mas não posso. Ele não vai permitir.

Mamãe balança suavemente, embalando-nos, enquanto extravasamos nossas tristezas. Sinto falta de poder contar com ela quando tenho um problema, mas tudo mudou desde que nos mudamos para cá. Tanto ela como o meu pai, também. Ele está com raiva o tempo todo, vomitando versículos com ódio em vez de compreensão. A mamãe ou fica na cozinha, fingindo que nada está errado, ou na igreja, sem falar com ninguém.

Este lugar nos arruinou. A todos nós.

Soltando uma respiração trêmula, limpo o rosto e dou um passo para trás.

— Vou sair para dar uma corrida.

Minha mãe segura meu rosto com a mão.

— Tudo bem, querido.

Mary olha para mim, sabendo muito bem para onde estou indo: túnel Kenton.

— Leve seu telefone — pede minha mãe quando vou em direção ao corredor.

Concordo com a cabeça, embora ela não possa me ver, e me troco. Meu coração está pesado, as emoções entorpecidas.

Colocando o telefone num porta-celular de braço, pego a rua em direção ao túnel. Meus pés batem no chão e o corpo cai no ritmo familiar de corrida, controlando a respiração enquanto os pulmões se expandem, os músculos do abdome se contraem, braços dobrados ao lado do corpo. A frequência cardíaca aumenta à medida que mais corro, mais longe vou e mais rápido me esforço.

A ansiedade desliza dos ombros, o pânico e o medo fluindo em mim para serem deixados sob as solas dos meus pés. A cabeça se acalma conforme me concentro na respiração. Essa é minha terapia, minha paz.

Não sei se posso perdoar Roman pelo que fez com Taylor. E se tivesse sido eu? Ele teria me atacado da mesma maneira? Quero acreditar que não,

BULLY KING

193

mas, na realidade, sei que a resposta é um retumbante sim. Como posso me envolver com alguém em quem não posso confiar que vai me proteger quando a hora chegar?

Pensar nele faz meu corpo se agitar. Ele é tão perigoso quanto uma droga. Sou viciado nas coisas que ele me faz sentir. O prazer e a dor.

Antes dele, eu disse a mim mesmo que nunca iria tolerar abusos. Jamais acabaria em um dos relacionamentos tóxicos que você lê ou vê na TV, mas aqui estou eu. Consumido com a necessidade de ele me machucar outra vez. Mas por quê? Acredito mesmo que mereço esse tipo de tratamento? A Bíblia diz que estou acreditando nas mentiras do diabo e abandonando a Cristo só por estar com Roman. Como algo que é tão bom pode ser tão errado? A única vez que me sinto livre é quando estou com ele. Isso tem que significar alguma coisa.

Virando a curva antes do estacionamento nos túneis, reduzo a velocidade para uma caminhada e começo a me acalmar. Hoje, o túnel me chama. Não só para me sentar do lado de fora, mas para estar lá dentro. Não chove há alguns dias, então tem uma parte seca em que posso me sentar. Com as costas encharcadas de suor encostadas na parede fria, meus olhos percorrem os nomes. Pode haver muita dor aqui, mas também tem amor. Todas essas pessoas se apaixonaram quando visitaram e colocaram seus nomes na parede.

Grandes e brilhantes pinturas com spray e pequenas escritas de caneta simples revestem as paredes.

Dobrando as pernas para cima, descanso os braços nos joelhos e inclino a cabeça para trás no tijolo. Minha respiração e batimentos cardíacos voltam ao normal quando uma brisa passa pelo túnel, trazendo consigo um ruído que não consigo identificar.

Levantando-me, volto para a entrada e olho ao redor. Tem alguém de moletom andando para cá, murmurando.

Taylor?

Ele está irritado, agitado. Andando em minha direção, alguns passos antes de girar e andar para o outro lado, só para repetir o movimento de novo. Seus ombros estão rígidos, falando sozinho. A brisa trazendo algumas palavras até mim, mas não a ponto de entender o que ele está dizendo. É óbvio que está chateado, e não é difícil supor que é sobre esta manhã.

Virando-se, ele se dirige à mesa de piquenique e se senta no banco, as pernas agitadas. Sua mão desaparece debaixo da mesa e aparece com algo escuro que se mistura ao seu moletom. Do meu esconderijo nas sombras, é difícil distinguir o que está segurando. Virando-o nas mãos, ele o abaixa, em seguida, o pega de novo.

Ele se mexe, e é aí que vejo o que ele tem: uma arma.

Minha frequência cardíaca dispara, suor frio escorre nas costas e meu couro cabeludo se arrepia. O que diabos ele está fazendo com isso? Ele vai atrás dos caras que bateram nele? Está tentando se preparar para cometer um assassinato? Genocídio, isso sim.

Embora não possa ouvir, eu o vejo desmoronar em soluços e apoiar a cabeça em seus braços sobre a mesa. Sua dor é palpável. É como sentir um soco no estômago, como se fosse minha dor.

Sentando-se, ele enxuga o rosto na manga do moletom e aponta a arma para a cabeça.

— Taylor! — grito, correndo em direção a ele.

Estou fora do túnel e a meio caminho da clareira antes que meu cérebro registre o que meu corpo está fazendo.

Taylor pula e se vira para mim, os olhos arregalados e cheios de medo.

— Não faça isso! — Derrapo até parar, deslizando na terra quando ele recua. Levantando as mãos, eu tento mostrar a ele que não quero lhe fazer mal. — Não faça isso. Eles não valem a pena.

— Jonah?

Estou meio surpreso que ele saiba meu nome, na verdade.

— Sim, sou irmão de Mary.

— Você viu o que eles fizeram? — Ele me olha fixo, o rosto inchado e machucado pelo ataque desta manhã.

Engulo.

— Sim, eu vi.

— Meus amigos, caras que conheço a vida toda, se voltaram contra mim. Pisaram em mim, me chutaram. — Sua voz quebra e meu coração junto com ele.

— Eu sei. Não está tudo bem. — Balanço a cabeça.

— E que merda você sabe? Você é a porra do filho de um pastor. — Uma lágrima cai de seus cílios e ele a enxuga com raiva.

— Entendo muito mais do que pensa.

— Você é parte do problema! Seu pai é parte do problema! Vindo aqui e vomitando mais merda! — Ele anda na minha frente, para frente e para trás, para frente e para trás. — Nunca vão me deixar em paz. Em qualquer

BULLY KING

chance que tiverem, vão ferrar comigo. Tem alguma ideia de como é isso?

Uma risada irônica me escapa.

— Ser atormentado pelo time de futebol? Sim, tenho experiência disso em primeira mão. Desde o primeiro dia de aula.

Ele não me ouve, já que não está realmente falando comigo, mas consigo mesmo.

— Eles vão arruinar minhas chances de conseguir uma bolsa de futebol. A cidade inteira vai me evitar. Não vale a pena viver.

Taylor olha para mim, mas não me vê de verdade. Ele está a cerca de três metros de mim agora, mais uma vez levantando a arma na direção da cabeça.

Erguendo as mãos, meu coração batendo no peito, eu grito as únicas palavras que consigo pensar que farão a diferença.

— Eu sou gay!

Taylor vacila, a mão parando a meio caminho da cabeça.

— O quê?

Meu corpo treme, adrenalina me desestabilizando. Nunca tive tanto medo de fracassar em toda a minha vida. Não posso vê-lo morrer.

— Eu sou gay — repito, as palavras não são tão fortes quanto as anteriores.

Seu braço cai, a arma apontada para o chão, me dando uma chance de respirar. Cada instinto que tenho está em alerta máximo, esperando para reagir a qualquer ameaça.

— Está de gozação comigo? — Por um minuto, ele parece muito mais jovem do que é. Está vulnerável, assustado, procurando uma conexão.

— Não, não estou. — Dou alguns passos lentos para mais perto dele. — Sei o quanto meu pai está dificultando a vida aqui. Aqueles babacas com quem você cresceu sofreram lavagem cerebral e foram pressionados a acreditar que ser heterossexual é a única maneira de se existir.

Estou só a um passo dele agora.

— Eles que se fodam — sussurro de novo. — Não valem a pena.

— Como vou para a escola amanhã? Como vou viver até a formatura? — Uma lágrima escorre pelo seu rosto enquanto me olha nos olhos. Temos a mesma altura, embora ele seja mais corpulento do que eu.

— Recusando-se a deixá-los ver você cair. Vai aparecer na aula amanhã e fazê-los ver o que fizeram. Terão que enfrentar suas ações de frente. Não os deixe esquecer. Não se afaste em silêncio. — Coloco a mão em seu ombro e ele desmorona.

A dor escorre por seu rosto, pingando na camisa e deixando uma mancha na terra aos nossos pés. Não consigo me segurar e o abraço, passando o máximo de conforto que posso neste momento. Não o conheço bem para saber como ajudá-lo, mas isso não diminui minha necessidade de amparar. Neste lugar, nesta cidade, somos uma minoria que é brutalmente caçada. Não posso permitir que ele enfrente isso sozinho.

Ainda não estou pronto para me assumir, mas espero que saber que não foi abandonado o ajude. Não por mim, de qualquer maneira.

Os joelhos de Taylor cedem e caímos no chão. Ele larga a arma e me segura como se sua vida dependesse disso. Neste momento, acho que é bem assim. Taylor soluça, gemidos de esmagar a alma, colado em mim, enquanto seguro ao tentar mantê-lo inteiro. Não sei o que dizer, então não digo nada, apenas mantenho o aperto nele tão forte quanto o dele em mim. Precisa saber que alguém se preocupa.

— Você vai ficar bem — sussurro, conforme seus soluços se transformam em gemidos. Meu rosto está tão molhado quanto o dele. Com que facilidade eu poderia estar no lugar dele, e Roman sendo o meu principal agressor.

Maldito Roman.

— Pelo menos não sabiam quem estava comigo. — Ele enxuga o rosto com a manga, a cabeça caída.

Com ele sentado sozinho, pego a arma e a coloco atrás de mim, fora de sua linha de visão, o peso frio dela me surpreendendo.

— Ele não frequenta a nossa escola, né? Caso contrário, estaria aqui com você.

— Não. Ele é alguns anos mais velho e mora a algumas cidades daqui. Ninguém aqui o conhece. — Ele nega com a cabeça e respira fundo. — Foi estúpido da minha parte convidá-lo para a fogueira. Nós dois estávamos bebendo demais. Nos descuidamos. — Taylor está perdido na lembrança.

— Há quanto tempo estão saindo? — Não conheço nenhum casal gay. Inferno, Taylor é o segundo gay que eu conheço. Estou desesperado por informações.

Um pequeno sorriso puxa seus lábios.

— Estamos namorando há um ano.

— Isso é fantástico!

Sei que o sorriso no meu rosto não cabe agora, dada a situação atual, mas não posso evitar. Isso me dá esperança. Tanta esperança, porra.

— Você ligou para ele? Contou o que aconteceu?

BULLY KING

Taylor suspira, negando com a cabeça. Suas sobrancelhas franzem, formando um vinco acima do nariz.

— Não quero que ele saiba.

— Qual era o seu plano? Você veio aqui com uma arma e seu namorado não tem ideia de que tem algo errado?

Seus ombros tremem quando começa a chorar novamente, as mãos cobrindo o rosto.

— Sou uma pessoa horrível. Como eu pude fazer isso com ele?

Agarrando seus pulsos, puxo as mãos de seu rosto e o faço olhar para mim.

— Você não é uma pessoa horrível. As pessoas horríveis são as que fizeram isso com você.

Engulo a amargura que enche minha boca. Roman é um deles.

— Por que não liga para ele? Agora mesmo. Eu fico aqui com você, se quiser.

Ele seca os olhos inchados por causa do espancamento e do choro. Tudo nele diz que está cansado de lutar.

— Por que se preocupa? — Ele não está sendo malicioso, mas genuinamente curioso. — Nunca falei com você, mas aqui está, me ajudando.

— Fui criado para acreditar que agir com base na minha atração por homens é um pecado. Serei banido para o inferno por toda a eternidade. Em vez de me juntar a Deus no céu, serei abandonado e rejeitado por algo que não posso controlar. A posição da igreja é que não há problema em ser gay, desde que não aja de acordo com isso. Então minhas opções são me casar com uma garota que não tenho interesse e prendê-la em um casamento sem sexo e sem filhos ou ser celibatário. — Respiro fundo, decidindo naquele momento, que não posso viver por ninguém além de mim. — Isso não é maneira de se viver. Nunca me senti mais aceito ou mais livre do que quando estou com…

É por muito pouco que não digo o nome dele. Não tenho o direito de revelar sua sexualidade antes que ele esteja pronto, não importa o quanto eu queira.

Os olhos de Taylor saltam para os meus, seu interesse aumentou.

— Alguém da cidade?

Meu rosto esquenta.

— Não tenho o direito de revelar sua sexualidade.

Ele me encara por um momento antes de assentir.

— Certo. Respeito isso.

— Obrigado por não insistir.

— Vou ligar para o David. Você se importa de ficar aqui perto? — Ele pega o telefone do bolso e se levanta, oferecendo-me uma mão para me ajudar a ficar de pé.

Sorrio ao aceitar sua mão oferecida.

Seus olhos encontram os meus e sua expressão fica séria.

— Obrigado. Por me impedir.

— Não foi nada.

Ele caminha até a mesa de piquenique e se senta em cima com o telefone no ouvido, por dentro do capuz. Eu me abaixo e pego a arma preta fosca. Beretta está estampada no cano. Nunca segurei um revólver antes. É pesado e frio. Sólido na minha mão.

Isso me assusta demais, mas de jeito nenhum vou deixar Taylor pegar de volta. Não, vou levar isso para mostrar ao Roman como isso é sério. Para forçá-lo a ver que suas ações têm malditas consequências.

Não entendo nada de armas, então não sei se a trava está acionada. Já que Taylor a pegou para atirar, presumo que não esteja.

Um gemido chama minha atenção, atraindo o meu olhar para o menino chorando na mesa de piquenique. Sua mão está cobrindo os olhos enquanto chora ao telefone. Caminhando, passo o braço por seus ombros em um meio abraço. Ele se vira para mim, pressionando o rosto no meu peito.

— Sinto muito — diz, através das lágrimas, uma e outra vez.

Meu coração se parte por Taylor e pela posição em que foi forçado estar. Entendo melhor do que a maioria essa turbulência com a qual ele está lidando.

— Tem um cara da escola aqui. — Sua declaração traz minha atenção de volta. Ele olha para mim antes de voltar a falar: — Não estou tão sozinho quanto pensei que estivesse.

Se passa outra hora antes de me sentir confortável em deixar Taylor sozinho. Ele dirigiu até os túneis, então me dá carona até a cidade, onde é mais fácil para eu chegar na casa do Roman. Ele me mostrou como ativar a trava de segurança da arma, e eu disse a ele que a devolveria, mas não hoje. Ele concordou, sem discutir comigo.

— Obrigado pela carona — digo, me apoiando na porta do carro no estacionamento do supermercado.

— É o mínimo que posso fazer. — Ele dá de ombros.

— Vai para casa, certo? Conversar com sua mãe? — É com o que ele concordou.

— Sim, vou para casa. Ela vai enlouquecer. — Sua cabeça cai no encosto do banco.

— Bom. Significa que ela se importa.

Ele acena com a cabeça e dá partida na caminhonete.

— Vejo você amanhã, Jonah.

Dou um passo para trás e o observo sair antes de me virar para a casa de Roman. Aquele filho da puta está prestes a ter um surpresa desagradável.

TRINTA E SETE

Roman

Desde que saí da escola esta manhã, mandei um monte de mensagem para Jonah. Já liguei o dobro disso, mas ele não me atende. Não consigo tirar a expressão do rosto dele da cabeça.

Preciso que ele entenda. Eu preciso dele.

Por que não atende? Nem está visualizando minhas mensagens. É enlouquecedor.

O medo toma conta de mim. E se nunca mais falar comigo? E se não me beijar de novo?

Dirigindo até a casa dele pela terceira vez desde que acabou a escola, corro até a porta e bato. Estou encostado no batente, esperando que ele venha até a porta e me mande à merda. Que bata no meu peito, me empurrando da varanda. Qualquer coisa neste momento é melhor do que o silêncio.

Mary atende a porta, cruza os braços e me impede de entrar.

— Jonah está em casa?

Olho por cima da cabeça dela, tentando vê-lo.

— Se ele quisesse falar com você, falaria.

— Você não entende o que aconteceu. — Cerro os dentes.

— Ah, entendo muito bem. — Ela se aproxima, olhando para mim. — Você espancou o seu melhor amigo pelo que tem medo de admitir. Você é um garotinho assustado, usando Taylor como bode expiatório para garantir que o foco não esteja em você.

Suas palavras são uma facada no estômago.

Agarrando seus braços, eu a empurro para dentro de casa e rosno por entre os dentes.

— Você não tem ideia do que está falando.

Ela está certa.

Eu me viro, desço os degraus e contorno a lateral da casa até o quarto dele. Que merda eu estava pensando indo pela porta da frente, afinal?

Tempos desesperadores e coisa e tal, acho.

Parando em sua janela, a luz está apagada e sem sinal dele. Empurrando a janela para cima, subo na soleira e coloco as pernas para dentro. A cama está arrumada, as roupas no cesto, tudo limpo e arrumado. Seu celular não está aqui, a mochila está ao lado da mesa intocada.

Ele não está aqui. Onde ele está?

Olhando pela janela com as mãos nos quadris, tento pensar. Onde iria?

— Vá embora.

A voz de Mary me faz girar, levantando os punhos para me preparar para a briga. Estou tão nervoso que demoro um segundo para perceber que é só ela e não é uma ameaça física.

— Onde ele está? — pergunto de novo, abaixando as mãos.

— Não vou dizer nada. Cai fora. — Ela aponta para a janela aberta, raiva colorindo suas bochechas.

Nunca a vi assim. Ela é sempre doce, calma. Estou arruinando tudo que toco, mas não consigo parar de procurá-lo. Estou tão desesperado que é patético.

— Onde ele está, caramba? — Minha voz sai mais alta do que deveria, já que ser pego seria muito ruim.

Estou surtando rápido demais. Assumindo riscos que normalmente não faria. Jonah me ignorar está me deixando louco. Estou ficando cada vez mais parecido com meu pai, e odeio isso, mas não consigo parar. Não sei como. Preciso que ele me acalme.

— Cai. Fora — diz Mary, com os dentes cerrados.

Eu a encaro por um momento, então viro e saio pela janela. Ela a fecha e tranca.

De volta à caminhonete, dirijo procurando por ele. Verifico os túneis, mas não o vejo. Se tiver ido para floresta outra vez, não vou conseguir encontrá-lo.

Porra.

Frustrado, vou para casa. Até onde sei, ele está escondido no quarto de Mary para me evitar.

Preciso falar com ele.

Preciso dele.

Tenho que fazê-lo entender.

Parando ao lado do conversível vermelho do meu pai, bato a porta na dele só para descontar a raiva. Amassa, mas não me satisfaz.

Indo direto para cima, bato a porta do meu quarto e ando no quarto todo. E se ele não me deixar explicar? E se ele me deixar?

Meu estômago revira com violência.

Correndo para o banheiro, quase não dá tempo de despejar o pouco que comi hoje no vaso sanitário.

Que porra eu fiz?

O ácido do estômago queima na garganta, mas é um incômodo menor em comparação com a dor que causei hoje. Sentado no chão, limpo a boca com a barra da camisa. Suor escorre pela testa e meu estômago dói.

— Roman? — chama minha mãe do outro lado da porta. — O filho do pastor está aqui.

Em questão de segundos, estou do outro lado do quarto, abrindo a porta e voando pelas escadas. Meu coração pulando no peito. *Jonah.*

Parado na entrada, encontro um Jonah irritado. Nunca estive mais feliz em ver alguém do que agora, mesmo sabendo que toda a sua raiva está corretamente direcionada a mim.

— Jon…

— Salvei a vida do seu melhor amigo. De nada. — Ele me corta e joga algo em mim, me acertando no peito.

Minhas mãos se estendem para pegar, surpreso com o peso. Meus olhos se arregalam um segundo antes de eu ver a arma em minhas mãos.

Nos poucos segundos em que meus olhos não estavam nele, ele se virou e abriu a porta.

— Espera! — Corro para frente e agarro seu braço, meus pulmões quase saindo do peito. — Por favor, espera!

A fúria em seu rosto faz parecer que tem dedos gelados envolvendo meu coração acelerado.

— Desculpa. — É um pedido de desculpas fraco, mas é tudo o que tenho.

— Impedi Taylor de dar um tiro na cabeça. Fui eu que o convenceu a sair do buraco que você e seus *amigos…* — diz a palavra com tom de desprezo — … o colocaram. Você se sente um homem de verdade? Bateu em um garoto gay. Parabéns por ajudar esta cidade maldita a se livrar de outro gay.

Suas palavras me atingiram tão forte quanto uma agressão física. Uma que mereci.

— Eu sei. — As lágrimas fecham a minha garganta. — Por favor, só… Não vá embora.

BULLY KING

Estou fazendo algo que nunca fiz. Implorar. Estou implorando para esse garoto não ir.

Deslizando a mão por seu braço, aperto sua mão, palma com palma.

— Por favor — sussurro de novo.

— Por que eu deveria ficar? — pergunta, mas não tira a mão da minha.

— Você tem todo o direito de estar com raiva de mim. Sou um merda inútil. — Engulo a bola de emoção que ameaça me sufocar. — Mas eu... — Faço uma pausa por um segundo antes de deixar escapar as palavras. — Eu amo você.

Jonah não olha apenas para mim, mas dentro de mim. Juro que minha alma é um livro aberto para ele agora, e por mais que isso me apavore, não mudaria nem se pudesse. As palavras que eu disse caem como chumbo no meu estômago.

— Você tem uma hora antes de eu ter que estar em casa.

— Feito. — Eu me viro e o puxo pelo corredor comigo, depois subo as escadas e vou para o meu quarto. Sinto o peso da arma quando a coloco na mesa de cabeceira, onde não será incomodada.

Virando-me para encará-lo, invado o seu espaço, precisando senti-lo contra mim, saber que me perdoará, eventualmente. Quando ele não estende a mão para me tocar, meu coração se parte. Meus joelhos cedem, me derrubando no chão a seus pés com um soluço. Escondendo o rosto nas mãos, deixo sair tudo o que senti hoje. Medo, raiva, incapacidade; um completo e absoluto fracasso como ser humano.

Procurando o único que permito me ver vulnerável, me agarro a ele. Meus braços envolvem seus quadris, pressionando o rosto em sua barriga. Jonah fica tenso contra mim, hesitando me tocar.

— Sinto muito.

Enfim, sua mão passa pelo meu cabelo. Esse simples toque acalma um pouco as bordas ásperas da minha alma, mantém os pedaços quebrados unidos.

— Sinto muito. — É a única coisa que posso dizer.

Desculpas são inúteis aqui. Estou fodido, e ele não tem motivos pàra confiar em mim, mas não significa que eu não preciso dele.

— Você tem que se desculpar com Taylor. — Suas palavras me dão esperança de que eu possa consertar isso, cedo ou tarde.

Afasto o rosto de sua barriga e olho para ele com lágrimas escorrendo no meu rosto, ofegante sob o peso da culpa.

— Eu irei, prometo.

— Quando você devolver a arma, ele juntará as peças e assumirá que estamos juntos.

— Nós estamos. — Minha resposta é imediata e certa.

Não existe mais eu sem ele. Nunca mais.

— Sério? Acha que isso é um relacionamento? Você me chantagear para fazer o que quer não é como funciona — diz, exausto. — Quer saber? Chame como quiser. Estou cansado demais para brigar com você agora.

Levantando-me, eu o puxo contra mim, abraçando-o na expectativa de que ele faça o mesmo. Demora um minuto, mas ele cede e levanta os braços para me envolver. Um suspiro cansado me escapa.

— Preciso de você — sussurro em seu pescoço, respirando o cheiro de sua pele.

— Você tem um jeito estranho de demonstrar isso.

— Desculpa.

Arrepios surgem sob meus lábios quando pressiono um beijo em sua pele. Ele estremece contra mim; meu pau gosta de como ele está perto. Engrossando dentro da calça, fica duro bem rápido. Minhas mãos correm pelas costas de Jonah, agarrando sua bunda e apertando-o contra mim.

— Pare. — Ele empurra meu peito e dá um passo para trás. — Não vai acontecer. Não agora.

Respiro profundo e me sento na cama. Apoiando os cotovelos nos joelhos, meu olhar cai para o chão.

— É como eu lido com isso.

— Eu sei.

Meus olhos encontram os dele.

— Mas, desta vez, você precisa encontrar outra maneira. Estou com raiva, cansado, esgotado.

Minha cabeça abaixa outra vez.

— Você está terminando comigo?

A cama afunda ao meu lado quando Jonah se senta, refletindo minha posição. Ele solta um suspiro, batucando os dedos.

— Para ser franco, seria muito mais fácil se eu estivesse.

Meu coração afunda. Ele não quer estar aqui, não quer estar comigo.

A voz na minha cabeça me repreendendo para quando Jonah alcança minha mão e entrelaça nossos dedos. Meus dedos com os dele em seu colo prendem minha atenção. A certeza disso me atinge com força.

Ele olha para mim, me forçando a tirar os olhos de nossas mãos.

BULLY KING

— Quero mais de você. — Ele respira fundo, mas não afasta o olhar. — Sei que não podemos assumir em público. Temos que ter cuidado, mas quero mais do que ser encurralado e fodido com ódio.

Sorrio com a sua escolha de palavras.

— Você sabe como é perturbador quando você xinga?

Jonah me dá um olhar sem graça, que me faz sorrir ainda mais.

Meu celular pisca na mesa de cabeceira. Ao pegá-lo, vejo uma mensagem do treinador principal sobre uma reunião obrigatória amanhã antes do jogo.

— Venha para o jogo amanhã. — Lanço o celular na cama ao meu lado.

— Por quê?

— Você quer mais? Isso é mais. Quero você no jogo. — Aperto a mão que segura a minha.

— Tudo bem.

Uma pequena parte do meu coração volta a bater. Eu posso fazer isso. Posso dar mais a ele.

Jonah se inclina e dá um leve beijo em meus lábios. Por mais que eu queira aprofundá-lo, não o faço.

— Fale com Taylor e ganhe o jogo amanhã. Vou recompensá-lo bem — sussurra Jonah em meu ouvido, então se levanta, indo para a porta.

Meu pau pulsa na calça.

— Você fez isso de propósito para eu não poder segui-lo — eu o acuso.

Ele dá de ombros com um sorriso malicioso e sai do quarto. Assim que me ajusto e chego ao topo da escada, Jonah está abrindo a porta da frente.

— Você quer uma carona?

— Não, pode deixar — grita por cima do ombro.

— Olhe suas malditas mensagens! — grito de volta, antes que a porta se feche.

TRINTA E OITO

Roman

A escola está calma no dia seguinte. Taylor aparece, para minha surpresa, mas ninguém diz nada a ele. Seu rosto está inchado e machucado, o lábio cheio de cortes. A culpa me consome. Sou igual ao meu pai.

O pensamento deixa um gosto amargo na minha boca.

Tenho que consertar isso.

No vestiário depois da escola, estamos todos conferindo nosso equipamento para o jogo de hoje à noite. Minha bolsa está vazia enquanto verifico o que tenho e o que preciso pegar em casa quando gritos soam no próximo corredor de armários.

— Não vou me trocar na frente de nenhuma bichinha! — John, um jogador da defesa, grita.

Soltando as coisas, abro caminho pelos jogadores que concordam com esse idiota. Taylor é empurrado nos armários com um braço no peito e vergonha manchando seu rosto.

Que se dane. Não vou mais ficar parado e deixar isso acontecer.

— Ei! — Entro no meio deles e empurro o cara para longe de Taylor. — Acha que Taylor vai ficar olhando para sua bunda feia enquanto você se troca? — Aponto para John.

— Bem, acho. Não se pode confiar em nenhum gay. — Ele se move, desconfortável.

— Ouça muito bem. Se Taylor for fantasiar com a bunda de alguém, vai ser com a minha. — Algumas risadas soam. — Tenho um belo traseiro. Também me masturbaria se não fosse a minha própria bunda.

Coloco o braço em volta dos ombros de Taylor e olho para aquele filho da puta idiota.

— Você não se importa com ele pensando em você assim? — pergunta John.

— Contanto que não esteja tentando enfiar o pau na minha bunda, não dou a mínima. — Subindo no banco que separa as fileiras de armários, fico mais do que uma cabeça mais alto do que todos. — Esta é a última vez que vou dizer isso. Se você tem um problema com Taylor, sabe onde fica a porta. Seu problema é seu. Supere ou dê o fora.

Encontro cada par de olhos, desafiando qualquer um a discutir comigo. Está tão quieto que se um alfinete cair vai dar para ouvir, mas ninguém me questiona.

— Agora preparem-se para o maldito jogo. — Faço um breve contato visual com meu melhor amigo, dos últimos dez anos, e bato em seu ombro antes de voltar para o meu equipamento. A mudança tem que começar em algum lugar, então acho que vai começar comigo.

As luzes do campo são ofuscantes se não tomar cuidado. Líderes de torcida se alinham na pista, segurando uma faixa de papel para atravessarmos. O rugido da multidão é viciante, a cidade inteira está chamando pelo meu nome.

Aceno para as pessoas nas arquibancadas. Aqui, sou invencível. Todos os olhos estão em mim e eu amo a atenção. Saboreio, me alimento disso. É onde pertenço. Aqui nada importa, só o esporte. Nem os seus pais, sua namorada, suas notas. Quando você pisa em campo, tem um trabalho a fazer e pronto. Seu mundo inteiro está bem aqui. Proteja a bola. Simples.

Taylor, John e eu vamos para o centro do campo para o cara ou coroa. Encontramos três jogadores do time adversário e o árbitro principal. Eles mostram os dois lados da moeda para provar a todos que é legítima.

— Time da casa, escolha quando estiver no ar.

— Cara — digo, quando a moeda é jogada.

Ela cai no chão e todos nos aproximamos para ver o que deu. Coroa.

— Time visitante, ataque ou defesa?

O quarterback olha para mim com um sorriso antes de responder.

— Defesa.

Inclino a cabeça com a escolha dele, mas não reclamo. Quanto mais rápido eu conseguir pontos no jogo, mais difícil será para eles nos alçarem.

Todos nós corremos do campo para que as equipes especiais se preparem para o pontapé inicial. Taylor acompanha a equipe, já que faz parte dela. Estou surpreso ao vê-lo jogar esta noite. Seu rosto ainda está uma bagunça, mas jura que não tem uma concussão. Até pegou um atestado do médico.

Restam apenas quatro jogos para o fim da temporada. Se ele quer jogar tanto assim, deixe-o jogar.

O *kicker* chuta a bola pelo ar, e Taylor a pega, correndo pelo campo e nos dando uma boa posição inicial. A multidão vai à loucura e os garotos aplaudem. Um sorriso está dividindo meu rosto quando corro no campo para tomar o meu lugar. Bato em seu ombro quando passo por ele.

Dou início a jogada, os jogadores entram em formação e a bola está em minhas mãos. Leva só um segundo para eu passá-la para o *running back*. Os meninos fazem seu trabalho e abrem um buraco para ele passar. Ele não vai longe, mas jardas são jardas. O apito soa e nos alinhamos novamente.

Repetimos a jogada várias vezes, alternando-a aleatoriamente para uma jogada de passe para que a defesa não saiba qual estamos executando. É lindo como marchamos pelo campo até chegarmos à *red zone* – a zona de ataque.

— Hut!

O *center* pega a bola e, na hora, Taylor está livre na *end zone* – no fundo do campo. Jogando a bola forte e espiralada, ela voa e cai em suas mãos. As arquibancadas enlouquecem, o time no banco grita, a banda toca e me sinto em paz. Estou orgulhoso.

Jonah está aqui em algum lugar, me observando enquanto faço o que nasci para fazer. Fui feito para jogar futebol. Cada célula do meu corpo foi desenvolvida para fazer isso e bem.

Corro para Taylor, comemorando com o time a sua pegada. Levo um tapa no capacete e no ombro enquanto celebro com meu melhor amigo. Aqui não tem sexualidade. Se você tem problema com alguém, é resolvido fora do campo para poderem se unir pelo amor ao jogo.

Taylor e eu corremos do campo, o *kicker* e o *lineman* extra entram para o ponto extra. Cuspindo o protetor bucal, pego uma garrafa de água e tomo um gole, o sorriso nunca sai do meu rosto.

— Boa jogada — diz Taylor, entre as goladas de água.

BULLY KING

— Boa pegada — devolvo.

Viramos para o campo e assistimos a cobrança do ponto extra, se marcaremos ou não. Não é tarefa fácil e um ponto extra pode facilitar ou dificultar jogo. Enquanto observamos, a bola é levantada, o *holder* a posiciona e o *kicker* se adianta, prendemos a respiração ao acompanhar a bola voar pelo ar. É ponto!

O time nas laterais explode ao comemorar de novo. O jogo está apenas começando, mas cada ponto é um motivo para celebrar. Hoje será uma boa noite.

É um jogo acirrado, todos no limite ao segurarmos a liderança com unhas e dentes. Um erro e a gente perde. Tivemos uma temporada perfeita e não estou disposto a desistir disso agora. Não quando estamos tão perto.

Estamos no quarto tempo e todos estão ficando cansados, o que os torna mais propensos a cometer erros.

Estou ao lado do nosso treinador principal, assistindo ao jogo, estudando o time adversário.

— Talvez se o "senhor todo-poderoso" jogasse a bola para alguém que não fosse seu amiguinho gay, a gente estaria com uma vantagem melhor.

Perco a paciência quando me viro para encará-lo.

— Talvez se eu pudesse confiar que você fosse pegar a porra da bola, eu a jogaria com mais frequência.

Blake, o cara reclamando, se levanta e estufa o peito como se fosse fazer a diferença.

— Que merda você acabou de dizer?

— Aprenda a pegar a bola e eu a lanço pra você. — Estou cara a cara com esse aspirante a fodão, completamente ciente de que estamos sendo observados.

Taylor dá um passo à frente, separando a gente.

— Já chega. Pare com isso.

Blake se afasta da mão que Taylor colocou em seu peito.

— Não me toque, porra. — Ele olha furioso para Taylor, o que só me irrita mais.

— O quê? De repente, tem problema com um membro deste time? — Cruzo os braços.

— Que ele não me encoste com suas mãos homossexuais. — Olha para o meu melhor amigo com um olhar de desgosto.

Taylor suspira ao meu lado.

— Deixe pra lá, Roman. Ele é burro demais para aprender.

— Então é burro demais para jogar. — Voltando-me para os treinadores, ando até o treinador principal e fico ombro a ombro com ele.

— Blake precisa ficar no banco. Ele só faz merda e eu não o quero em campo.

O treinador me olha com uma sobrancelha erguida, depois atrás de mim em direção ao banco.

— Ele está perdendo mais passes do que o normal esta noite.

— No banco — repito. — Eu quero ele fora daqui.

Ele não liga para o que eu disse, apenas se volta para o jogo.

— Ponha o capacete, de volta ao campo, King.

Colocando o capacete, prendo a tira do queixo e mordo o protetor bucal.

O apito do árbitro soa e nossa defesa está deixando o campo. Aconteceu uma reviravolta, e é o quarto tempo. Tenho cerca de dois minutos antes de entrar em campo.

O treinador chama quem precisa colocar capacete, e o time se mexe para obedecer ao comando. Jogando garrafas de água no chão embaixo do banco, os garotos colocam os capacetes e se alinham.

Sinto os olhos em mim, não como quando estou em campo e todo mundo está observando cada movimento meu, mas como se alguém estivesse me dissecando. Olhando por cima do ombro, minha atenção é atraída por um garoto encostado na grade. Jonah. Seus lábios se curvam um pouco nos cantos. A vontade de correr até ele, pular no muro de contenção e beijá-lo bem aqui na frente de todos é forte. Tão forte, porra.

— Ataque, vamos! — O grito do treinador me faz pular.

No automático, meu corpo se move para assumir minha posição no campo.

Com um sorriso no rosto, chamo a próxima jogada e a bola é colocada em minhas mãos. Nos minutos que estou aqui, sou livre.

BULLY KING

TRINTA E NOVE

Jonah

Embora eu não entenda todas as regras do jogo, é incrível ver Roman em seu ambiente. Ele comanda o campo, o governante supremo dos jogadores. Pelo que percebi ouvindo as pessoas nas arquibancadas, ele é um jogador incrível. Sua precisão é melhor do que qualquer outro quarterback do ensino médio. Parece que ele será escolhido por uma grande universidade e ganhará bolsa de estudos integral.

Eu me sinto tanto grato quanto invejoso. Ainda bem que ele está se afastando de seu pai, desta cidade maldita, mas e se eu ficar preso aqui? E se eu não conseguir uma bolsa de estudos ou subsídio para pagar a faculdade? Meu pai não vai – e não pode – pagar a mensalidade, sem falar como os empréstimos estudantis me assustam.

A multidão atrás de mim ruge, e a banda toca. Olhando para o campo, o time está comemorando em uma extremidade. O placar diz que vencemos. Orgulho pulsa em meu peito quando me junto ao coro.

Os caras se enfileiram e batem as mãos com o outro time e voltam para o vestiário. A emoção é contagiante. Impossível não me empolgar. As arquibancadas começam a esvaziar aos poucos. Mary se aproxima de mim e seguimos o fluxo.

Seu rosto está vermelho de animação. O sorriso de volta em seu rosto e ela está quase pulando em vez de andar. A camisa azul com o mascote da escola que dá para ver sob o moletom e os números laranja nas bochechas fazem com que ela pareça estar aqui a vida toda. Todo mundo na cidade está vestindo azul ou laranja ou ambos, exceto eu. A maioria tem suéteres ou jaquetas com estampas do Colégio Kenton.

— Foi um jogo ótimo! — Ela bate palmas.

— Foi mesmo. Muito acirrado.

Mary dá um tapa no meu peito.

— Olhe só, você prestando atenção!

— Acho que preciso de uma camisa para usar nos últimos jogos.

Mary para de andar, agarrando meu braço para me parar, também. Meu sorriso divide o rosto com sua expressão chocada.

— Quem é você e o que fez com meu irmão?

Uma risada escapa de mim, me dobro de tanto rir, ficando sem ar. Pela primeira vez em meses, eu me sinto bem. Estou livre e solto. Sou capaz de rir.

Ela está certa em desconfiar. Não tenho me divertido muito ultimamente, mas Roman fez algo comigo. Eu o vi defender seu melhor amigo nos bastidores. Ouvi um pouco da conversa e entendi do que se tratava. Sinto que, finalmente, as coisas vão ficar bem, que elas podem dar certo.

Mary e eu conversamos dos destaques do jogo enquanto esperamos ao lado da caminhonete de Roman. Estou de costas para a escola quando alguém agarra minha bunda. Meu coração quase pula pela boca quando me viro, ficando cara a cara com um sorridente Roman King.

Dando uma rápida olhada ao redor, noto que as sobrancelhas de Taylor estão quase na linha do cabelo, mas ninguém mais está por perto.

— Sério? — Taylor me pergunta. — Ele? Pelo amor de Deus, por quê?

Roman dá um tapa na barriga dele.

— Ei, sai fora. Eu sou uma delícia.

Mary ri, chamando a atenção de Taylor para ela.

— Faz muito mais sentido. — Seus olhos vão e voltam entre Mary e Roman.

— O quê? — Mary pergunta a ele.

— Ele é mais legal com você do que com qualquer outra garota que ele esteve porque não está transando com você. — Taylor ri.

— Entrem logo na maldita caminhonete — resmunga Roman, abrindo a porta do passageiro da frente para Mary.

Todos entramos, Taylor ao meu lado no banco de trás.

Ele acena para Roman e Mary na frente.

— Então é assim que normalmente acontece?

— Sim. Meu pai me faz ir nos encontros deles. Afinal, a filha do pastor não pode engravidar no ensino médio. — Eu sorrio.

— Eles estão saindo mesmo?

— Não mais. Eles meio que estavam no começo, mas agora ela só vem para ele poder me atormentar. — Sorrio com a piada, apesar de não ser mentira.

BULLY KING

Taylor ri, e Roman nos ignora.

Roman para na frente da minha casa e abre a porta para Mary.

Quando abro a porta e me viro para descer, Roman aparece na minha frente.

— Onde pensa que vai?

Engulo quando minha boca seca, excitação vibrando pelo corpo no tom de sua voz.

— Hum, para casa?

— Ganhamos o jogo. Você não vai a lugar nenhum até que eu transe.

Meus olhos piscam para Taylor, que está nos observando como se estivéssemos sob um microscópio.

— Não se preocupe com ele. Nunca aprendi a dividir. — Em um movimento rápido, Roman junta um punhado da minha camisa com o punho e devasta minha boca.

Não sei quanto tempo faz desde que ele me beijou, mas faz muito tempo. Eu me derreto contra ele, meus braços envolvendo seu pescoço enquanto me perco na sensação dele colado em mim.

É perigoso beijá-lo assim aqui, onde um vizinho pode nos ver, mas a porta está aberta e nos dá um pouco de privacidade. A luz da cabine se apaga, lançando-nos na escuridão.

Meu pau está duro e pesado, preso nos limites do meu jeans. Roman solta a camisa e desliza as mãos pelas minhas coxas. Seus lábios deixam os meus. Meus olhos se abrem a tempo de vê-lo observando minha boca e chupando o lábio inferior entre os dentes.

— Esses jeans fazem maravilhas com a sua bunda — sussurra, uma mão descendo e batendo nela.

— Bem, merda, não parem por minha causa.

A voz de Taylor atrás de mim me faz pular. Esqueci que ele estava lá.

Roman mostra o dedo do meio para ele e se afasta de mim. Volto para o meu assento e passo o cinto. Meu rosto está quente quando Taylor olha para mim e Roman vai para trás do volante. Dirigimos para os túneis. Parece ser o nosso esconderijo. Não são muitas as pessoas que aparecem lá com frequência.

Estacionando a caminhonete, ele a deixa ligada para manter o ar quente soprando. Taylor passa para frente, senta-se no banco que Mary acabou de desocupar e se vira para Roman e eu.

Roman começa a falar, mas Taylor levanta a mão.

— Eu entendo.

Roman olha para ele. No escuro daqui de trás, não consigo ver bem a expressão dele, mas este momento não é sobre mim.

— Desculpa. — A voz de Roman está cheia de arrependimento. Vejo uma lágrima rolar pelo seu rosto através do reflexo do painel. — Eu deveria ter agido bem diferente.

— Obrigado. — A resposta de Taylor é tensa.

As emoções que enchem a cabine são sufocantes.

— Jonah tentou me convencer a desistir. Ele tentou me fazer ser uma pessoa melhor. — Roman suspira, passando a mão pelo cabelo. — Ele faz de mim uma pessoa melhor.

Um nó se forma na garganta com a confissão. Ele me ouve de verdade?

— Acho que sabe o que aconteceu aqui ontem? — pergunta Taylor a Roman.

Roman acena com a cabeça, inclina-se e abre o porta-luvas. Dentro está a arma que eu joguei nele ontem à noite. A que eu tirei de Taylor.

— Sinto muito por ter feito você se sentir sem saída. — Roman alcança seu melhor amigo e o puxa para si. Eles se abraçam por um minuto, ambos tremendo com a enormidade da situação.

Roman se afasta de Taylor e estende a mão para mim. Deslizando do assento para me ajoelhar no assoalho, eu me inclino pela abertura nos assentos. Roman me puxa para o abraço com Taylor. A gente se abraça, lágrimas escorrendo nos nossos rostos, soluços abalando nossos corpos. Por alguns minutos, ficamos assim, deixando o medo e a dor irem embora.

— Desculpa — Roman repete a palavra várias vezes.

A culpa que ele sente é palpável, ele está tão cheio de remorso. Sei que Taylor consegue sentir isso, também.

Roman segura a cabeça de Taylor de lado e beija sua testa. Virando-se para mim, ele encosta a testa na minha.

— Obrigado por salvar a vida dele.

Não consigo falar. O nó na garganta é muito grande. Tudo o que consigo fazer é acenar.

Roman dá um beijo suave e salgado nos meus lábios.

De repente, Taylor começa a rir. Roman e eu nos viramos para olhar para ele como se tivesse enlouquecido. Ele está enxugando os olhos, chorando de tanto rir.

— O que é tão engraçado? — pergunta Roman.

BULLY KING

215

— Você disse... — Ele para e volta a rir. — Disse aos caras — ele respira fundo — que eu poderia me masturbar pensando em você.

Ele volta a gargalhar, desta vez fazendo Roman rir, também. Estou muito confuso, mas parece algo que Roman diria, com certeza.

— Uh, o quê?

— Um cara no vestiário achou ruim Taylor estar lá se preparando para o jogo. — Roman dá de ombros. — Ele me perguntou se eu tinha problema em ser olhado sexualmente, respondi ao filho da puta feio que se Taylor estava fantasiando com alguém, era comigo. Tenho uma bela bunda.

Taylor não está mais fazendo som nenhum; está segurando a barriga e quase sem fôlego de tanto rir. Vê-lo passando mal de rir me faz começar a rir, também. Seja lá o que for isso, está curando tanta dor. É verdadeiro e profundo. Está dando luz às coisas que mantivemos escondidas por muito tempo. Na cabine dessa caminhonete, com o garoto mais popular do Colégio Kenton e o único cara gay conhecido, posso relaxar. Sou aceito.

QUARENTA

Jonah

Roman deixa Taylor em casa e me diz para sentar na frente. Quando meu cinto está preso, pega minha mão e entrelaça nossos dedos.

Uma parte de mim deseja que ele nos leve embora, para fora da cidade e nunca mais voltar. Não quero que nossa bolha estoure.

Ele entra na garagem de sua casa e estaciona, mas não faz nenhum movimento para sair. Apertando minha mão, ele a leva aos lábios e a beija.

— Obrigado por ontem.

Retribuo o aperto.

— De nada. Estou feliz por ter estado lá, só isso.

— Não apenas pelo Taylor, embora esteja agradecido em grande parte por causa disso. Mas quero dizer por vir aqui, por estar bravo. Por exigir o melhor de mim.

Um sorriso tímido levanta os cantos dos meus lábios.

— Eu sei que você consegue ser melhor. Não vou me contentar com menos que isso.

Roman sorri para mim, fazendo meu coração acelerar.

— Acha que seus pais vão deixar você ficar?

— Provavelmente. Vou ligar para eles agora, antes que fique tarde.

Pego meu telefone no bolso, acho o número do celular do meu pai e clico para ligar. Ele toca algumas vezes antes de sua voz descontente soar na linha.

— Onde você está?

— Estou, hum, ajudando Roman com um trabalho de escola. Já que é sexta-feira, será que posso ficar na casa dele esta noite? Vou direto para casa pela manhã.

— Por que eu deveria confiar que não vai se meter em problemas? — ironiza.

Posso imaginar perfeitamente o seu rosto. Sei que ele está pensando em quando eu desapareci e voltei para casa coberto de chupões.

— Porque sabe onde estou. Pode vir e ver se estou aqui.

— Tudo bem. Esteja em casa ao meio-dia, mas não se esqueça de orar antes de dormir. O Senhor sabe quando você não é fiel.

— Sim, senhor.

Ele desliga, e eu afundo no banco, baixando a cabeça.

— Nunca vou conseguir deixá-lo feliz.

Roman aperta a mão que ainda está segurando.

— Nem eu. Fodam-se eles.

Soltando nossas mãos, ele vira para sua porta, então para.

— Mesmas regras da última vez. Mantenha a cabeça baixa, não fale com meu pai, siga atrás de mim, a menos que eu diga o contrário.

— Entendi.

Saindo da caminhonete, caminhamos rápido até a porta e entramos. Ela não está trancada, o que deixa Roman tenso. Ele olha ao redor da entrada rapidamente, em seguida, me leva para as escadas. Estamos quase livres quando um grito alto nos faz paralisar.

— Roman! — O grito de seu pai alcança o topo da escada.

— Merda. — Ele se vira para descer, mas para quando me vê o seguindo. — Não, você vai para o meu quarto e espera lá.

— Sério? Acha mesmo que vou ficar sentado enquanto apanha de novo? — Minha voz está calma, mas firme.

— Roman! — Seu nome é gritado, novamente.

Roman resmunga e volta para as escadas, comigo na sua cola.

— Ele está bêbado, o que significa que é a porra de uma bomba-relógio. Você foi avisado.

O Sr. King está parado ao pé da escada com o que parece ser um envelope aberto em sua mão enorme.

— Me chamou? — Roman cruza os braços, preparando-se para enfrentar um homem duas vezes maior que ele.

— Por que diabos a UCLA enviou uma carta de aceitação para você? — Ele cambaleia, balançando o papel no ar.

— Deve ser porque me candidatei a uma bolsa de estudos.

— Nem pensar, você não vai para uma escola de bichinhas da Costa Oeste — diz, em tom de desprezo.

— Então, eu fui aceito? — Roman apruma o corpo, ficando um pouco mais alto ao esperar pela resposta.

218   **ANDI JAXON**

Eu sei que essa é a primeira escolha dele.

— Você não vai! — grita o Sr. King, o tom inesperado me faz pular.

— Legal. Obrigado pela atualização. Essa conversa acabou agora? Tenho coisas para fazer.

O Sr. King ergue o lábio para seu filho, desgosto e decepção evidentes em seu rosto.

— Você é um merda inútil. Acha que vai se tornar profissional, mas vai acabar voltando aqui, implorando para treinar o time infantil.

— Ei, pelo menos ainda estaria usando minha experiência. O que você está fazendo com tudo o que aprendeu?

Seu pai avança e tropeça nas escadas. Desço alguns degraus, colocando distância entre mim e o bêbado furioso.

O Sr. King bate a cabeça com força na beirada de um degrau e para de se mover. Roman suspira antes de ir até o pai. Ele se agacha para checar seu pulso, depois pega a carta de sua mão e começa a se levantar.

— Você vai deixá-lo assim? — pergunto, seguindo-o.

— Ele é pesado demais. O que espera que eu faça? — comenta, abrindo e lendo a carta. — Porra, isso!

Roman ergue o punho no ar. Ele, praticamente, corre escada acima e pelo corredor até seu quarto, trancando a porta depois que eu entro.

— Você vai tirar as suas roupas agora — avisa Roman, vindo em minha direção como o predador que sei que ele pode ser.

Dou um passo involuntário para trás e minhas pernas batem na cama. Sento e tiro os sapatos, deslizando para trás no colchão.

A luxúria vibra por dentro, meu pau engrossando com a expectativa do que ele fará. Minha respiração acelera quando ele tira a camisa e sobe na cama. Ele dá um tapa em meus joelhos e se deita entre as coxas, levantando minha camisa para beijar e chupar a barriga. Uma de suas mãos ergue a camisa conforme a outra desliza sob a minha pele. Elas são ásperas, calejadas, viajando por mim.

Sua boca desce, cada vez mais perto da borda da calça, até todos os músculos do meu corpo ficarem tensos. Eu preciso dele. Preciso da marca dele na minha pele, me sinalizando como seu. O que ele me faz sentir é inebriante.

Meus dedos se entremeiam pelas longas mechas de seu cabelo loiro.

Mãos ágeis abrem meu jeans, descendo o tecido pelos quadris e pelas pernas. Roman volta a se deitar entre as minhas pernas, segurando meu pau com uma das mãos e o chupando profundamente dentro de sua boca.

BULLY KING

Minhas costas se arqueiam da cama ao mesmo tempo em que o calor úmido me envolve, meus quadris empurram por instinto para chegar mais perto da sucção alucinante.

Procurando algo para me segurar, minhas mãos apertam os lençóis. Roman não parece estar com pressa; bem devagar, ele me atormenta com a promessa de um orgasmo, mas sem me deixar alcançar o êxtase.

Ele continua a me chupar, subindo e descendo em movimentos rápidos até minhas bolas apertarem e eu estar quase chorando com a necessidade de gozar. Estou tão perto, quase lá, então o calor e a sucção desaparecem, e ele se senta.

Desta vez, eu solto um soluço, jogando um braço sobre os olhos. Meu corpo está tremendo, ao ponto que é fisicamente doloroso e parece que essa sensação nunca vai acabar.

Roman sobe pelo meu corpo, beijando meu abdome até chegar à boca, me beijando. Meus dedos seguram seu rosto com força. O cretino sorri.

— Por favor — choramingo contra seus lábios arrebitados. Não tenho vergonha de implorar.

— Não vou deixar você esperando, amor. — Ele me beija de novo e se senta para tirar a calça.

Eu o ajudo a tirá-la e reclamo quando sai da cama. Ele abre a mesa de cabeceira e tira o tubo de lubrificante. O olhar carregado em seu rosto promete dor e prazer.

— Mãos na cabeceira. Segura firme.

Minhas mãos apertam as barras, ansiedade subindo pela espinha e vibrando no meu estômago. Estou desesperado por ele. A tensão e o fogo, o êxtase, a conexão com ele.

Roman volta para a cama, acomoda-se entre as minhas pernas, e abre o tubo. Molhando os dedos com lubrificante, ele os esfrega no meu ânus e empurra um dedo bem fundo pela abertura apertada do músculo.

Meus olhos se fecham, eu ofego. Não sinto a ardência com um dedo. Arrepios cobrem meu corpo, fico sem fôlego mais uma vez.

O dedo desaparece, a cabeça de seu pau tomando o lugar. Meus olhos se abrem, travando com os dele. Arde, incomoda, dói. Ele fez mais preliminares da última vez. *Porra*, como dói. Solto um gemido estridente, o corpo apertando contra ele.

As coxas tentam se fechar para me proteger, mas ele se inclina para frente, fazendo com que vá mais fundo.

— Dói — choramingo.

— Esse é o objetivo. — Ele entra ainda mais, os quadris descansando contra a minha bunda. — Vai se sentir muito melhor assim que a ardência passar.

Roman envolve uma das mãos em torno do meu pau amolecido, bombeando-o para me deixar duro de novo conforme me ajusto à sua intrusão.

Meus olhos se fecham, a cabeça virando, mordo o braço para ficar quieto. Meu cérebro não sabe como processar a mistura de dor e prazer. Meu corpo quer se aproximar, mas se afastar ao mesmo tempo.

Roman se move, puxando para fora e depois estocando com tudo de volta. Ambas as mãos agarram meus quadris, acelerando o ritmo. A ardência diminui, dando lugar ao prazer que me prometeu. Meu corpo relaxa, tornando o deslizar mais fácil. Ele rosna, empurrando mais rápido, mais forte, sem parar.

Inclinando-se para frente, suas mãos seguram minha cabeça, uma delas agarra meu cabelo e puxa a cabeça de lado para devastar meu pescoço. Mordidas, beijos, chupões na minha pele. Com as mãos ainda na cabeceira, minhas pernas envolvem seus quadris.

— Porra — choramingo. — Por favor.

A mão que não está segurando o cabelo puxa o meu pau, sobrecarregando, na hora, meu corpo com muito estímulo.

— Porra… eu… merda. — Gozo forte, cobrindo nós dois com a evidência quente e pegajosa de que eu não seria capaz de ter parado, mesmo que quisesse. Meu corpo se contrai conforme ondas de prazer me inundam, apertando ao redor dele, ainda metendo em mim.

— Isso, caralho — geme Roman, os quadris batendo em mim mais duas vezes antes de parar.

Os dois com a respiração ofegante, seu corpo relaxa contra o meu, os dedos no meu cabelo param de puxar, mas continuam segurando. Ele vira o rosto para mim, um roçar suave de seus lábios nos meus. O beijo é uma contradição com o jeito brutal que acabou de me foder. Não há outra maneira de descrever como ele me pega.

Com um gemido, Roman se senta, os olhos vendo a bagunça que eu fiz.

— Vamos, hora do banho.

Ele é cuidadoso quando se move, saindo do meu corpo e da cama para ir ao banheiro. Sentando sobre as pernas dobradas, eu o vejo se afastar e entrar no chuveiro. Ele é mais sexy do que tem o direito de ser.

— Você vem, ou vai ficar aí olhando para minha bunda a noite toda?

BULLY KING

— Me chame de amor de novo, e talvez eu me junte a você. — Eu sorrio para ele, lembrar dele dizendo o termo carinhoso aquece meu coração.

Sua cabeça sai do chuveiro, um meio sorriso brincando nos lábios.

— Sério? Quer que eu fale com carinho com você?

— Seria uma mudança legal de ritmo.

— Mas você gosta do meu ritmo que eu sei. — Seus olhos passam pelo meu corpo nu, com esperma no peito.

— Não significa que eu não gostaria de outra coisa, também.

Ele não diz nada por um minuto, apenas me observa.

— Traga a sua bunda aqui, amor, antes que a água quente acabe.

Jogo a cabeça para trás, rindo. Idiota. Saio da cama e vou até o chuveiro com um sorriso no rosto, contente pela primeira vez em muito tempo.

Roman se aproxima de mim, me puxando para baixo da água e dando um beijo lento em meus lábios. Suas mãos percorrem meus braços, peito e costas. Nem uma única parte do meu corpo permanece intocada por ele. Roman pega uma esponja e sabonete líquido, então me lava com cuidado, limpando o suor do dia e a evidência de que estivemos juntos da minha pele.

— Tem chupões de novo. — Seus dedos roçam os pontos sensíveis do meu pescoço, me fazendo estremecer. — Podia dizer que sinto muito, mas não sinto.

Sorrio com a observação. Claro que ele não se arrepende de ter feito isso.

— Te incomoda? — questiona.

— Você não se arrepender por fazer a minha vida mais difícil? — Dou de ombros. — Já me acostumei.

As rugas se formam entre suas sobrancelhas enquanto reflete.

— Vou deixar marcas em lugares mais fáceis de se esconder da próxima vez.

— Obrigado. — Eu me inclino e pressiono os lábios nos dele.

É minha vez de lavá-lo, então pego a esponja e o sabonete, e a arrasto em sua pele. Está sujo do jogo desta noite, provavelmente dolorido, mas não disse nada. Quero cuidar dele. Ele está dilacerado, mas não deixa ninguém ver. Eu tenho aquela pequena abertura para quem ele é.

Depois de tirar o sabonete do corpo, trocamos de posição. Passo a esponja no braço dele, no peito e desço pelo outro braço. Ele observa cada movimento meu. Ser observado tão de perto é inquietante, mas não deixo que isso me detenha. É importante para mim, mostrar minha compaixão para ele. Não quero nada dele. Minha compaixão não vem com um preço.

Quando termino de limpá-lo, a água está esfriando, então a fechamos e saímos. Roman sai e me entrega uma toalha. Eu me seco e a enrolo em volta da cintura, observando-o fazer o mesmo.

— Vai dormir com as minhas roupas esta noite? — Ele me olha, encostado na pia.

— Se você quiser. — Ando até ele, pressionando o corpo no seu.

Um arrepio involuntário me percorre quando seus dedos seguram meu queixo. Ele levanta meu rosto para eu olhar nele, uma mão segura a lateral. Virando em seu toque, beijo seu pulso.

— Eu te amo, Jonah.

Meus olhos voltam-se para seu rosto. Ele está pensativo, sobrancelhas franzidas, como se estivesse tentando descobrir a resposta para um problema complicado.

— Por quê?

— Você me faz querer ser melhor. É uma boa pessoa. Cuida de mim quando sou um idiota, mas confia em mim o suficiente para ser vulnerável. Chama a minha atenção quando estou errado.

Não consigo segurar o sorriso que está se abrindo no rosto.

Os lábios de Roman encontram os meus. Uma pressão sólida de sua boca. A ponta de sua língua corre ao longo do meu lábio e eu o deixo entrar.

Ele inclina a cabeça para aprofundar o beijo, a língua dançando com a minha. O beijo é mais brincalhão do que qualquer outra coisa. É confortável e, à sua maneira, doce.

Roman encosta a testa na minha, seus olhos encontram os meus.

— Acha que vai me amar algum dia?

Respirando fundo, meu coração se parte com a incerteza em sua voz. Quando ele é arrogante, convencido e um idiota, é difícil lembrar que ele também é vulnerável. As pessoas ao seu redor o idolatram, mas não o amam. Não de verdade. A única pessoa aqui que o ama é sua mãe. E eu.

— Sim.

A esperança floresce no azul-escuro de seus olhos.

— Ontem me machucou, não apenas por causa de Taylor, mas porque se fosse eu na situação dele, você teria feito a mesma coisa. Tive medo por todos nós. Taylor, você, eu. Tentei tanto te odiar, terminar com você. Minha cabeça me disse para ir embora, mas meu coração disse que eu não conseguiria.

Lágrimas me sufocam, um nó se formando na garganta. Tento me afastar dele, mas Roman não deixa. Ele me observa atento, precisando ver

BULLY KING

cada emoção que passa pelo meu rosto.

— Ver você assim, tão desolado, acabou comigo. Naquele segundo, eu soube.

— Soube o quê? — Sua pergunta é tão silenciosa que não tenho certeza se ele disse alguma coisa.

— Que eu te amava.

Meu coração bate nos ouvidos com a confissão enquanto um sorriso inocente, despreocupado e infantil toma conta de seu rosto. Eu nunca o vi assim. Feliz. À vontade. Minhas palavras fizeram isso.

Ele me beija de novo com um sorriso nos lábios, depois pega minha mão, me puxando para o quarto.

Ele tira uma camiseta e uma calça de pijama da cômoda e as entrega para mim. Eu as coloco enquanto ele se veste. As toalhas são largadas no banheiro e ele puxa o cobertor da cabeceira da cama.

— Vamos, menino da Bíblia. Estou morto.

Deslizo do outro lado e ele liga a TV.

— O que você quer assistir?

Uma ideia surge na cabeça e eu a sugiro.

— *A escolha perfeita 2*.

Roman paralisa ao meu lado, o controle remoto na mão, pendurado no ar.

— O quê? — Ele finalmente se vira para me olhar como se eu tivesse enlouquecido.

— *A escolha perfeita 2*. É um ótimo filme. Já viu? — pergunto a ele, inocentemente.

— Tenho milhares de filmes ao meu alcance e é isso que você quer assistir?

— Sim — digo com ênfase.

— Por quê?

— A linha defensiva do Green Bay Packers. — Deixo minha resposta pairar entre nós. Depois de um minuto, ele ri.

— Sério?

— Posso não saber muito de futebol, mas até eu sei quem é Clay Matthews III.

Roman gargalha, arqueando uma sobrancelha para mim.

— Ah, é? Tem uma queda por jogadores de futebol loiros?

Dou de ombros, mas não digo nada.

— Não acredito que é isso que vamos assistir. — Ele balança a cabeça, mas coloca o filme e me puxa contra ele; seu braço em volta dos meus ombros e eu me inclino em seu peito.

Com a mão no meu, entrelaço nossos dedos enquanto a vagina da Amy Gorda é mostrada na tela para quem quiser ver.

QUARENTA E UM

Jonah

Um alarme de telefone me tira de um sono profundo. Estou quentinho, confortável e cercado pelo cheiro de Roman. Sinto uma pressão no peito e uma perna em cima da minha. Tudo o que consigo ver é o topo da cabeça dele quando abro os olhos, e seu braço em volta do meu peito. Um sorriso preguiçoso se espalha pelo meu rosto, uma sensação de pertencimento preenchendo o peito.

O alarme volta a disparar, me forçando a entrar em ação.

— Roman, preciso ir. — Tento sair debaixo dele, mas pesa uma tonelada e ele desmaiou mesmo.

Levantando seu braço, eu o rolo para poder me levantar. São dez e meia, o que significa que continuei dormindo mesmo depois de dois alarmes terem tocado.

Correndo para me vestir, tiro as roupas emprestadas e procuro as minhas que estava usando a noite passada. Demora um pouco, mas eu as encontro enfiadas debaixo da cama. Meu alarme toca novamente quando estou abotoando a calça. Pegando o celular, desligo o alerta.

Roman ainda está dormindo. A visão me faz sorrir. Pela primeira vez, ele não está sorrindo ou tramando algo. Está tranquilo. Subindo na cama, sento em seus quadris e me inclino para beijar seu pescoço. Ele resmunga, virando o rosto para longe de mim. Deslizando a mão pelo seu peito, agarro sua ereção matinal. Ele ofega e seus olhos se abrem.

— Porra. — Sua voz rouca do sono é um tiro de luxúria para o meu pau.

— Eu tenho que ir — digo, soltando seu pau e o beijando rapidamente.

— Você não vai me acordar assim e ir embora. É sacanagem. — Ele agarra a minha nuca, me forçando a beijá-lo de novo. Mesmo meio acordado, ele é mais forte do que eu.

O mau hálito dá lugar ao sabor de Roman. Seus dedos afundam nos músculos da minha bunda, me encorajando a me esfregar nele.

Com uma grande força de vontade, eu me afasto e me sento, respirando com dificuldade.

— Preciso ir. Vai comigo até a porta?

— Provocador — resmunga, mas acena com a cabeça.

Passando a perna sobre ele, saio da cama e coloco sapatos e meias.

— Posso te levar para casa. — Seu peito colado às minhas costas, os lábios arrastando ao longo do meu pescoço.

— Vai ser bom eu caminhar. Não posso entrar em casa com uma ereção.

Ele ri e vai para o banheiro mijar enquanto termino de pegar minhas coisas. Estou colocando o celular no bolso quando ele rosna do banheiro.

— Eu deveria fazer você cuidar disso antes de sair.

Sorrio com a ameaça.

— Não tenho tempo.

— Vamos. Meu pai ainda deve estar desmaiado. — Roman lidera o caminho pelo corredor, com a mão na minha.

Na porta da frente, ele se vira e segura meu rosto.

— Eu te amo, amor — diz, arrebatando os meus lábios com os seus. Só por esse único momento, já estou muito feliz.

— Que porra é essa!? — Um grito retumbante ecoa na entrada.

Roman e eu nos separamos, meu coração na garganta e terror se apoderando dos meus pulmões.

— Sua bicha maldita! — O pai de Roman corre em nossa direção.

Roman dá um passo à minha frente.

— Saia daqui! — grita comigo por cima do ombro ao ir em direção ao perigo.

O medo me paralisa no lugar quando o homem maior ataca Roman.

A cabeça de Roman é jogada de lado, sangue jorrando da boca. Minhas mãos se transformam em gelo quando alcanço a maçaneta da porta. Um grito agudo vem de algum lugar da casa, mas não consigo tirar os olhos de Roman. Seu rosto já está todo ensanguentado. Um soluço ameaça me deixar de joelhos.

— Nada além de inútil, você não é bom em nada, seu lixo! — grita seu pai, chutando-o no estômago.

Não quero deixá-lo à mercê daquele monstro. Preciso ajudá-lo, mas sei que não sou páreo para ele. Serei tão vítima quanto Roman.

— Vou ligar para o seu pai, seu filho da puta comedor de bunda!

BULLY KING

Seu dedo gordo aponta para mim e todo o sangue no meu rosto é drenado. A pressão no peito é tão forte que não consigo respirar direito.

— Vá! — A voz de Roman é áspera, tensa, quando grita de novo para mim, tropeçando na tentativa de seguir seu pai. Sua mãe está no chão perto da escada, chorando histérica, implorando ao marido para parar.

— Cala a boca, sua vagabunda estúpida! — grita o Sr. King com ela enquanto sai da sala.

Corro para Roman, puxando-o contra mim e passando seu braço por cima do meu ombro para apoiá-lo.

— Venha. Vamos embora.

— Vá, saia daqui. — Sua respiração está ofegante quando se inclina sobre a mesa, se afastando de mim. — Ele está ligando para o seu pai. Vá para casa.

— Eu... eu...

— Vá!

Passos pesados soam no corredor e corro. Como o covarde que sou, eu fujo. Durante todo o caminho para casa, nunca paro ou diminuo a velocidade.

Tenho que conseguir ajuda.

Preciso chamar a polícia.

Meu pai vai acabar com isso.

Ele vai salvar Roman. Ele tem que salvá-lo. Não importa o motivo. Ele não será passivo ao abuso.

É o mais rápido que já corri, da casa de Roman para a minha. Do outro lado do gramado e até a varanda, empurro a porta, abrindo-a.

— Pai! — grito o mais alto que posso, sem saber mais o que fazer. Meus joelhos cedem no meio da sala, soluços destruindo meu corpo, enfim. — Pai!

Em alguma parte da minha cabeça, estou ciente de que estou balançando para frente e para trás, mas não consigo parar.

Minha mãe e Mary correm para mim, envolvendo os braços por minhas costas.

— O que foi? O que aconteceu?

— Ajudem ele! — solto, segurando os soluços para conseguir falar. — Pai!

Onde ele está? Por que não está me ajudando?

— Keith! — Minha mãe grita por ele, que apareça da cozinha com o telefone no ouvido.

A raiva como jamais vi está clara em sua expressão. Seu rosto está vermelho, e vejo uma frieza em seus olhos que nunca esteve lá antes.

— Sei — diz, com uma calma forçada.

— Por favor! Ajudem ele! — choro, implorando por ajuda.

Meu pai joga o celular de lado e pega sua Bíblia. Ah, não. Cheguei tarde demais. O Sr. King já contou tudo.

— Como você ousa! — grita meu pai, vindo em minha direção, levantando a Bíblia e batendo nas minhas costas com ela conforme me encolho. Ele me bate sem parar, gritando um versículo da Bíblia que eu sei de cor. — "Se um homem se deitar com outro homem, como se fosse uma mulher, ambos terão praticado abominação, certamente serão mortos, o seu sangue será sobre eles".

Minha pele queima e os músculos doem enquanto o livro atinge meu corpo, repetidas vezes.

Minha mãe e Mary gritam, horrorizadas com o que estão testemunhando. Fico enrolado no chão, meus braços em volta da cabeça para me proteger.

— O que você está fazendo?! — pergunta minha mãe, empurrando-o para longe de mim.

— Ele é gay! — grita ele com ela. — Saia da minha casa, seu filho de Satanás! Você vai queimar no inferno por toda a eternidade!

Suas palavras são uma facada no estômago, um aperto em volta do meu coração.

— Por favor — imploro de novo. — Ele vai matá-lo!

— O que acontece com aqueles que vão queimar no inferno não é da minha conta! — Ele se afasta de mim, segurando a Bíblia como um escudo, como se só de estar perto de mim fosse contaminá-lo.

— Então você o condena à morte! Que tipo de homem santo deseja a morte de um adolescente? — Fico de pé, me recusando a desistir dessa briga. Como posso confiar em um homem que julga com tanta dureza?

— Pare! — Mary para na minha frente. — Ele é seu filho! — Seu corpo está tremendo de indignação.

— Nenhum filho meu se desviaria para tão longe do caminho da moralidade — desdenha. — Saia!

Ele aponta para a porta, a fúria emanando dele em ondas tão fortes que me sufocam.

Não discuto com ele. Não adianta. Ele está muito apegado no que acha que é a correção moral para ouvir a razão. Meu coração dói quando

BULLY KING

saio pela porta, minha alma irreparável e destroçada aos meus pés. Minha mãe e Mary me chamam, mas não paro. Na calçada, me viro em direção aos túneis. Pelo menos lá terei algum abrigo quando a chuva chegar.

QUARENTA E DOIS

Roman

Ele vai contar para todo mundo. É bem possível que esse filho da puta vai organizar, ele mesmo, a porra de um linchamento público.

O sangue está escorrendo do meu rosto para a camisa, meu nariz e minha boca inchados e doloridos, mas nada disso importa. Tenho que proteger Jonah dele.

— Roman. — A voz embargada da minha mãe vem das sombras quando meu pai desaparece em seu escritório, batendo a porta.

Tem poças de sangue no chão, respingadas na parede. Provas da vida que vivemos.

Minha mãe vem até mim, envolvendo um braço em minha cintura e chorando no meu peito. Ela está soluçando, repetindo coisas do tipo: "O que você fez?" e "Por que o provoca?", como se isso fosse de alguma forma culpa minha.

Demora um minuto para que suas palavras sejam absorvidas. Minha mãe está chorando na minha camisa.

— Mãe. — Minha voz está rouca, arranhando minha garganta. — Eu estou bem.

Dou um tapinha atrás de sua cabeça. Meu rosto dói demais e a barriga mais ainda, mas ele já me causou danos piores antes, com certeza. No estado em que estou, não vou nem perder um jogo.

Não importa. Nada disso importa.

Jonah.

Tenho que ir até o Jonah. Ver que está bem. Aquele idiota ligou para o pai dele e o entregou. Espero que o pai dele tenha aceitado melhor do que o meu, mas duvido.

Quando rolo de lado, meu movimento força minha mãe a se sentar, com lágrimas escorrendo pelo rosto. Devagar, sou capaz de ficar de joelhos e usar a mesa para me levantar. Não consigo parar o silvo de dor quando me endireito.

Minha mãe coloca o meu braço em torno de seus ombros para me ajudar a ir ao banheiro. Ela é tão frágil, que tenho medo de soltar o peso nela. Acho que ela não apanhou desta vez, mas ainda está cedo.

Chegamos no banheiro com um braço em volta da barriga. Dói respirar, me mover, pensar, porra. Que diabos eu vou fazer? Não posso ficar aqui.

Sentado na tampa fechada da privada, coloco uma toalha no nariz. Minha mãe anda de um lado para o outro, pegando o kit de primeiros socorros do armário atrás da porta.

— Apenas me dê as pílulas, mãe. — Minhas palavras ásperas ecoam pelas paredes.

Ela tira um frasco de ibuprofeno de dentro da caixa. Girando a tampa, ela despeja três comprimidos em sua mão e enche um copo com água antes de me dar.

Engulo as cápsulas e limpo o sangue secando no rosto. Minha mãe pega a toalha da minha mão e começa a passar na minha pele.

— Por que você teve que irritá-lo? — Suas palavras embargadas são como gelo percorrendo minhas costas.

— Você está me culpando? — Empurro sua mão do meu rosto e olho para ela. — Não é minha culpa que ele seja louco.

Uma lágrima escorre por seu rosto, os olhos vidrados quando encontram os meus.

— Você sabe como ele é. Por que o provoca? — Seus ombros caem. — Você sempre o provoca.

— Eu não fiz nada. Ele me pegou beijando Jonah e enlouqueceu. — A frustração me faz tirar a toalha da mão dela com mais força do que realmente quero.

Fico na frente do espelho, limpando o sangue da minha pele o melhor que posso. Não perco muito tempo com isso. Jonah provavelmente não está se saindo muito melhor do que eu, e preciso ver como ele está.

Estou exausto, tudo dói e escuto um leve zumbido nos ouvidos. Meu nariz está latejando tanto que está embaçando minha visão, e ainda está escorrendo sangue, mas nada disso importa.

Com determinação absoluta, subo as escadas. Meu corpo grita a cada passo, mas preciso das chaves da caminhonete. Quando chego ao meu quarto, me inclino contra a parede por um minuto para acalmar a respiração. Tenho a sensação de que vou urinar sangue por um tempo.

— Por que não se deita um pouco? Descansa um pouco? — A voz da minha mãe me alcança.

— Preciso ter certeza de que Jonah está bem. — Eu me afasto da parede e cambaleio até a mesa de cabeceira.

Os lençóis bagunçados na cama zombam de mim. Estava tudo tão perfeito menos de uma hora atrás. Enrolado no garoto que amo, eu estava em casa nesta cama. Ele estava em casa.

BULLY KING

QUARENTA E TRÊS

Jonah

Não faço ideia do que vou fazer. Não tenho amigos com quem possa ficar. Nenhuma família. A casa de Roman é um grande não.

Roman.

Quero ligar para ele. Ver se ele está bem ou não. Saber que está vivo. Mas e se o pai dele ver meu nome na tela e começar a bater ainda mais nele? Já basta o que causei.

Meu coração fica mais pesado a cada passo que dou para longe do lugar que chamei de lar nos últimos meses. Nunca foi, realmente, um lar. Eu dormi lá, minhas coisas estão lá, mas sem amor. Não por mim, de qualquer maneira. Não me sinto em casa desde antes de nos mudarmos para cá. Meu pai fica mais estressado a cada dia, mas só comigo. O que eu fiz? Eu tinha "gay" estampado na testa?

Tremo de frio, a respiração sopra no ar. Meu moletom não é quente o suficiente. Vou congelar até a morte aqui esta noite se não bolar um plano melhor. O xerife provavelmente vai me dizer para ir para casa se eu tentar denunciá-lo. Não tenho dinheiro, então alugar um quarto para passar esta noite está fora de cogitação, não que tenha um motel próximo à escola.

No túnel, entro e procuro um local seco para sentar e me enrolar. Estou me abaixando com a palma da mão no tijolo quando meu nome ecoa na entrada.

— Jonah!

Pulando de surpresa, eu me viro e vejo Mary vindo em minha direção.

— O que está fazendo aqui?

Lágrimas rolam pelo seu rosto enquanto ela olha para mim.

— Venha para casa, por favor. — Suas mãos agarram meu suéter até seus dedos ficarem brancos.

— Não posso. Você ouviu nosso pai. — Passo a mão pelo meu cabelo, a frustração crescendo com a minha própria impotência. — Ele não vai me deixar voltar e você sabe disso.

Sua testa cai no meu peito e eu a puxo para um abraço. Não somos uma grande família sentimental, mas agora, nós dois precisamos do conforto. Ela se agarra a mim, chorando, sua dor umedecendo meu suéter.

— Eu o odeio.

— Se você o odiasse, não doeria tanto. — Eu me afasto para olhá-la nos olhos. — Dói porque você o ama.

— Não, eu o odeio por isso. Ele está destruindo nossa família! — afirma.

— Ele está fazendo o que julga ser o certo.

O som de cascalho esmagados sob pneus nos faz virar a cabeça para a abertura do túnel. Nosso pai a seguiu até aqui? Alguém descobriu e enviou um bando de linchadores atrás de mim?

O medo me faz sentir um aperto no estômago, congelando meus pulmões.

Passam-se longos segundos até a caminhonete de Roman fazer a curva e eu suspiro de alívio. Antes que o veículo pare completamente, a porta do motorista é aberta e ele sai. Eu o encontro no meio do caminho, colidindo com ele. Ele geme de dor quando meu peito bate no dele e meus braços o envolvem, mas não me deixa recuar.

— Você está machucado — digo em seu pescoço. Meus olhos se fecham, inalando o cheiro quente de sua pele.

— Vou sobreviver — responde. — Você está bem?

— Vou sobreviver — devolvo suas palavras para ele.

Ele volta a grunhir e beija meu rosto.

— Meu Deus, Roman. Você está bem? — As palavras de Mary me fazem recuar um pouco para ver seu rosto.

Quando saí, ele tinha levado um soco na boca e pelo menos um chute no estômago. Arfo quando seu rosto inchado aparece. Seus olhos já estão vermelhos pelo impacto que o nariz sofreu. Seu nariz está vermelho e inchado, um lábio está cortado e inflamado. Parece que participou de uma luta de MMA.

— Devia ver o outro cara — brinca, mas ninguém ri. — Estou bem.

— Você não está bem! — Minha explosão é mais alta do que eu pretendia que fosse. — Precisa de um médico.

— Não vou ao médico. Já lidei com toda essa merda antes. Agora, abaixe a voz. Minha cabeça está latejando.

— Você pode ter sofrido uma concussão.

Ele dá de ombros como se não fosse grande coisa.

— Estou bem. Vou me recuperar.

BULLY KING

Solto os braços na hora, sem querer causar mais dor.

Olho por cima do ombro para Mary.

— Estou bem. Você deve ir para casa. Está congelando aqui.

— Nós vamos deixá-la em casa — avisa Roman, colocando o braço sobre meus ombros e estremecendo.

— Poderia só segurar minha mão ou algo assim para não sentir tanta dor.

— E qual seria a graça disso? — Ele tenta sorrir, mas seu lábio se abre. — Droga.

— Não podemos parar na frente de casa e deixá-la. Meu pai vai expulsá-la por isso, provavelmente — comento, conforme caminhamos até a caminhonete.

Ele estremece contra mim, e noto que ele não está vestindo jaqueta. Só a calça do pijama e a camiseta manchada de sangue de hoje cedo.

— Por que não colocou uma jaqueta? — Olho para o chão quando ele tropeça. — Ou sapatos?!

— Olha. — Ele suspira, parando. — Meu namorado estava sendo espancado pelo pai religioso dele. Os sapatos não eram prioridade.

Minhas bochechas doem com o sorriso dividindo meu rosto, aquele frio na barriga ao ouvir suas palavras. *Namorado.*

— O quê? — Ele me olha como se eu tivesse perdido a cabeça.

— Namorado. — A palavra é tão boa de dizer. Meu coração parece mais leve com o termo. — Você disse que sou seu namorado.

— Podemos ter essa conversa ridícula na caminhonete? Está muito frio aqui fora. — Ele se afasta de mim, indo em direção à porta do motorista.

— Ei. Você não deveria dirigir. — Eu me movo depressa para ficar entre ele e a porta aberta do carro.

— Por que não? Eu vim até aqui.

— Porque sofreu uma concussão, talvez? Porque o sol está piorando sua dor de cabeça? Escolha um.

Ele tem dificuldades para ceder. Não quer mostrar a fraqueza. Está machucado, mas sente que precisa esconder isso.

Eu me aproximo dele, minhas mãos descansando em seus quadris.

— Você está machucado. Me deixa cuidar de você. Isso não o torna fraco.

Seus olhos encontram os meus e ele suspira. Os ombros dolorosamente rígidos caem quando cede. Seus lábios encontram os meus por um breve segundo antes de mancar ao redor do capô da caminhonete. Mary abre a porta para ele, e eu subo no lado do motorista. Nunca dirigi um veículo tão grande.

Tenho carteira de motorista de Washington, mas não dirijo há meses. Respirando fundo, passo o cinto de segurança e engato a marcha ré da caminhonete.

— Espera. — A voz de Roman me faz parar. — Você sabe dirigir?

Engulo em seco.

— Tenho carteira.

Ele levanta o console central e se deita com a cabeça na minha perna.

— Me leva para casa do Taylor. A mãe dele é enfermeira.

Consigo dirigir a monstruosidade que é a caminhonete e paro uma rua longe de casa.

— Avise-me quando estiver em algum lugar seguro, tudo bem? — pede Mary, colocando a mão no meu braço.

— Aviso.

Ela abre a porta e começa a descer.

— Se ele te expulsar, me fale. A gente vem te buscar.

Ela sorri para mim e fecha a porta, indo para casa. Deixo um suspiro escapar, arrastando os dedos pelo cabelo de Roman.

— Onde o Taylor mora?

— Poplar. — Os olhos de Roman se abrem para olhar para mim. — É logo antes da lanchonete.

BULLY KING

QUARENTA E QUATRO

Roman

Quando a mãe de Taylor, Krystal, abre a porta, ela ofega alto e dá um passo para trás para nos deixar entrar.

— Sra. Krystal, Jonah. Jonah, Sra. Krystal. — Caio no velho sofá de couro na sala como se eu morasse aqui, recostando-me e fechando os olhos. Meu nariz está latejando e meu estômago dói tanto. Dores, pulsações, pontadas cada vez que me movo.

Uma porta se fecha e passos soam no tapete velho.

— Meu Deus, Roman. O que você fez dessa vez? — A pergunta de Taylor me faria rir se não doesse tanto. — Você está igual a mim.

— Vá se foder, babaca.

— Olha a boca, jovem! — repreende Krystal, batendo no meu joelho ao passar por mim, provavelmente indo pegar o estetoscópio na bolsa.

— Oh.

É tudo o que preciso ouvir de Taylor para saber que ele viu Jonah e montou o quebra-cabeça.

— Ele flagrou vocês? — As palavras mal passam de um sussurro.

— Passei a noite lá — responde Jonah, se aproximando e sentando ao meu lado. — Ele viu a gente se beijando na porta.

Não preciso vê-lo para saber que está remexendo os dedos, os ombros caídos, quase em lágrimas. Odeio aquele filho da puta, também. Ninguém machuca Jonah além de mim.

Krystal volta para a sala e coloca uma cadeira da cozinha ao lado do sofá. Seu olhar me acompanha, analisando o estrago que ela pode ver e registrando tudo.

— Tá bom, você tomou alguma coisa?

— Ibuprofeno.

— Quando e quantos? — pergunta. — Taylor, pode pegar uma bolsa de gelo e uma toalha, por favor?

Não abro os olhos, mas o ouço se afastar para fazer o que ela pediu. A porta do congelador abre e fecha com uma leve batida, seguida de passos. A bolsa fria pousa no meu joelho, e eu a pego para colocá-la no rosto. Gemo quando o frio toca a pele inchada.

— Não sei há quanto tempo. Uma hora? Tomei uns três comprimidos. — Tento equilibrar a bolsa de gelo para não ter que segurá-la, mas ela não para. — Chega pra lá.

As costas da minha mão batem na coxa de Jonah e ele se move. Eu me deito, usando a perna dele como travesseiro e coloco a bolsa de gelo no rosto mais uma vez.

Os dedos de Jonah acariciam meu cabelo, o padrão relaxante acalmando a dor do meu corpo. Abrindo um olho, pego a mão dele e entrelaço nossos dedos.

— Quando isto aconteceu? — pergunta Krystal.

— Mãe, a gente já se resolveu. — Taylor sabe que sua mãe está prestes a brigar comigo.

Francamente, eu mereço isso e muito mais. Eu não a culparia por me socar ou se recusar a me ajudar. Na verdade, estou surpreso por não estar pior depois de enfrentar meu pai. O que me faz pensar que ele está planejando algo muito pior.

— Ele bateu em você! — retruca para o seu filho, que não parece muito melhor do que eu.

— E agora sabe por quê. — Ele se mantém firme, me defendendo.

Levanto um lado da bolsa de gelo para olhar nela.

— O que eu fiz foi errado. Não vou tentar inventar uma desculpa que faça tudo ficar bem. Lamento que tenha acontecido e posso garantir que não acontecerá de novo.

Tudo o que posso fazer é implorar por seu perdão. Sei que fodi com tudo. Quebrei a confiança dela e vou trabalhar duro para recuperá-la.

— Roman já defendeu ele contra o time — comenta Jonah, em minha defesa.

Krystal olha para Taylor, que acena para ela. Ela aperta a mandíbula, mas deixa o assunto de lado. Pegando o estetoscópio, checa o meu pulso e a pressão arterial. Pela primeira vez, minhas costelas não estão gritando depois de um encontro com o fodido do meu pai.

BULLY KING

Ela apoia os cotovelos nos joelhos e suspira.

— Sente algo no peito?

Com a ajuda de Jonah, puxo a camisa até as axilas. Taylor solta um assobio.

— Jesus Cristo. Não vai jogar na sexta-feira — afirma Krystal, em um tom que não permitiria qualquer discussão a respeito.

— Tenho que jogar. Ainda temos dois jogos e uma temporada perfeita até agora.

— Se levar um golpe no estômago, pode romper alguma coisa e sangrar até a morte. Você não tem protetores estomacais e esse nariz está quebrado, provavelmente. — Ela paira acima de mim com as mãos nos quadris.

— Já joguei pior.

— Você é um idiota.

Ela bufa e vai para cozinha – para pegar alguns analgésicos, espero.

— Não posso fazer cirurgia na sala! — grita ela, o som de pílulas cha-coalhando em um frasco e depois a torneira da pia abre por um segundo. — Pegue isso. — Ela está na minha frente com a mão estendida.

Sento-me com um pouco de ajuda e coloco os comprimidos na boca, depois uso a água para engoli-los.

— Obrigado.

Eu me deito de novo, usando a coxa de Jonah como travesseiro mais um vez, e coloco a bolsa de gelo de volta no rosto. Seus dedos correm pelo meu cabelo novamente, macios e reconfortantes. Posso relaxar por um minuto, enfim. Ele está seguro por enquanto.

— Você é o filho do novo pastor, certo? — A voz de Krystal é gentil quando fala com Jonah.

Ele limpa a garganta antes de responder.

— Sim, senhora.

— E você é veterano este ano?

Eu o sinto acenar antes de ela voltar a falar.

— Você também joga futebol?

Ele ri, e um lado dos meus lábios se levanta em um sorriso.

— Uh, não, não jogo.

— Como você… — ela começa a perguntar outra coisa quando Taylor se intromete.

— Mãe, ele provavelmente não quer que a senhora o interrogue. Deixe-o em paz.

240   **ANDI JAXON**

Ela bufa para ele como sempre faz.

— Só estou sendo amigável.

Não preciso ver meu melhor amigo para saber que seus braços estão cruzados.

— Estava prestes a fazer outra pergunta. Acho que já basta o que ele passou esta manhã.

O que quer que Krystal me deu, está começando a fazer efeito. Meu rosto está ficando dormente. As pálpebras estão pesadas e o cérebro está confuso.

— Certo, tudo bem. Vou me preparar para o trabalho. — Ela se levanta. — Ele vai dormir um pouco.

O barulho ao meu redor oscila, como se eu estivesse ouvindo através da água. Meu corpo relaxa conforme todas as dores e os machucados são esquecidos e a escuridão do sono me leva.

Quando acordo, os músculos estão rígidos. Minha cabeça não está mais no colo de Jonah, mas em um travesseiro, e tem um cobertor jogado em cima de mim.

Onde está Jonah?

Abrindo os olhos, não o vejo.

Onde ele está? Ele está bem? O pai dele apareceu enquanto eu estava desmaiado e o levou?

Forçando-me a levantar apesar do grito do meu abdômen, fico de pé.

— Jonah. — Minha voz está rouca de sono. — Jonah — chamo mais alto quando não recebo uma resposta.

Se eu conheço Taylor, está no quarto dele jogando Xbox, então eu me arrasto em direção ao corredor. É incrível o quanto se usa os músculos da barriga quando se move. Até andar dói.

Onde diabos ele está?

Posso ouvir o barulho do videogame vindo do quarto de Taylor. Se Jonah não estiver lá, vou ficar furioso. Quando chego à porta do meu melhor amigo, eu a abro.

O volume da TV me faz estremecer. Jonah larga o controle e se levanta, caminhando em minha direção. Ele para na minha frente, as mãos inquietas como se quisesse me alcançar, mas tem medo.

— Como está se sentindo? — pergunta, quando Taylor abaixa a TV.

— Como se alguém tivesse chutado minha bunda — resmungo, pegando sua mão e puxando seus dedos para trazê-lo para mais perto.

Preciso senti-lo contra mim. Tudo está uma merda e eu não sei o que vamos fazer ou onde vamos morar. Como vamos manter nosso relacionamento em segredo nesta cidade intrometida sempre à procura de fofocas.

Encosto a testa na de Jonah e respiro por um minuto. Como acabamos tão fodidos?

— Isso é estranho e está me assustando. — O comentário de Taylor me faz levantar a cabeça para olhar para ele.

— Vá à merda.

Jonah sorri com a minha resposta.

— Aí está ele. Fico feliz em saber que o idiota ainda está aí em algum lugar. — Taylor sorri para mim. — Por um minuto, pensei que talvez ter tomado na bunda tivesse te acalmado.

Estou muito cansado para discutir com ele, então eu o ignoro.

— Você. — Aponto para Jonah. — Cama, agora.

— O quê? — Jonah olha para mim como se eu tivesse ficado maluco.

Ele não está errado. Sinto que fiquei.

— A cama do Taylor. Você vai se deitar comigo.

— Ah, com licença? Vocês não vão trepar na minha cama. — Taylor se levanta, braços cruzados.

— Eu disse que ia foder na sua cama? Não. Eu disse que ia deitar. — Dou um empurrão em Jonah, mas ele não se mexe. — Jonah. — Seu nome sai em um grunhido.

— É sempre assim? — Taylor mais uma vez se intromete. — Não deixe ele te controlar, cara.

Jonah está preso, sem saber o que fazer. Ele está respirando muito rápido e seu rosto está pálido. Seus olhos estão correndo ao redor como se estivesse procurando uma fuga.

— Taylor, fique fora disso. Isso não tem nada a ver com você. — Volto minha atenção para Jonah, agarrando sua nuca e forçando-o a olhar para mim. — Você está bem.

Olhando para mim, Jonah está com medo. Preciso encontrar uma maneira de deixa-lo mais calmo, mas não sei como. Precisamos ficar sozinhos por alguns minutos, recompor-nos.

— Já que Taylor quer ser um idiota, vamos tomar um banho.

Alcançando sua mão, entrelaço nossos dedos e vou em direção ao banheiro. Agora que estou de pé há alguns minutos, a rigidez está diminuindo e sou capaz de me mover com um pouco mais de facilidade. A água quente facilitará ainda mais fácil a locomoção, e o conforto de ter Jonah comigo acalmará minha cabeça.

A porta se fecha atrás de Jonah com um clique baixo e um giro da fechadura. Acho que Taylor não vai nos incomodar, mas é melhor prevenir do que remediar.

Sabendo que não poderei tirar a camisa por cima como sempre faço, tomo cuidado para diminuir o movimento do meu corpo.

— Deixa que eu te ajudo. — Jonah se aproxima e puxa minha camisa pela minha cabeça e larga no chão. Está manchada de sangue e, provavelmente, será jogada fora.

Meu pau se mexe quando suas mãos vão para a calça e empurram o tecido pelos quadris. Ele se ajoelha para me ajudar a sair dela, deixando que eu me apoie em seu ombro. Quando ele se levanta, tira a própria camisa.

— Eu sinto muito. — As palavras saem dos meus lábios antes que meu cérebro perceba que estou falando.

Com as sobrancelhas arqueadas, seus olhos encontram os meus, confusão escrita em seu rosto.

— Do que você está falando?

— Tudo. Me desculpe por ter sido um idiota com você o ano todo. Lamento ter, basicamente, violado seu rosto na frente de metade do time. Que você tenha perdido sua família. Eu deveria ter verificado se meu pai estava dormindo. Você perdeu sua família por minha causa. — Abaixo a cabeça. Sou mesmo um inútil.

As mãos de Jonah seguram minha nuca, levantando minha cabeça para que meus olhos encontrem os dele de novo.

— Não é culpa sua. Para ser franco, eu estava com os dias contados para enfrentar meu pai de qualquer maneira.

— Você estaria melhor sem mim.

— O que disse? Você não vai terminar comigo. — A mandíbula de Jonah aperta e suas mãos caem do meu corpo para flexionar ao seu lado. — Vá para o chuveiro. — Seu jeans caiu no chão, e ele os chuta de lado.

BULLY KING

Ele está com raiva, e deveria estar. Anseio por ele, mas sou ruim para ele. Preciso dele como preciso de ar, mas e se eu for a razão pela qual vai morrer? Se a cidade descobrir, eles enviarão um bando de linchadores atrás dele. De nós dois. O que aconteceu com Taylor será piada comparado ao que farão conosco. Seremos feitos de exemplo.

Passando por mim, Jonah se inclina sobre a banheira para abrir a água e vejo os hematomas em suas costas. Seu pai bateu nele. A prova está aí.

A fúria enche minhas veias. Minha mandíbula aperta até os dentes doerem. Ninguém toca nele além de mim.

O chuveiro abre e ele entra, movendo-se sob o jato de água e me dá espaço para entrar atrás dele. Entro, fecho a cortina e apenas observo a água escorrer pelo seu corpo.

Estendendo a mão, meus dedos acariciam o base de sua coluna. Arrepios surgem em sua pele e ele suspira, apoiando a mão na parede.

— Você não vai terminar comigo. — Sua voz está tensa, como se estivesse segurando as lágrimas.

Acabo com a distância entre nós, meu peito descansando em suas costas o máximo que consigo por causa da pontada aguda de dor que dispara através de mim.

— Não, menino da Bíblia, não vou. — Meus lábios roçam sua nuca.

Jonah cede contra a parede por um minuto antes de se virar em meus braços.

— Não consigo. Ninguém pode tocar em você além de mim. Só eu.

QUARENTA E CINCO

Jonah

Depois do banho, Taylor nos empresta algumas roupas enquanto lavamos as que estávamos vestindo. Ele conseguiu tirar a maior parte do sangue da camisa de Roman antes de colocá-la na máquina de lavar. Algum truque que sua mãe conhece, água fria e sabonete.

Krystal ligou e disse a Taylor onde encontrar o colchão de ar, e no que ficar atento sobre Roman. Febre, dificuldade para respirar, confusão. Se alguma coisa mudar, ela nos disse para levá-lo ao pronto-socorro. Caso contrário, para deixá-lo descansar.

Colocamos o colchão na sala e encontramos alguns travesseiros extras. Passamos o resto do dia deitados, assistindo a filmes. Na maior parte do tempo, Roman fica deitado com a cabeça no meu colo ou peito. Taylor nos olha de lado de vez em quando, e isso me faz sorrir.

Por volta da hora do jantar, Roman dorme com um aperto possessivo em volta da minha cintura. Taylor olha, e eu dou um pequeno sorriso. Ele pausa o filme e se vira para mim. Está sentado no sofá, os pés agora no chão, e com os cotovelos apoiados nos joelhos. Não consegue tirar os olhos do braço de seu melhor amigo.

— Vocês são tão diferentes. — As sobrancelhas de Taylor franzem, formando um vinco entre elas.

— O que você quer dizer?

— Ele se importa mesmo, pela primeira vez. Eu o vi sair com muitas garotas, e normalmente, elas ficam em cima dele, mas isso só o deixava mais irritado do que qualquer outra coisa.

— Porque ele não estava interessado. Não queria ficar com uma garota, mas não achava que tinha escolha.

É a única coisa que fazia sentido. Ele estava escondendo quem era. Talvez até de si mesmo.

— Ele é diferente com Mary, também. Ele a trata mais como uma irmãzinha que precisa ser protegida do que como namorada.

Um sorriso levanta meus lábios.

— Que bom. Odiaria ter que chutá-lo enquanto está na pior por tratar a minha irmã mal.

Taylor ri.

— Não, ela é uma garota legal. Definitivamente, não é o estilo dele, o que confundiu a maioria de nós. — Ele balança a cabeça. — Preciso perguntar, por quê?

Respiro fundo e tento pensar em uma maneira de explicar que não pareça insano, mas não encontro nada. Em vez disso, dou de ombros e digo a única verdade que posso.

— Eu o amo.

Quando acordamos na manhã seguinte, é domingo e o Senhor está me chamando. Preciso ir à igreja, estar na casa de Deus, orar e me arrepender. Tenho muitos pecados para implorar o perdão.

Krystal chegar em casa é o que me acorda. Ela está na cozinha, ainda vestindo o uniforme azul de sua noite no hospital, fazendo um sanduíche de manteiga de amendoim e geleia quando eu entro.

— Oh, desculpe. Não queria te acordar — diz, baixinho.

— Está tudo bem. — Ansiedade lateja por dentro, vibrando em mim. Engulo antes de falar, novamente.

— Você está se sentindo bem? — pergunta, tocando minha testa.

É uma coisa tão mãe de se fazer. Um nó se forma na garganta. Eu sinto falta da minha mãe. Não tínhamos um bom relacionamento, mas ela se importava.

Abaixando a cabeça para esconder as emoções que ameaçam me afogar, começo a brincar com os dedos.

— Estou bem. — Respiro fundo. — Obrigado por me deixar ficar aqui. Você não me conhece. Não precisava fazer isso.

Ela coloca as mãos em meus ombros.

— Qualquer ser humano com um coração pode ver que você precisa de um lugar para ficar. Fico feliz em poder ajudar. Esta não é a primeira vez que Roman aparece assim, embora seja a primeira vez que aparece com alguém. Ele é ruim na maioria das vezes, mas sei que é uma resposta à sua vida em casa. Pode ficar aqui o tempo que precisar. Nós vamos dar um jeito.

O nó na garganta cresce até se tornar fisicamente doloroso. Não consigo falar disso, então apenas aceno com a cabeça. Sem hesitar, ela me abraça. As últimas vinte e quatro horas me atingem com força, a dor física e mental, o medo do que acontecerá a seguir, tudo. Nos braços dessa mulher que não conheço, eu choro.

Meu corpo treme com a força dos soluços. Por que Deus me fez assim? Por que não posso ser normal?

Acredito que fui feito para encontrar Roman. Fui feito para amá-lo, para salvá-lo. Mas por que é tão difícil?

— Jonah? — A voz rouca do sono de Roman me chama, e o aperto no meu peito afrouxa.

Krystal se afasta, segurando meu rosto com um sorriso triste no rosto.

— Nunca o vi se importar com ninguém antes. É óbvio que você é muito especial para ele.

— Jonah — diz Roman meu nome de novo.

Virando-me, eu o encontro parado na porta que leva à cozinha. Um olhar para as lágrimas no meu rosto o faz endurecer, um rubor de raiva colorindo seu rosto.

— Que porra você disse a ele? — exige de Krystal.

— Pode parar de levantar a voz e falar assim comigo na minha casa. Pode não ser meu filho, mas ainda vou lavar essa sua boca imunda com sabão. — Ela aponta para ele com uma das mãos no quadril.

Roman pega meu braço e me puxa contra ele, limpando a umidade do meu rosto com os polegares.

— Não seja um idiota — digo para ele, escondendo o rosto em seu pescoço. — Ela acabou de me dar um abraço.

Posso senti-lo enfrentar uma batalha interna, a tensão em seus ombros e o aperto na mandíbula.

— Desculpe — resmunga, enfim. Sorrio contra sua pele.

— Quero ir à igreja.

BULLY KING

Roman fica tenso com minhas palavras, seu braço me apertando.

— Por quê?

— Meu pai pode ser muito extremo, mas fui criado na igreja. Tenho um relacionamento com Deus que tenho negligenciado, ultimamente. Preciso ir e orar por perdão.

— E se seu pai te expor na frente da congregação e vierem atrás de você com forquilhas?

Endireitando-me, eu me recosto no balcão.

— Não fará isso. Só faria com que ele ficasse mal visto.

Olhando para a hora no forno, ele suspira.

— Certo. Deixa eu me vestir e a gente vai.

— O quê? Por que você iria? Vai ser estranho. Todos na cidade sabem que você me odeia.

Roman cruza os braços, olhando para mim.

— Você não vai sozinho.

— Todos nós vamos — diz Krystal, atrás de mim. — Você vai sentar comigo. Taylor e Roman podem se sentar em outro lugar.

— Tudo bem — concordo. Qualquer coisa para acabar com esta conversa. Não quero brigar mais.

— Vou acordar o Taylor. Vamos chegar para o segundo culto. Coma um pouco de cereal ou outra coisa. Vou me trocar. — Krystal contorna a gente e sai da cozinha, nos deixando sozinhos.

Roman agarra minha nuca para trazer a boca para a minha. O corte em seu lábio inferior é áspero contra o meu, forçando-nos a ser mais leves do que normalmente seríamos. Eu me agarro a ele, ao conforto que está oferecendo da única maneira que sabe. Absorvendo-o, me sinto melhor quando ele se afasta e encosta a testa na minha.

— Como pode acreditar em um Deus que te condena por ser como foi criado? — pergunta, não com raiva, mas genuinamente confuso.

— Não posso parar de acreditar assim do nada. A fé não é um interruptor de luz.

— Tudo bem. Se precisa ir, então nós vamos.

Entramos no Toyota Camry branco de Krystal e seguimos para a igreja. O trajeto é curto pelas poucas ruas que esta cidade tem, passando pelos pequenos negócios no caminho.

— Uh, esse não é o carro do seu pai no bar do McCloud? — comenta Taylor, apontando para a janela de um dos bares locais.

Confuso, também olho, mas não vejo o carro do meu pai. Ao meu lado, Roman xinga baixinho.

— Sim, é — responde Roman com os dentes cerrados. — Provavelmente, dando com a língua nos dentes. Nada de bom virá disso.

Pego sua mão e entrelaço nossos dedos. Sinto tanta náusea que não tenho certeza se serei capaz de manter tudo que tenho, dentro do estômago. Minha pele formiga de ansiedade. Se a cidade descobrir, o que acontecerá?

Krystal entra no estacionamento da igreja e estaciona. Ninguém se move por um minuto. Ficamos sentados no carro e observamos as pessoas entrarem na igreja.

Mary está na porta, cumprimentando aqueles que entram. Tenho certeza de que meu pai está no santuário e minha mãe está no escritório, provavelmente.

Alcançando a maçaneta, abro a porta e saio. A brisa fria do inverno me faz estremecer, apesar de estar de moletom. Eu me sinto mal vestido de jeans aqui. Nunca usei jeans dentro de uma igreja antes. Sempre foi calça social caqui. Sempre.

Já posso ouvir o sermão do meu pai de como estou vestido. É mais uma coisa para ele ficar com raiva de mim. Apesar do medo crescente, respiro fundo e sigo em direção ao meu destino. Hoje, não sei do que tenho mais medo: do meu pai ou de Deus.

Krystal caminha comigo, silenciosamente, me dizendo que está comigo. Ter um filho gay nesta cidade não é melhor do que ser gay. Ela é julgada com a mesma severidade. Por aqui, ser gay é uma doença, uma doença que os pais são culpados.

Estamos quase na porta quando Mary me vê.

— Jonah! — Ela corre para mim e joga os braços em volta do meu pescoço, chorando no moletom. — Você está bem? Estive tão preocupada.

Envolvo os braços nela, dando um abraço apertado.

— Estou bem. Nós vamos ficar com o Taylor — sussurro para que ninguém nos ouça.

— Nosso pai vai explodir de fúria quando ver você. Tome cuidado.

Ela dá um passo para trás e endireita a saia roxa que está usando.

— Bem-vindos à Primeira Igreja Batista, estamos muito felizes por estarem aqui — cumprimenta a todos, conduzindo-nos para dentro.

Roman beija sua testa e dá uma piscadela com aquele sorriso que todo mundo conhece.

BULLY KING

249

Taylor e Roman encontram um assento em algum lugar no meio da igreja enquanto Krystal e eu nos sentamos na última fileira de bancos. Ainda temos alguns minutos antes do culto começar, mas meu pai já me viu. Seu rosto está vermelho como um pimentão e, embora esteja tentando ser amigável com as pessoas de nossa congregação, ele está rígido e formal. Quase posso ver a fumaça saindo de seus ouvidos.

A agitação no estômago se torna um enjoo brutal.

Por favor, não me exponha. Por favor.

Krystal coloca o braço em volta dos meus ombros, me dando um aperto quando vê o que está prendendo minha atenção.

— Vai ficar tudo bem — diz, baixinho, mas ela não tem como saber. Não conhece meu pai.

Pelo canto de olho, posso ver Roman se virar para me observar, mas não consigo evitar a fúria no rosto do meu pai. Meu coração se parte. Quebra em um milhão de pedaços no chão. Ele nunca vai me aceitar. Nunca. Sempre serei uma marca obscura na árvore genealógica da qual ninguém fala.

As portas se fecham, sinalizando o início da pregação. Meu pai fica atrás do púlpito, suas anotações abertas na frente dele. Só posso imaginar qual será a sermão de hoje.

Minha mãe e Mary sentam-se na frente, como sempre. Meu pai continua o discurso normal sobre as atividades da igreja, as bandejas de ofertas são distribuídas e a música começa para os hinos.

Não preciso abrir o livro de hinos para saber as palavras. Já conheço a maioria deles de cor. Eu me levanto com o resto da congregação e balanço com a música. Meus olhos se fecham e minhas mãos se levantam, palmas para o céu enquanto as palavras passam por mim. Lágrimas se formam nos cantos dos olhos ao mesmo tempo em que meu coração partido é aberto ainda mais para o Espírito Santo.

Murmuro as palavras com lágrimas no rosto e o coração pesado, desejando poder ser diferente. Desejando que eu pudesse ser quem meu pai e Deus queriam que eu fosse.

Sinto muito, Pai, por não ser forte suficiente para seguir Seu caminho. Minha fé não é forte o bastante. Lamento ser uma decepção para o Senhor. Por favor, conforte minha família enquanto choram a perda do filho que pensavam ter. Vou queimar no inferno por minhas indiscrições, mas não O culpo. Sua palavra é clara sobre o assunto. É minha escolha não seguir. Sou fraco e fui enganado pelo diabo, tentado pelos pecados da carne, e me apaixonei por um garoto que precisa de mim.

A música chega ao fim, e eu abro as pesadas portas de madeira para sair. Com a dor dilacerando a alma, deixo a casa de Deus pela última vez. Não posso estar aqui. Não vou manchar a entrada da casa do Senhor com minha abominação por mais tempo.

Do lado de fora, eu me inclino com as mãos nos joelhos e tento respirar através da dor de perder meus dois pais. Meu Santo Criador e meu pai. Nunca mais serei o mesmo depois disso.

As portas se abrem e fecham atrás de mim e passos correm em minha direção, mas não olho para ver se são amigos ou inimigos. Não importa neste momento. Terei que aprender a viver sem a minha família, e eles sem mim.

Só espero que Roman valha a pena.

Um braço me envolve, e Krystal se ajoelha na minha frente para falar comigo, cara a cara.

— Jonah, respire. Você está bem.

Mas não estou bem. Perdi tudo o que sempre foi importante para mim.

— Respira fundo. Puxa pelo nariz e solta pela boca. Você consegue.

Não consigo. Não sei fazer nada certo. Sou um fracasso e uma decepção.

— Jonah. — O rosnado do meu nome pelo único outro garoto que importa faz o pânico parar.

Minha respiração para, esperando seu próximo movimento. Sua presença interrompe qualquer coisa. Ele é a verdadeira ameaça à minha sanidade. Ele me impulsiona de maneiras que eu não sabia que poderia ser impulsionado.

— Olhe para mim. — A mão de Roman agarra meu braço e me puxa para ficar na frente dele.

Estou muito dilacerado para me esconder dele. Meu rosto uma confusão de desesperança. Ele se aproxima de mim, o mais perto que pode chegar sem pôr os braços ao meu redor, e fala no meu ouvido.

— Você vai superar e ficar mais forte por causa disso.

Eu quero cair nele, me agarrar a ele, mas não posso. Não aqui, onde qualquer um pode ver.

— Vamos sair daqui — diz Roman.

Krystal mais uma vez coloca o braço em volta de mim enquanto ele dá um passo para trás. Seus punhos estão cerrados ao seu lado, querendo a mesma coisa que eu, mas sabendo que não podemos dar motivos para suspeitarem de nós.

— Já que meu pai está no bar, eu deveria fazer uma mala e checar minha mãe. — comenta Roman, assim que voltamos para o carro. — Espero

BULLY KING

que ele a tenha deixado em paz ontem à noite.

Ele olha pela janela enquanto dirigimos pela cidade.

— Como vou pegar minhas coisas para a escola? Não tem como meu pai me deixar voltar para casa. Preciso de roupas e da mochila. — Estou começando a entrar em pânico. Como vou viver com um par de roupas e nada das minhas coisas da escola?

— Vamos pedir para a Mary abrir sua janela e entraremos depois que ele for para a cama — sugere Roman de um jeito tão simples, como se fosse completamente óbvio.

Oh. Vai dar certo.

Depois que voltamos para casa, Krystal pede licença para ir se deitar, já que ficou acordada a noite toda, e Roman vai até a casa dele para verificar sua mãe e pegar suas coisas.

— Quer que eu vá com você? — pergunto a Roman, quando ele pega suas chaves.

— Não. Vai que meu pai aparece, prefiro que você fique aqui. — Ele me empurra contra a parede ao lado da porta e me beija, seu corpo pressionando ao meu.

Meu pau se contorce com a proximidade, com seu beijo. Por alguns segundos, eu me perco nele. Todo o resto desaparece enquanto ele invade minha cabeça. Seus quadris se esfregam nos meus, sua boca devorando a minha. Minhas mãos entremeiam em seu cabelo, mantendo-o perto de mim, o máximo possível. Eu preciso dele.

— Eu te amo — diz contra os meus lábios.

— E eu amo você.

Ele beija minha testa, ajusta o pau na calça e abre a porta. Quando sai, olha para trás e pisca para mim, me lançando aquele maldito sorriso antes de fechar a porta. Como um cachorrinho apaixonado, observo da janela ele entrar na caminhonete e sair de ré.

O medo de ele não voltar formiga pelo corpo.

Taylor está do meu lado conforme vejo a caminhonete desaparecer na esquina.

— Se ele demorar muito, vamos atrás dele.

— Obrigado.

Ele me dá um tapinha no ombro.

— De nada.

QUARENTA E SEIS

Roman

A cada quilômetro mais perto de casa, mais meu estômago revira. Passo pelo bar para ter certeza de que meu pai ainda está lá, depois vou para casa. Tenho medo do que vou encontrar. Levei uma surra ontem, e só torço que minha mãe tenha conseguido se esconder até ele ir embora. Espero, que pelo menos uma vez, ela tenha trancado a maldita porta do quarto. Mas eu duvido.

O medo desliza pela espinha enquanto estaciono na garagem e desligo a caminhonete. Fico ali por um minuto para respirar. Eu quero Jonah aqui comigo. Ele me acalma, me mantém centrado, mas nem morto vou permitir que se machuque por minha causa de novo.

A caminhada até a porta da frente é rápida e, pela primeira vez, está trancada, então uso minha chave para entrar.

A casa está, estranhamente, silenciosa. Como se nada dentro estivesse respirando. Fechando a porta, ando devagar pela casa. Nada está revirado. Sem vasos e copos quebrados, ou quadros derrubados das paredes. Talvez Wendy, a empregada, tenha vindo aqui para limpar desde que saí.

Subindo as escadas, bato na porta do quarto da minha mãe. Quando ela não responde, tento a maçaneta e reviro os olhos quando ela abre. Ela nunca vai aprender. Minha mãe está na cama quando dou uma espiada dentro.

Meu longo passo consome a distância. Em questão de segundos, estou ao lado da cama dela. Seu peito sobe e desce com respirações profundas; ela está dormindo e não parece ter apanhado. Não significa que ele não deu um tapa nela, mas não vejo nada de diferente.

Alívio me atravessa, me deixando tonto por um minuto.

Eu a deixo dormindo e vou para o meu quarto. Deixarei um bilhete para ela antes de sair.

Meu quarto está igual ao que deixei ontem: lençóis e toalhas amarrotados no chão do banheiro. Um momento perfeito congelado no tempo.

No meu armário, encontro uma mochila vazia e a encho com o máximo de roupas possível, produtos de higiene pessoal e a carta de aceitação para a UCLA. Minha bolsa de equipamentos do futebol está no chão ao pé da cama, então eu a pego, também, e levo tudo para a caminhonete. Procurando no armário perto da porta da frente, pego duas jaquetas e um moletom extra para Jonah caso ele não tenha um ou caso não conseguirmos chegar à sua casa antes que precise. Parado no meu quarto, olho em volta e percebo que não tenho apego a nada aqui. São só coisas. TV, XBOX, móveis. Aposto que Jonah é apegado a algumas de suas coisas. Tem coisas que são importantes no quarto ou na casa dele, do jeito que deve ser.

Com meu pai sempre bêbado, era mais fácil não se apegar às coisas. Ele normalmente ficava fora do meu quarto, mas, ao longo dos anos, a maioria dos meus troféus de futebol foram destruídos. Fotos do time. Anuários. Nada disso sobreviveu.

Pegando a mochila, procuro um pedaço de papel e uma caneta para deixar um bilhete para minha mãe.

> *Mãe,*
>
> *Peguei algumas coisas para ficar no Taylor por um tempo. Cuide-se e tranque a porta do seu quarto. Se precisar de mim, me ligue.*
>
> *R.*

Eu o dobro e deixo em sua mesa de cabeceira, beijo sua testa e saio. Já estou há tempo demais aqui. Saindo da casa que guarda minhas coisas, tranco a porta e volto para minha nova casa. *Jonah.*

Preciso de um plano. Descobrir o que vamos fazer pelo resto do ano letivo. Krystal não pode se dar ao luxo de alimentar a todos, e duvido que aceite o meu dinheiro. Tenho uma conta com dinheiro guardado do meu avô. Dinheiro que meu pai não pode tocar. Ele nunca confiou em meu pai, e nem tenho como agradecê-lo por isso agora.

Parando no estacionamento do supermercado, pego minha carteira e vou até o caixa.

— Oi, Roman. Belo jogo na semana passada — diz Ruby, a mulher no caixa, ignorando meu rosto arrebentado como todo mundo sempre faz.

— Obrigado. Posso comprar alguns cartões-presente do mercado? Ou abrir uma conta para alguém e deixar pago?

— Ah, com certeza. Tenho alguns cartões aqui na gaveta. Quantos você quer?

Ela olha embaixo do caixa eletrônico e tira o livro-caixa de lá. As máquinas de cartão de débito existem há cinco anos, mais ou menos. Estamos atrasados por aqui.

— Se eu fizer um de quinhentos, tem que ser usado de uma vez, como funciona?

— Quinhentos dólares? Em um cartão? — Suas sobrancelhas se erguem tanto que desaparecem atrás da franja cheia de química.

— Sim, senhora.

— Misericórdia, vai alimentar o time todo ou o quê?

— Não, exatamente. Seria melhor comprar alguns com valores menores? Digamos, cem em cada um? — Tem uma fila se formando atrás de mim, já que só tem um caixa aberto. Raramente tem dois.

— Acho que seria melhor, sim. Se acha que vai usá-lo em mais de uma compra.

— Excelente. Quero cinco cartões de cem dólares, por favor.

— Claro. — Ela começa a preencher o livro-caixa, depois o coloca lá dentro para registrar e imprimir.

— Tudo bem. Serão quinhentos dólares, Sr. King.

— Roman, por favor. — Ergo o meu cartão de débito para mostrar que é assim que vou pagar.

Termino a compra e ela me entrega os cartões e o recibo. Coloco tudo na carteira e saio do mercado. Tenho certeza de que as mulheres vão falar disso por um tempo. Provavelmente, suspeitam que eu engravidei uma garota que não pode comprar comida ou fraldas, mas não importa. Elas podem fofocar o quanto quiserem.

De volta à casa de Taylor, tiro os cartões da carteira e os coloco na bolsa de Krystal. Sei que vai perguntar deles. Ela é uma mulher orgulhosa, mas é mãe solteira e agora está alimentando três atletas. A quantidade de comida que podemos comer é surpreendente.

Taylor e Jonah estão jogando videogame em seu quarto quando abro a porta. Jonah sorri para mim, sem esconder o quanto estava ansioso para que eu voltasse.

BULLY KING

— Oi. Como foi? — pergunta, quando me sento atrás dele com as pernas de cada lado seu.

Preciso dele perto de mim, me tocando.

— Tranquilo. Minha mãe estava dormindo, mas parecia bem. Deixei um bilhete pra ela.

Jonah se inclina para trás em mim, e aguento seu peso com prazer. Os músculos da minha barriga protestam, mas não me importo. Precisamos do conforto.

— Eu deveria mandar uma mensagem para Mary — diz, pegando seu telefone.

O movimento de sua bunda contra o meu pau faz com que o sangue comece a correr mais rápido para ele. Não faz tanto tempo, no meio disso tudo, mas eu preciso dele. Preciso encontrar uma maneira de nos deixar sozinhos tempo suficiente para transarmos. A necessidade de reivindicá-lo surge sob minha pele.

Arrastando minha mão por sua perna, paro com um aperto possessivo em sua coxa, não muito longe de seu pênis. Jonah para, com o telefone nas mãos, enquanto manda uma mensagem para a irmã. Taylor está focado no jogo e não presta atenção em nós.

Inclinando-me para sussurrar, digo na concha de seu ouvido:

— Banheiro, agora.

Jonah dá um pulo, murmura algo sobre pegar algo para beber e sai do quarto. Do meu lugar no chão, eu o vejo ir ao banheiro e deixar a porta entreaberta. A vontade de correr atrás dele é forte. O homem das cavernas em mim o quer agora e não dá a mínima para quem vê ou ouve. Ele é meu, e eu quero que todos reconheçam isso.

Depois de um minuto, eu me levanto e vou para o banheiro. Taylor nem olha na minha direção quando saio. Tenho certeza de que está ciente do que está acontecendo, mas não diz nada.

— Ei — grita Taylor, quando eu piso no corredor.

Paro para ouvir, mas não me mexo.

— Óleo de coco debaixo da pia.

Um sorriso divide meu rosto.

Obrigado, porra.

Empurrando a porta, entro no banheiro e a fecho atrás de mim, trancando-a, caso Taylor resolva ficar curioso demais. As luzes estão apagadas, e eu as deixo assim, a única luz vem da pequena janela do chuveiro. Jonah está sentado no vaso sanitário, o joelho balançando.

Eu me coloco entre suas pernas, agarro seu cabelo e tomo sua boca. O machucado no meu lábio repuxa, mas não me importo. Preciso dele. Eu preciso me perder nesse garoto.

Engulo seu gemido enquanto tomo posse de seus lábios, beliscando e sugando a boca carnuda. Suas mãos deslizam sob a camisa, agarrando-se à minha pele. Com um puxão nas longas mechas de seu cabelo, ele se levanta. Suas mãos gananciosas apertam a minha bunda para puxar meus quadris contra os dele. Ele está tão desesperado para gozar quanto eu. Precisa perder o controle tanto quanto eu.

Soltando sua boca, arrasto os lábios pelo comprimento de seu pescoço, lambendo e beijando sua pele. Por mais que eu queira marcá-la, sei que não posso. Agora não.

— Por favor. — A súplica choramingada de Jonah vai direto para o meu pau.

Não posso esperar mais. Tenho que entrar dentro dele.

Quando desço sua calça, tirando-a do caminho, seu pau salta para fora, ficando duro e se contraindo contra seu abdome. Meus olhos encontram os dele enquanto envolvo a mão ao redor. Ele pula, ofegando, ao mesmo tempo em que o acaricio rápido. Amo o jeito que seus olhos brilham com luxúria quando está prestes a gozar. O medo de eu deixá-lo dolorido e necessitado.

— Palmas na pia — rosno.

Sua calça está a seus pés, limitando seu movimento, mas não vou perder tempo para arrumar isso. Ele vai sobreviver, porra.

Agachando, abro a porta do armário e encontro o óleo de coco. Desrosqueando a tampa, deixo os dedos escorregadios e o coloco no balcão.

Envolvo a mão no meu pau para molhá-lo e empurro as costas de Jonah para fazê-lo arquear. Pegando mais óleo, deslizo os dedos no meio da bunda dele, empurrando um dedo por seu ânus apertado, o que faz fogos de artifício explodirem atrás dos meus olhos fechados.

Ele geme baixinho. No espelho, posso ver sua reação. A maneira como seus olhos se fecham e sua cabeça cai para trás, o rubor em suas bochechas.

— Empurre a bunda contra mim. Me dê isto.

Eu me alinho e avanço conforme ele empurra de volta para mim. O aperto que seu corpo faz no meu pau me faz arfar.

— Porra.

Jonah choraminga, fica tenso. Eu sei que queima, mas me deixa alucinado que ele sinta dor. Não é ruim; ele é capaz de aguentar.

BULLY KING

Minhas mãos agarram seus quadris, virando-os no ângulo que eu quero para me enterrar nele.

— Por favor. Porra. — Jonah geme de prazer e dor, sua mão circulando para empurrar meu quadril.

— Mãos na pia — ordeno.

Imediatamente, ele tira a mão de mim para voltar à posição que eu mandei que ficasse.

Saio em um deslizar lento e uniforme, então afundo de volta da mesma maneira. Ele choraminga de novo, a ardência ainda presente. Não vai demorar muito.

O próximo impulso é mais forte, mais rápido, e ele relaxa para me receber. O calor de seu corpo me engole conforme o prazer desliga a lógica. Antes que eu possa fazer qualquer outra coisa, meus quadris estão batendo contra a sua bunda, fodendo mais forte do que nunca. Seus gemidos ricocheteiam no azulejo, ecoando no pequeno banheiro até que tudo o que consigo ouvir e sentir é ele.

Meu mundo inteiro gira em torno dele. Ele é o meu mundo.

Jonah muda, apoiando-se em uma mão para se masturbar com a outra enquanto eu o fodo em um ritmo desenfreado. Suas costas se curvam e ele combina minhas estocadas com as dele, pedindo mais sem dizer as palavras.

Envolvendo sua garganta, meus dedos afundam nos músculos de seu pescoço para cortar sua respiração. Em questão de segundos, ele goza na pia, se apertando tão forte ao meu redor que é quase doloroso e me força a encher sua bunda com esperma.

Meu corpo estremece e as bolas estão apertadas enquanto o estresse do fim de semana derrete e seu ânus é inundado com meu sêmen. Finalmente, sou capaz de respirar. Não posso viver sem ele. Nunca mais.

QUARENTA E SETE

Jonah

Estou respirando com dificuldade, mal conseguindo ficar de pé, minha bunda está dolorida, mas da melhor maneira possível. Roman dá um beijo na minha nuca, causando arrepios em minha pele.

— Eu te amo — sussurra.

— Eu também te amo.

— Quero que você se mude para Los Angeles comigo depois da formatura.

Encontrando seus olhos no espelho, fico surpreso com a determinação que vejo em seu rosto.

— O quê?

— Quero que se mude para a Califórnia comigo. Se eu consegui entrar na UCLA, você também consegue. É muito mais inteligente do que eu — diz, limpando-se e guardando o pau de volta na calça.

— Não tem como eu conseguir frequentar essa universidade sem bolsa integral.

Começo a me limpar, mas Roman pega a toalha de mim e o molha com água morna. Ficando atrás de mim mais uma vez, ele limpa a evidência do meu corpo com cuidado, depois limpa a pia.

Subo a calça e me inclino contra o balcão.

— Como sabe que vai querer ficar comigo depois da formatura? Não é como se nossa relação fosse normal. E se, depois que sairmos daqui, você decidir que não me quer mais?

Roman pressiona o corpo contra o meu, ocupando meu espaço, segurando meu queixo em seus dedos para me fazer olhar nele.

— Não consigo ver o que o futuro reserva, mas sei que preciso de você no meu. A ideia de você não estar comigo me faz querer queimar tudo até o chão. Não sou nada sem você. Toda essa merda com a qual estamos lidando nos torna mais fortes. Você é meu, e esta cidade de merda não será capaz de ficar entre nós. Não vou permitir.

A pressão ao redor do meu coração aperta com suas palavras. Ele é um desastre, mas me quer.

— Eu te amo, Jonah.

Ficando na ponta dos pés, eu o beijo. Esse garoto que está arriscando tudo por mim.

— Eu também te amo.

Uma batida forte na porta me faz pular. Roman rosna, levantando o lábio enquanto destranca.

— O quê?

Taylor está do outro lado com um sorriso malicioso no rosto.

— Já terminou? Preciso mijar. — Ele passa por Roman e levanta o assento da privada. — Droga, fede a sexo aqui.

Meus olhos se arregalam e o constrangimento queima meu rosto. Roman revira os olhos.

— Morra de inveja. Foi bom, também.

— Meu Deus. — Cubro o rosto com as mãos, e Roman ri.

Saímos do banheiro e voltamos para o quarto de Taylor. Pego meu telefone no chão e sento na cama.

> Mary: Nosso pai está furioso por você ter aparecido. Ele pregou sua janela.

> Eu: Merda. Preciso de algumas coisas.

> Mary: Diz o que precisa e eu arrumo para você. Vou deixar uma bolsa do lado de fora da minha janela esta noite.

Envio uma lista das coisas que preciso, lembrando-a de pegar minha mochila, e a agradeço.

— E aí? — pergunta Roman.

— Meu pai fechou minha janela com pregos.

Meus ombros caem. Ele nunca vai me perdoar. Não vou poder ter um relacionamento com minha mãe.

O braço de Roman vem ao redor dos meus ombros e me puxa contra ele.

— Nós vamos dar um jeito nisso.

Aceno, um nó mais uma vez fecha minha garganta.

— Vou me deitar.

Eu me levanto e vou para o colchão na sala.

— Eu vou com você — diz Roman.

— Não, está tudo bem. — Quero ficar sozinho, deixar a tristeza me confundir. Preciso de um minuto para processar o ódio que meu pai tem por mim.

Passo por Taylor no corredor, mas não respondo quando ele me pergunta o que há de errado. Não quero verbalizar o fato de que meu pai prefere me ver morto do que feliz. Ele não pode me deixar ser feliz.

O colchão afunda quando me deito. Pego o cobertor que Taylor nos deu e as comportas se abrem. Lágrimas caem dos meus olhos como se fossem rios.

Meu pai me odeia. Ele sente nojo de mim.

Nunca serei aceito por ele, ou sequer tolerado. Serei para sempre um fracasso para ele. Minha mãe será proibida de falar comigo, provavelmente. Pelo resto do ano, Mary só poderá me ver na escola. Chega de férias em família, jantares, igreja. Até Deus se afastou de mim. Tudo o que sou se foi. Arrancado porque ousei me apaixonar por um garoto e não por uma menina.

Posso muito bem já estar morto.

Os soluços agitam meu corpo. Não consigo acalmar minha respiração. *Por favor, eu só quero morrer. Todos ficarão melhores sem mim, Senhor. Não mereço misericórdia, mas imploro.*

— Porra — murmura Roman, e deita no colchão, me puxando contra ele. — Eu estou aqui. — Seus braços me circundam, meu rosto enterrado em seu peito, encharcando sua camisa. — Coloca pra fora. Estou com você.

Não consigo me segurar e me agarro a ele. Ele é o único que me resta.

Roman me abraça com força, deixando-me lamentar minha perda. Eles ainda podem estar respirando, mas não posso falar com eles.

Por fim, as lágrimas diminuem e param. Os soluços acabam com a calma do meu corpo e eu fico exausto. As tiras de aço dos braços de Roman amolecem, e ele faz carinhos em círculos nas minhas costas, me fazendo cair em um sono agitado.

Não acordo até a manhã seguinte, quando Krystal chega em casa do trabalho. Ao pé do colchão de ar está minha mochila e uma bolsa. Sorrio sozinho. Roman deve ter falado com Mary e foi buscar minhas coisas.

BULLY KING

261

Acho que estava cansado; não percebi ele se levantando ou saindo.

Meu olhar se volta para o garoto em questão e o encontro olhando para mim.

— Obrigado — sussurro, minha voz falhando por causa da garganta seca.

— De nada. — Ele se inclina e beija minha testa antes de se sentar.

Eu me sento também, esfregando o rosto. Meus olhos estão doloridos – de tanto chorar, tenho certeza.

— Vou tomar banho. — Pegando a mochila, vou para o banheiro enquanto Roman vai para a cozinha.

Parece que Taylor ainda não acordou, então procuro dentro da bolsa até encontrar minhas coisas de banho e abro a água quente.

Meu rosto no espelho parece o mesmo, apesar do que passei neste fim de semana. É injusto não ver a evidência de tanta dor.

O banho é rápido, pois há mais duas pessoas para tomar banho esta manhã. Estou vestido e escovando os dentes quando batem na porta. Eu a abro, minha escova de dentes pendurada na boca, vendo Roman entrar e fechar a porta. Ele tira o pijama e vai para o chuveiro. Eu me pego olhando para sua bunda enquanto passa por mim. Ele tem uma bunda fantástica.

— É feio ficar encarando — diz na minha direção, antes de fechar a cortina.

Sorrio e termino de escovar os dentes.

Passo desodorante e borrifo spray corporal, ouvindo um gemido do chuveiro.

— Porra. Por que teve que passar isso aqui?

— Estou apenas me arrumando. — Sorrio.

— Claro, espalhe o seu cheiro aqui, depois me deixe na mão. Vou fazer você pagar por isso — rosna.

— Disso, eu não tenho dúvidas. — Saio do banheiro com a bolsa no ombro e encontro um Taylor com os olhos sonolentos.

— Bom dia — resmunga.

Krystal está fazendo o café da manhã na cozinha, o aroma doce faz meu estômago roncar. Largando a bolsa no canto do sofá, organizo onde dormimos e vou para a cozinha.

— Oi, Jonah, pegue uma rabanada. — Ela sorri para mim quando entro.

— Obrigado.

Pego um prato e algumas fatias; em seguida, cubro com calda. Taylor já está na metade do prato quando me junto a ele na mesa.

— Então, como vai ser? Não posso simplesmente aparecer na escola com vocês — digo a ele.

Ele para um minuto, olhando para mim.

— Você pode ir comigo. Que se danem todos os outros. Roman vai na caminhonete dele.

Aceno e dou uma mordida na minha refeição.

— Ah — gemo. — Isso é tão bom.

Krystal ri atrás de nós.

— Obrigada. Agora se apresse, Taylor. Você vai se atrasar.

Roman se junta a nós alguns minutos depois, pegando um prato e o enchendo.

— A rabanada da senhora Krystal é famosa — diz, antes de dar uma mordida enorme.

— Saiam daqui com isso, agora. — Ela acena com uma espátula para ele. — Taylor, vá.

— Estou indo, estou indo. — Ele se levanta da mesa, coloca o prato na pia e sai da cozinha. Na porta, ele se vira e olha entre Roman e eu. — Ei, babacas, deixaram um pouco de água quente pra mim?

— Taylor! Vou lavar sua boca com sabão bem aqui na frente de seus amigos — retruca Krystal, usando a espátula para apontar para o filho, com o quadril inclinado.

Roman e eu rimos quando ele sai bufando.

Assim que Roman termina de comer, eu pego seu prato e vou até a pia. Odeio lavar a louça, mas farei minha parte para que Krystal não me expulse. Roman se aproxima de mim.

— Você lava. Eu seco — avisa.

— Já lavou pratos antes? — Arqueio uma sobrancelha para ele.

— Toda vez que eu como aqui — continua. — A senhora Krystal cozinha; Taylor e eu lavamos.

Não demora muito para lavar e guardar a louça. O pouco que sobra é embalado e colocado na geladeira.

— Tenha um bom-dia, meninos. Sem brigas. — Ela aponta para Roman.

— Sim, senhora. — Ele sorri para ela.

— Estou falando sério. Chega de sangramentos por pelo menos uma semana! — grita pelo corredor ao sair para o seu quarto.

BULLY KING

Preparamos tudo para partir. Taylor pega as chaves de sua mãe, e eu o sigo porta afora.

— Onde você vai? — pergunta Roman.

— Eu vou com o Taylor. Você vai sozinho ou vai parecer estranho. — Dou de ombros.

— Todo mundo sabe que estive aqui o fim de semana inteiro e meu pai estava no bar. Todo mundo já ouviu falar disso — argumenta.

— Não ligo com quem vou pegar carona — admito.

— Bom. Entre na caminhonete.

Roman pega suas coisas, e vamos para o carro. Eu me sento no banco de trás e, embora pareça que Roman queira discutir, não fala nada.

No caminho, vemos Mary e paramos para pegá-la. Taylor salta da frente e oferece a ela o assento, depois se senta ao meu lado.

— Oi. Como você está? — Ela se vira para me perguntar.

— Vou ficar bem. — Dou de ombros, sem querer tocar no assunto. — Ei, estou falando sério. Obrigado por pegar minhas coisas ontem à noite.

Ao meu lado, Taylor diz:

— De nada.

Confuso, eu olho para ele.

— Foi você quem pegou?

— Sim. Você desmaiou e Roman me pediu para buscá-las. Mary deixou do lado de fora para eu pegar bem rápido. Tranquilo.

Interessante.

Roman entra no estacionamento dos alunos e para em um local privilegiado deixado para ele na frente. Pode muito bem ter uma maldita placa reservando o lugar para ele. Balanço a cabeça com o prestígio que o futebol traz por aqui. Jamais vou entender.

Esperando que o dia passe como de costume, desço da caminhonete e saio sozinho.

Anna está me esperando na entrada quando chego lá, com a cabeça inclinada e perguntas no rosto.

— Você veio com o Roman?

— Sim. Ele nos viu a pé, então nos deu carona. — A mentira cai dos meus lábios tão depressa que até eu fico surpreso com isso.

— Hmm. — É sua única resposta.

Andamos pelos corredores como fazemos sempre, deslizando entre os corpos e torcendo para que ninguém sinta vontade de mexer comigo.

Atrás de nós, ouço alguém gritar com Roman.

— Ei, Roman! Meu pai disse que seu pai estava dizendo a todos que você é gay. Que está fodendo o filho do pastor.

Todos no corredor param de falar e se voltam para Roman e Taylor, alguns se viram para mim. Empalideço. Sinto uma pressão tão forte no peito que está roubando minha respiração ao mesmo tempo em que espero por sua resposta.

Roman sorri, mas não é um sorriso feliz. Se aquele sorriso fosse voltado para mim, o pavor tomaria conta do meu corpo com o que estava planejando para mim.

— Sério? Deveria perguntar à sua irmã.

Meus olhos quase saltam da cabeça. Anna ri ao meu lado, cobrindo a boca para manter o som baixo.

— Que porra você disse? — O grandalhão fica na cara de Roman.

— Eu disse para perguntar à sua irmã. Na verdade, tenho fotos. Quer ver?

Não, não, não, não. Isto não é bom. Esse cara é enorme e vai acabar quebrando o nariz do Roman.

Estou abrindo caminho pela multidão até eles quando Mary entra no meio dos dois com um sorriso doce no rosto.

— Oi, será que meu namorado pode me acompanhar até a aula, por favor? Ficaria muito agradecida.

A voz gentil e açucarada que ela usa me faz sorrir. A garota sabe muito bem o que está fazendo. O sorriso de Roman muda para o normal enquanto envolve um braço pelos ombros dela.

O cara zangado dá um passo para trás, ainda puto, mas não está disposto a machucar Mary. Esses caras bateriam em um garoto por ser gay, mas não vão colocar a mão em uma garota por qualquer motivo. Só não entendo a mentalidade deles aqui.

Roman e Mary caminham pelo corredor, as pessoas abrindo espaço para eles. Passam sorrindo para mim, com Taylor atrás deles, balançando a cabeça.

Hoje vai ser interessante.

— Vamos passar no meu armário primeiro — avisa Anna.

Demora alguns minutos, mas chegamos lá. Estou encostado nos armários ao lado do dela enquanto pega os seus livros.

— O que fez neste final de semana?

— Oh. Hum... — Eu paro, sem saber o que dizer ou como.

BULLY KING

— Estava comigo e Roman.

Girando, vejo Taylor mexer em seu armário e ele me manda uma piscadela.

Anna olha para Taylor e depois para mim.

— Sério?

Concordo.

— Vejo você por aí, cara — diz Taylor, antes de ir para a aula.

— Por quê? — pergunta Anna quando ele sai.

— Ajudei Taylor alguns dias atrás. Ele é um cara legal. — Eu dou de ombros.

Ela não parece acreditar em mim, mas não diz nada durante o caminho até o meu armário.

Roman está do lado de fora da sala da primeira aula quando chegamos ao meu armário.

Levanto uma sobrancelha, e ele sorri para mim. Ele vai tentar lidar com isso como um jogo. Espero que dê certo. Não preciso de mais motivos para o time mexer comigo.

— Você é Anna, certo? — pergunta para a minha amiga.

Ela recua surpresa por ele estar falando com ela, e escondo o sorriso abrindo meu armário.

— Ah, sim.

— Você está sempre andando por aí com o menino da Bíblia. — Ele acena para mim.

Esse maldito apelido faz meu pau doer. Idiota.

— Deveria sair com a gente algum dia desses.

— Uh…

Ele pisca para ela, e entra na sala.

— Que merda foi essa?! — exclama, quando a porta é fechada.

Dou de ombros.

— Ele está sendo legal. Cavalo dado não se olha os dentes.

QUARENTA E OITO

Roman

Quando chega a hora do intervalo, estou tão farto de pessoas me perguntando do Jonah, porra. A essa altura, Taylor começou a interferir para que eu não perdesse a cabeça. Estou prestes a roubar o microfone do alto-falante e falar para a porra da escola inteira. Honestamente, transei com tantas garotas aqui. Como é que alguém ainda tem dúvidas?

Continuo dizendo às pessoas que meu pai é um bêbado e que parece não saber a diferença entre Jonah e Mary. A maioria deles ri e me deixa em paz, mas é uma merda.

Estamos sentados à nossa mesa; estou de lado no banco com Mary entre as pernas, como sempre faço. Os caras do time estão jogando conversa fora sobre o time que jogamos na sexta-feira, e Mary está rindo de roupas ou programas de TV ou alguma coisa assim. Não sei. Não estou prestando atenção.

— Oi, Jonah! — grita Taylor, do outro lado do refeitório, chamando a atenção de todos.

Todas as conversas morrem enquanto esperam para ver o que acontece a seguir. Jonah parece que viu um fantasma, paralisado de medo.

— Venha se sentar com a gente.

Seus olhos se arregalam, a cor desaparecendo de seu rosto. Taylor está fazendo o que eu não posso, aceitá-lo no grupo. Por um breve segundo, seus olhos encontram os meus e dou um aceno discreto, e que dá para ele ver.

Do outro lado do refeitório, eu o vejo engolir. Ele está nervoso. Não conhece Taylor muito bem e não tem certeza se pode confiar nele.

— Que porra é essa? — pergunta John, um dos jogadores da defesa.

— Cale a boca. Jonah é maneiro.

Mary está sorrindo tanto, que está brilhando. Eu me afasto e a trago comigo para dar um lugar para Jonah se sentar ao lado dela.

— O quê? Está fodendo o filho do pastor? — joga para cima de Taylor.

Minha coluna endurece e meu lábio treme, agitado.

BULLY KING 267

— Mais uma maldita palavra, John, e vai se sentar em outro lugar. Por que liga tanto com quem Taylor está transando? Hein? Está com ciúmes?

Ele gagueja e fica vermelho, recua e se levanta.

— Não? Então, sente-se.

Jonah se junta à nossa mesa, mas não fala muito, apenas observa. Alguns dos caras perguntam a ele sobre as aulas e tentam conversar de futebol com ele.

Seu rosto fica vermelho e Mary ri quando ele gagueja.

— Eu... hum... não assisto muito futebol.

Todos na mesa olham para ele como se tivesse uma segunda cabeça. Não consigo evitar e dou risada. Muita. Minha testa descansa no ombro de Mary enquanto seguro a barriga. Dói rir, mas foda-se, é engraçado. Esse garoto foi jogado aos lobos quando se mudou para cá sem saber nada de futebol.

Mary dá um tapa no meu peito ao mesmo tempo em que tenta parar de rir.

Ele se levanta, pegando seu almoço, mas Taylor coloca a mão em seu ombro.

— Senta. Está tudo bem. Você é de Washington, então vamos deixar passar.

— Que esporte assiste? — pergunta um dos caras.

Jonah dá de ombros.

— Vejo as Olimpíadas, mas é só.

— Nosso pai não gosta que assistamos muito à TV, a menos que seja sobre cristianismo ou Deus — comenta Mary, defendendo-o.

Todos acenam com a cabeça, aceitando a resposta.

— Deve ser estranho para vocês, então — diz Taylor.

— É um choque cultural, com certeza — concorda Jonah. — Morávamos fora de Seattle, então os Seahawks estavam por toda parte, mas não assistimos aos jogos.

— Ei, você está na aula de pré-cálculo do Woodman, certo? — pergunta Lisa, uma das líderes de torcida.

— Sim.

— Pode me ajudar? Não entendi nada da lição de hoje.

Ele sorri para ela.

— Claro.

E, assim, ele é aceito na turma. Não terá mais problemas com o time. Mary olha para mim com um pequeno sorriso secreto. Dou a ela uma piscadela e beijo sua testa. Gostaria de poder reivindicar Jonah como meu, mas não posso. Agora, não. Talvez até o final do ano possamos nos assumir, mas hoje não é o dia.

Quando o almoço está quase no fim, limpamos nossa bagunça e vamos para nossos armários ou aulas. Do lado de fora, escutamos sirenes da polícia e o guincho de pneus, depois um enorme estrondo e um guincho de metal. Todos se voltam para a frente da escola.

As portas da frente são empurradas pela massa de alunos, apesar de alguns professores bloquearem o caminho. Quando as portas se abrem, gritos do lado de fora podem ser ouvidos e o cheiro de fumaça e borracha derretida enchem o ar, queimando meu nariz. Alguém destruiu seu carro, e é ruim, pelo som.

Abro caminho pela multidão enquanto as pessoas começam a sussurrar e a apontar para mim. Que porra é essa?

Quando chego ao topo da escada, é evidente. Um carro esportivo vermelho está abraçado a um enorme carvalho. Só tem um na cidade.

— Pai!

Correndo para a frente por instinto, não presto atenção aos gritos para eu parar. Meu pai está naquele monte de metal retorcido.

As pessoas me dão espaço. Meus livros caem no chão, os papéis vão voando ao vento. A chuva atinge minha pele exposta, mas não me importo. Estou a poucos passos do carro quando dou uma trombada no xerife.

— Me solta! — grito, lutando o máximo que posso para passar por ele. Mais policiais correm em minha direção para me manter afastado.

— Roman, você não pode ficar aqui — avisa Greg, o xerife. — Não quer ver o que tem ali. Confie em mim, filho.

— Não sou seu filho! — grito com ele, as palavras rasgando a garganta. — Pai!

Meu corpo inteiro fica dormente. Escuto um zumbido nos ouvidos abafando tudo ao meu redor. Não consigo tirar os olhos dos destroços.

— Saia de cima mim! — grito para os policiais que me seguram. Preciso me soltar e ir até lá. — Me soltem!

Luto contra os braços ao meu redor. O som de mais sirenes invade o ar enquanto uma ambulância e um caminhão dos bombeiros bloqueiam a rua. Os paramédicos correm em direção ao carro. Os bombeiros pegam a tesoura hidráulica e correm para a frente. Um dos paramédicos balança a cabeça e levanta a mão para os bombeiros. Todos se afastam lentamente do carro.

BULLY KING

Uma lona vermelha vem de uma das plataformas e alguns homens cobrem o automóvel.

— Não! Você tem que ajudá-lo!

Ninguém vai me ouvir. Preciso ajudá-lo. Aquele é meu pai. Ele me ensinou a lançar uma bola de futebol. Levou-me para praticar quando eu era pequeno.

Sou arrastado de volta para a calçada em frente à escola. Taylor me abraça, mas não posso fazer nada além de olhar. Não consigo me mexer ou pensar.

Ele está morto. Ninguém precisou me dizer. Minha cabeça não está aceitando, mas é a verdade. Ele não vai sobreviver a isso.

Mãe.

Merda.

Tenho que contar para minha mãe.

Taylor me coloca para dentro. Não sei como, já que não me lembro de me mover, mas estou sentado na sala do diretor com minha mãe e o xerife.

— O que está acontecendo, Greg? — pergunta ela ao homem sentado na beirada da mesa na frente dela.

— Lamento ter que lhe dizer isso, mas David sofreu um acidente de carro. Ele faleceu.

Ela não diz nada por tanto tempo, que eu olho para ela. Ela está olhando para ele com uma expressão vazia, quase como se não entendesse o que ele disse.

— Você me ouviu, Sra. King? — pergunta, pegando a mão dela.

— Não. Não pode ser. — Ela se levanta tão de repente que a cadeira em que estava sentada cai. — Onde ele está? Está armando isso com ele?

— Mãe. — Eu me levanto também, virando-a para olhar para mim. — Eu vi o carro.

— O quê? Não. Não é possível.

— Sra. King. — Ele começa novamente. Ele sabe o nome dela. Inferno, ele se formou com ela. — Grace, Todd no bar do McCloud nos ligou e disse que ele esteve lá quase o fim de semana inteiro falando maluquices sobre seu garoto. Ele estava tentando reunir um grupo para fazer seu filho e o filho do pastor de exemplo. Dizendo que estavam fazendo sexo.

Minha mandíbula aperta quando o pior medo que tenho é dito em voz alta. Meu pai me odiava tanto que estava planejando meu assassinato.

Minha mãe olha para mim, empalidecendo.

— Não! Isso não é verdade! — grita para o xerife.

270   **ANDI JAXON**

— Ele estava tropeçando quando saiu do bar, sem condições de dirigir. Tentei fazer com que ele parasse, para levá-lo para casa, mas ele acelerou. Eu o persegui pela cidade até que ele perdeu o controle do carro e bateu no grande carvalho aqui na frente. Sinto muito por sua perda.

Seu lábio inferior treme um segundo antes de seus joelhos cederem e ela cair no chão, chorando. Caio ao lado dela e a puxo para o meu peito, lágrimas descendo dos meus olhos. Ele é o único homem com quem ela já esteve, até onde eu sei. Nunca foi adulta sem ele.

Como vai lidar com isso? Ela mal consegue tomar banho e se vestir. Como vai sobreviver?

Minha mãe está tremendo em meus braços, gritando em meu peito e encharcando minha camisa.

Um único pensamento se repete na minha cabeça. *Ele estava tentando reunir um grupo para fazer seu filho e o filho do pastor de exemplo.*

Sabia que ele me odiava. Nunca foi segredo. Uma pequena parte de mim, o garotinho que amava seu pai, chora pela perda de um relacionamento que nunca poderemos ter. Ele me deixou. Ele nos deixou. O bêbado desgraçado que ele era poderia ter ficado sóbrio em algum momento e feito as pazes. Isso acabou. Nunca terei essa chance.

O fodido abusivo. Espero que ele queime no inferno. A fúria arde em minhas veias.

O xerife nos deixa sozinhos tempo suficiente para minha mãe externar a maior parte de sua dor. Quando ele volta, ela está fungando com lágrimas escorrendo lentamente no rosto.

— Sra. King — começa. — Gostaria que ligássemos para alguém?

Ele afastou a todos de nós, anos atrás. Nem nos feriados ligam mais.

— Srta. Krystal — digo. Ela sempre esteve ao meu lado quando precisei de ajuda. — Krystal Miller. Ela deve estar dormindo, mas se bater na porta dela, vai atender.

— No Poplar? — pergunta.

— Sim, senhor.

— Vou mandar um agente lá. — Ele se levanta para sair da sala.

— Quando podemos sair? — pergunto para ele.

Só quero levar a minha mãe para casa. Ela não precisa mais estar aqui.

— A papelada está quase pronta. Depois pode ir embora.

— Vou levá-la para o carro, pegar um pouco de ar.

Ele acena com a cabeça, e eu ajudo minha mãe a levantar do chão.

BULLY KING

Quero me enfurecer, destruir alguma coisa, bater em alguém, mas tenho que manter a calma por ela. Preciso ser forte pela minha mãe.

Com o braço em volta dela, dando apoio, saio da sala e vou direto para minha caminhonete no estacionamento. Os destroços foram removidos pelo guincho. A lona vermelha que o cobria era difícil de engolir.

Eu a coloco no lado do passageiro e envio uma mensagem para Taylor.

> Eu: Você pode levar o carro da minha mãe até minha casa?

> T: Claro. O que precisar, cara.

> Eu: Vou precisar pegar nossas coisas da sua casa mais tarde.

> T: Eu pego e levo Jonah comigo.

> Eu: Pedi ao xerife para chamar sua mãe. Ela é a única que eu pude pensar em nos ajudar.

> T: Tudo bem. Vou mandar uma mensagem para ela para não se assustar.

> Eu: Obrigado.

Tudo o que quero fazer agora é me esconder em algum lugar com Jonah. Perder-me nele. Fingir que nada disso está acontecendo.

Odiava aquele filho da puta. Ele arruinou a vida da minha mãe, tentou arruinar a minha, e eu não consegui acertar o carro com um taco de beisebol. Ele tirou isso de mim, também.

Minha mãe vai ficar bem quando eu for para a faculdade? Posso ir embora ou terei que ficar para cuidar dela?

O xerife traz alguns papéis e diz que entrará em contato. Pego os papéis e os coloco na mochila.

Taylor vai até a caminhonete e eu entrego as chaves da minha mãe.

— Precisa de alguma coisa agora? — pergunta, sua mão no meu ombro.

— Não. Só quero tirar mamãe daqui.

— Certo. Vejo você mais tarde. Me mande uma mensagem se precisar.

ANDI JAXON

Eu aceno e nos separamos. A culpa e a raiva pesam em meu coração enquanto me afasto do lugar onde meu pai morreu. O que eu fiz para ele me odiar tanto?

Durante todo o caminho para casa, estou esperando um bando enfurecido, mas as ruas estão livres e sem cruz em chamas em nosso jardim da frente. Não tenho certeza se a ameaça acabou, mas não está acontecendo neste minuto. Pequenos milagres e tudo mais.

Krystal aparece alguns minutos depois, envolvendo seus braços por mim em um abraço apertado que eu não sabia que precisava. Minha mãe está tão pensativa agora, que não é capaz de ser nada para ninguém.

— Do que você precisa? — Ela segura meu rosto para me forçar a olhar para ela.

— Apenas cuide da minha mãe. Não sei como ajudá-la. — Estou me afogando, entorpecido, com raiva e triste. Minha cabeça não pode decidir como estou.

— Tudo bem.

Ela beija minha testa, e eu quase desmorono. Ninguém cuida de mim além de Jonah quando eu deixo. Não sei ser fraco ou carente.

Entro desolado em casa, abro o escritório do meu pai e paro na porta. Ainda não processei a ideia de que ele realmente não sobreviveu. Estou esperando que ele grite comigo, me chame de merda inútil, jogue um copo na minha cabeça. Nunca entro nesta sala. Aprendi há muito tempo a evitá-la. Mesmo agora, não quero cruzar a soleira.

A porta da frente se abre e eu pulo, fechando a porta do escritório e me afastando dela por instinto. Meu coração bate forte conforme espero meu pai gritar comigo por estar lá.

— Roman? — A voz de Jonah ecoa pelo corredor.

O alívio me atinge com força suficiente para que eu tenha que me encostar na parede ou vou acabar no chão.

— Aqui — digo.

Mais de um par de pés se movem na entrada, mas um vem em minha direção. Fecho os olhos e me recosto na parede. Não sei o que sentir, pensar ou fazer.

— Ei.

Abrindo meus olhos, vejo a incerteza emanando de Jonah. Ele não sabe como ajudar ou se eu vou aceitar.

Vou em sua direção, o puxo contra mim, minha testa descansando na dele. Suas mãos seguram meu rosto, me abraçando.

BULLY KING

— Diga-me do que precisa — sussurra, beijando meus lábios suavemente.

— Você. Eu só preciso de você. — Minha voz falha e meus olhos se fecham.

Não sei o que pensar ou como me sentir sobre toda essa merda. Tanta coisa aconteceu e eu não tive tempo para lidar com nada disso.

— Estou aqui. — Jonah envolve os braços pelo meu pescoço e apenas me abraça.

Voltei para a casa, trazendo Jonah comigo. Krystal e Taylor estão conosco, também. Minha mãe precisa de apoio emocional que sou incapaz de dar a ela, então Krystal está aqui por ela. Ela cuida da casa como se tivesse nascido para isso.

Taylor, Jonah, Krystal e eu estamos organizando o funeral. Minha mãe está na cama chorando há dias. Krystal a fez se levantar ontem e tomar banho. Ela se senta com ela para ter certeza de que coma, pelo menos um pouco, todos os dias. Tem sido minha maldita heroína.

Hoje é o funeral e não sei o que estou fazendo ou como devo me sentir. Ele era um bêbado do caralho que bateu em mim e na minha mãe. O mundo está melhor sem ele, mas me sinto culpado por me sentir assim. Ele me deu a vida, mas fez dela um inferno. Posso odiá-lo mesmo na morte?

Há uma pequena casa funerária aqui na cidade e um cemitério. Já que o acidente de carro foi bem grave, não será um funeral de caixão aberto. Meu pai será tratado como a realeza que sempre pensou que era, embora todos saibam que era um maldito abusivo. Tenho certeza de que haverá pessoas que se levantarão e falarão coisas boas dele. Será tudo mentira.

Ele pode queimar no inferno, pouco me importa.

Eu o odeio.

— Ei. — Jonah me abraça enquanto me olho no espelho.

Estamos de preto, embora eu não tenha certeza se estou de luto. Parte de mim quer dançar na porra do túmulo dele.

Sacudo a cabeça e beijo a testa de Jonah. Ele tem sido minha rocha. Sei que tenho sido mais difícil do que o habitual, mas levou tudo numa boa. Tenho estado mal-humorado, distante, quieto, mais idiota, porém ele ainda está aqui.

O advogado do meu pai veio para informar sobre o seu testamento. Surpreendentemente, ele não está tentando nos tirar todo o dinheiro. Deixou metade para minha mãe e metade para mim. Esperava que ele nos deixasse sem nada, o que só me faz sentir como um babaca ainda maior.

— Está pronto? — pergunta Jonah, apertando meu braço. — Todo mundo está lá embaixo.

— Sim.

Ele recua, me dando o espaço que exigi ultimamente. Não sei lidar com toda essa merda. Odeio a distância entre nós, a incerteza em seu rosto toda vez que olha para mim. Ele acha que não o noto me observando, mas eu vejo. Também estou de olho nele. Cada célula do meu corpo anseia por ele.

Estamos quase na porta do quarto quando me viro para ele, pegando-o de surpresa. Com um aperto firme em sua nuca, esmago meus lábios nos seus. Ele está tenso contra mim, esperando por um ataque. Sei que não tenho tempo para isso agora, mas quero dizer foda-se a todos e escapar do funeral. É tudo um monte de besteira, de qualquer maneira.

Jonah choraminga contra mim, seus dedos apertando minha camisa para me manter por perto.

Este beijo é tudo o que não consegui dizer. É minha desculpa por ser um idiota fora do normal, por não o deixar se aproximar. Sou péssimo com palavras; é nisso que eu sou bom.

Minha língua avança entre seus lábios. Ele não resiste à intrusão, apenas se abre para mim. Nossas bocas estão fundidas como se não pudéssemos respirar um sem o outro, só que é verdade. Não consigo respirar sem ele. Está em minhas veias, nos meus pulmões, em minha maldita alma.

Com um gemido, ele afasta a boca da minha. Meus dedos afundam em sua pele para mantê-lo próximo.

— Roman. — Meu nome em sua língua soa em tom rouco, enviando luxúria direto para o meu pau.

— Eu sei. — Balanço a cabeça, a testa pressionada na dele. — Eu sei.

Meus lábios pressionam os dele em um beijo rápido e suave, e dou um passo para trás, pegando sua mão na minha. Com nossos dedos entrelaçados, eu nos levo para fora do quarto e desço as escadas.

BULLY KING

Minha mãe, Krystal e Taylor estão esperando por nós, expressões tristes em seus rostos. Mamãe está usando um vestido preto, deve ser pelo menos dois tamanhos acima do dela, com um véu sobre o rosto. Taylor está usando algo como Jonah e eu, com camisa de botão e calça, enquanto Krystal está de vestido preto simples.

Levando a mão de Jonah aos meus lábios, beijo seu dorso e a solto, sabendo que não posso segurá-la em público. Para isso, tenho que fingir que ele não significa tudo para mim. Preciso fingir que não sei que meu pai estava tentando reunir um grupo de homens para bater e matar a mim e ao meu namorado. Acho que assassinato é menos ofensivo do que ser gay.

QUARENTA E NOVE

Jonah

Entender Roman é como tentar ler grego antigo quando não se conhece o alfabeto. É cansativo e frustrante. Ele não deixa eu me aproximar, ajudar. Sou inútil e odeio isso, mas me recuso a desistir. Vou continuar aqui ao lado dele. Talvez quando o funeral acabar, ele vai me foder com ódio e esquecer tudo isso.

Tudo que eu quero fazer é dar uma corrida, mas Roman perde a cabeça se eu o deixar por muito tempo. Não tenho certeza do que está provocando a reação, já que ele mal me toca ou fala comigo. Ele está escondendo alguma coisa, mas não consigo descobrir o que é.

Taylor e eu vamos na caminhonete com Roman. O pequeno cemitério está cheio quando chegamos. Parece que a cidade inteira apareceu. O comércio todo fechou. Ninguém está andando na rua. É assustador.

Roman estaciona e sai sem dizer uma palavra, deixando Taylor e eu segui-lo. Ao redor do túmulo, tem algumas fotos do Sr. King e flores. As cadeiras são colocadas com a primeira fileira vazia para a família. Roman se senta ao lado da mãe, segurando sua mão com uma expressão estoica. Ele parece um robô em seus movimentos, e isso machuca meu coração.

Taylor e eu ficamos atrás com os outros adolescentes. Mary se senta ao seu lado na primeira fila e segura a outra mão dele entre as suas. Um pastor de uma das outras igrejas fica atrás de um púlpito e fala sobre o homem que estamos enterrando hoje.

São palavras todas floridas que não significam nada; banalidades, principalmente. Eu não o conhecia, e até eu sei que é tudo uma mentira.

Não consigo tirar os olhos de Roman enquanto ele está sentado, imóvel como uma estátua. Ele vai se desfazer. A qualquer minuto, vai desmoronar e quebrar tudo, talvez. Estou esperando e prendendo a respiração para que isso aconteça. Só espero que ele me deixe ajudar.

BULLY KING

Algumas pessoas que eu nunca conheci se levantam e contam histórias que mostram o quanto ele era um homem importante. Contam histórias dele jogando futebol, comandando uma sala de diretoria no frigorífico, ajudando a comunidade após uma forte tempestade. Tudo parece ótimo... se você for capaz de esquecer que ele batia na esposa e no filho.

Nunca vou entender as pessoas nesta cidade. Como podem fechar os olhos para o abuso e ainda celebrar as partes boas desse homem? Todos deveriam ter vergonha de si mesmos.

Minhas mãos se apertam com raiva pelo que fizeram Roman e Grace passarem.

— Relaxe — diz Taylor, no meu ouvido. — Está quase acabando.

Forçando os ombros a relaxar, respiro fundo e deixo o ar sair devagar. Consigo fazer isso por Roman.

O beijo em seu quarto se repete na minha cabeça. A maneira desesperada como ele me agarrou, que se segurou a mim. Finalmente, pela primeira vez em uma semana, ele me mostrou um fragmento de si mesmo. Precisa de tempo, eu sei disso, mas me deixar de fora doeu. Preciso que ele precise de mim como eu dele, ou está me mantendo por perto para quê?

As histórias finalmente terminam, uma oração é feita e o caixão é abaixado na terra. Os ombros de Grace tremem, seu choro baixinho pode ser ouvido de onde estou. Meu coração se parte por ela. Ele era abusivo, mas ela o amou em algum momento. Provavelmente, segurou-se em alguma parte disso todos esses anos para ajudá-la a passar por tudo.

Assim que o caixão é abaixado, Krystal se levanta e se vira à todos.

— O velório será na casa dos King. Por favor, sintam-se à vontade para comparecer.

Roman fica de pé, ajudando sua mãe a se erguer e a colocando debaixo do braço. Ela se agarra a ele, seu rosto pressionado em seu peito e um lenço cobrindo a boca. Por um breve momento, seus olhos encontram os meus. Não vejo uma parede fria o protegendo. Tudo o que está sentindo é claro e exposto por uma fração de segundo antes de desaparecer. Quase podia jurar que não vi.

A mão de Taylor desce no meu ombro e nos movemos em direção ao estacionamento. As pessoas cercam Roman e sua mãe, oferecendo palavras de conforto, abraços, banalidades. Ninguém realmente sabe o que dizer nessas situações. "Sinto muito por sua perda" é jogado ao ar, mas não significa nada. Não de verdade. "Ligue, se precisar de alguma coisa", mas ninguém nunca liga.

A maioria do time de futebol se reúne em torno de Roman, oferecendo apertos de mão e tapinhas no ombro. Alguns o abraçam, mas a maioria não. É uma prova da sociedade em que foram criados: os homens não podem tocar, por medo de que os outros pensem que são gays. É de partir o coração.

Este lugar é uma merda.

Taylor e eu ficamos atrás da caminhonete, esperando Roman escapar de lá. Por fim, Krystal abre caminho e salva ele e Grace, conduzindo-os para os carros.

Enquanto eles se separam do grupo, reparo em três homens parados conversando um com o outro de lado. De jeans sujos e camisetas manchadas, eles não combinam com o resto do grupo bem vestido. Parecem zangados, mas determinados. Um olha para mim e acena em minha direção, depois para Roman. Não tenho ideia do que está sendo dito, mas pavor me atinge como um maremoto.

— Taylor. — Não tiro os olhos do grupo por medo de perdê-los.

— Sim?

— Quem são esses caras?

Eles me viram observá-los e estão me encarando.

Seus olhos seguem para onde estou olhando; ele cruza os braços e suspira.

— Os irmãos Boone. Eles foram presos e considerados culpados de espancar e agredir um casal de gays cerca de dez anos atrás no túnel. Estão me observando bem de perto, se entende o que quero dizer.

— Roman disse algo sobre isso, mas pensei que estava brincando comigo. — Não parece certo deixar pessoas assim vagarem pelas ruas. — Por que já estão soltos?

— Eles só pegaram alguns anos cada. Quatro ou cinco, se me lembro bem. As pessoas por aqui não têm muita empatia por nós.

O medo faz um arrepio me percorrer enquanto todos olham para mim. Fico sem chão. Eles ouviram o pai de Roman?

— Não frequentam o bar do McCloud, não é?

Taylor suspira, mas não responde. Ele não precisa.

Vou morrer por amar Roman?

Roman ajuda sua mãe a entrar no carro com Krystal, então caminha em nossa direção. Entramos na cabine da caminhonete, mas ninguém diz nada. Não consigo tirar a sensação de que estão me observando da cabeça.

BULLY KING

Vou sobreviver a um ataque? Roman vai sobreviver?

É um trajeto rápido de volta para a casa. Krystal e Grace param bem na nossa frente e estacionam. Roman passa um braço em torno de sua mãe, a ajudando a ir para a casa.

— Você quer uma bebida ou algo assim, mãe? — pergunta, assim que ela se acomoda em uma cadeira na sala.

Krystal anda pelo ambiente, preparando-se para as pessoas chegarem com comida. Acho que é um hábito dos sulistas. Sempre que tem uma reunião, as pessoas trazem comida. Ela coloca Taylor para ajudá-la e me deixa sem nada para fazer.

Roman desaparece no corredor que leva ao escritório de seu pai. Quando não volta depois de um minuto, vou procurá-lo, quase com medo do que vou encontrar.

A porta está aberta e ele está parado na frente da mesa enorme. A sala parece o escritório de todo homem rico que você já viu em um filme: estantes embutidas nas paredes, piso de madeira com tapetes grossos, poltronas de couro, uma grande janela atrás da mesa.

Entrando no lugar, fecho a porta com um clique baixo. Roman se vira, respirando com dificuldade, medo gravado nas linhas de seu rosto. Corro para frente, alcançando-o, temor fluindo nas veias.

— O quê? O que foi? — Minhas mãos envolvem seus bíceps, apertando os músculos salientes.

— Achei que fosse ele. — Seus lábios tremem com sua confissão.

Puxando-o para os meus braços, posso sentir seu corpo tremendo contra o meu quando finalmente desaba. Suas mãos agarram minha camisa, me segurando tão apertado que é quase difícil respirar. O menino em meus braços desmorona sob o peso da raiva e da dor, finalmente. Está livre dos punhos de seu pai, mas o dano emocional levará mais tempo para cicatrizar. Quero ajudá-lo, mas não sei como.

Roman cai de joelhos, me levando para o chão com ele. Sentado sobre as pernas dobradas, não tenho opção a não ser me sentar em suas coxas. Os soluços devastadores que vibram em seu peito destroem meu coração. Não tenho palavras para confortá-lo. Tudo o que posso fazer é abraçá-lo enquanto ele permitir.

Não consigo imaginar o que está passando. Tenho certeza de que tem algumas boas lembranças de seu pai, talvez, de antes de a bebedeira piorar, que está tentando se reconciliar com o bêbado cruel que existia no final. Ele nunca será capaz de consertar aquele relacionamento agora.

A boca de Roman no meu pescoço faz meu pau se contorcer. Não posso pará-lo, não importa o péssimo momento que seja. Arrepios irrompem na pele com o raspar de sua barba contra a pele. Minha respiração se torna ofegante, sua boca chupando a pele apesar das lágrimas em seu rosto.

O aperto de seu corpo muda quando percebe a excitação aquecendo minha pele. Sua mão se enrosca no meu cabelo quando a boca toma a minha em um beijo punitivo. Meus quadris balançam contra os dele, deixando-o rapidamente com uma excitação furiosa. Meu próprio pau está duro e dolorido, vazando na calça.

Em questão de segundos, estou desesperado por ele. Sempre estou. Qualquer pedaço dele que eu conseguir, aceito com prazer.

Inclinando-se para frente, ele abaixa minhas costas no chão e rasga minha camisa, seus dedos afundando na pele ao passar pelo corpo. Minhas costas se arqueiam no tapete felpudo, Roman deixando beijos de boca aberta no meu peito.

Ele não perde tempo para me deixar nu, tirando a calça e subindo entre minhas coxas. Minhas mãos alcançam a sua, liberando-o.

Roman rosna na minha pele quando minha mão o envolve. O tecido de suas roupas esfrega na minha pele, provocando arrepios. Ele está completamente vestido, enquanto estou nu embaixo dele, deixando mais óbvio como somos diferentes. Com seus lábios de volta nos meus, ele tira minha mão da dele para me masturbar. Não demora muito para a eletricidade zunir na parte inferior das costas. Minhas bolas se contraem, e meu pau começa a inchar.

— Porra. — A palavra sai dos lábios quando meu corpo treme através de um orgasmo que me deixa sem fôlego. Gozo respinga na barriga e peito enquanto ofego e o mundo gira ao meu redor.

Com uma risada triste, Roman arrasta os dedos pelo meu esperma e o esfrega no meu ânus. Ele não me dá nenhum aviso, nenhuma preparação. Apenas se empurra dentro de mim.

Não consigo parar o silvo de dor. Arde muito mais do que da última vez. Minhas costas se curvam contra a intrusão, tentando fugir dela.

— Aguenta, porra — rosna Roman, agarrando meus ombros para me impedir de me afastar.

Seus quadris estalam, empurrando o resto do caminho dentro de mim. Tão profundo, porra. Não consigo respirar com ele se movendo, saindo e entrando com golpes longos e profundos que fazem a ardência durar para sempre.

BULLY KING

— Por favor — choramingo, mordendo o lábio inferior para ficar quieto. — Por favor.

Ele se inclina sobre mim, cobrindo a minha boca. Seus quadris ganham velocidade, dentro e fora, para frente e para trás, mais rápido e mais forte. Demora muito, mas o desconforto finalmente diminui e ele desliza com facilidade, prazer transformando o incômodo em luxúria.

A palma de sua mão impede que meu gemido escape. Minhas pernas o envolvem para mantê-lo perto.

Aqueles olhos azul-claros encontram os meus, raiva e dor girando nas profundezas do garoto que eu amo com cada fibra do meu ser.

— Está bom agora, não é? Depois da dor, é uma porra mágica.

A mão na minha boca desliza para a garganta. A pressão não é ruim, apenas suficiente para me deixar ofegante

Seus dedos apertam a minha pele.

— Fico duro quando você sente dor.

O ritmo de Roman muda de novo, me fodendo mais forte do que já fez antes. Meu corpo aguenta a agressividade que ele precisa para se aliviar. Vai ser desconfortável mais tarde, quando eu puder pensar de novo, mas, por enquanto, vou aceitar tudo o que ele quer me dar. Qualquer coisa que ele precisar, estou aqui para dar. Por ele.

O ângulo muda quando ele segura minha mão, enroscando nossos dedos e levantando-os acima da minha cabeça. Mesmo que eu tenha acabado de gozar, estou duro e pronto para outra. Do nada, roubando a pouca sanidade que me restava, a mão que estava em volta da garganta agora agarra meu pau e me masturba no mesmo ritmo de suas estocadas. Com um gemido, ele estremece e nós dois gozamos. Ele me enche, o calor de seu esperma me aquece, o meu mais uma vez cobrindo o peito.

A tensão que revestiu seu corpo por dias desaparece, finalmente. Sua testa cai no meu ombro, os dois respirando rápido demais, nossos corpos escorregadios de suor e esperma.

Ficamos no chão, sua mão ainda segurando a minha por um minuto, se recuperando.

Viro o rosto para beijar seu cabelo quando a porta se abre. Ficamos tensos e em alerta máximo na hora. Roman agarra minha camisa para me cobrir, mas não se senta. Ele está me protegendo de quem está na porta.

— Acho que David estava certo. O filho dele é um daqueles garotos bichas — zomba um dos homens que vi no funeral, os outros dois rindo atrás dele.

Roman sai de mim com cuidado, ajustando nossas posições para que eu possa pegar a calça e vesti-la enquanto estou escondido desses homens.

— Ah, que fofo. Ele se preocupa com o pudor do gayzinho. Não é fofo, rapazes? — Ele ri.

Visto a calça e fico ao lado de Roman, de frente para o trio. Estão se espalhando, aquele que continua falando fica na nossa frente enquanto os outros dois tentam nos circular.

Meu coração bate de medo. Não tenho certeza se vamos nos safar disso. Será que vão nos bater? Matar a gente? Nos deixar tão machucados que o melhor seria estarmos mortos?

Virando as costas para Roman, mantenho os olhos nos outros dois. Um tem soco inglês consigo; o outro, uma corrente grossa. Ambos têm morte escrito em seus olhares.

Minha boca seca conforme me preparo para levar a surra da minha vida. Estou farto e cansado de ter medo. Esta porra de cidade pode queimar no inferno, estou nem aí. Eu mesmo vou atear o maldito fogo. Quero vê-la queimar.

— Tão másculo de sua parte implicar com adolescentes — digo, para aquele com soco inglês.

— Como se você soubesse alguma coisa sobre ser homem, bichinha — zomba, o chacoalhar ameaçador de uma corrente balançando no ar.

BULLY KING

CINQUENTA

Roman

Esses idiotas vão se arrepender de virem atrás de nós. Se machucarem um fio de cabelo de Jonah, eu os matarei sem remorso. Minha consciência ficará limpa.

O barulho de uma corrente atrás de mim me faz paralisar, esperando o impacto.

Não tenho certeza de qual é o plano deles, mas a casa estará cheia de pessoas em questão de minutos.

Quem diabos os deixou entrar aqui?

Já vi muita merda horrível neste escritório. Eu me recuso a levar uma surra desses homofóbicos aqui, também.

— Você não será mais um maricas quando terminarmos com você — diz o irmão Boone mais velho.

— Sua sobrinha achou bom quando chupou meu pau no ano passado — solto para ele.

Rodney, o mais velho dos irmãos, está na minha frente, ficando vermelho, o rosto manchado de raiva e ódio, algo que reconheço do rosto do meu próprio pai. Muitos anos sendo um saco de pancadas me deixaram com problemas de raiva. Se Jonah não estivesse aqui, enfrentaria tudo sozinho, mas não posso protegê-lo dos outros dois enquanto bato nesse idiota.

Ele quer me odiar por algo que não posso controlar? Beleza. Que assim seja. Não me importo mais. Não vai demorar muito até Jonah e eu deixarmos essa porra de cidade no passado. Taylor também. Ele não vai ficar mais tempo do que o necessário.

Uma sombra treme na fresta da porta. Alguém sabe que estamos aqui. Felizmente, não é outro desses idiotas que acha que merecemos ser espancados.

— Vai se arrepender de tocar na minha sobrinha — zomba, espreitando na minha direção.

— Confie em mim, eu me arrependi. Na hora.

Ele grita quando vem para cima. Agarro o braço de Jonah e o jogo longe de mim para tirá-lo do caminho, então me preparo para esse filho da puta bêbado me atacar. Ele tropeça e cai. Pulando para frente, dou um soco de direita e derrubo sua bunda no chão. Jonah bate na porta, gritando e pedindo ajuda no corredor.

A corrente chacoalha balançando no ar ao mesmo tempo que uma espingarda é engatilhada. Todo mundo para, e a corrente passa por mim com uma rajada de ar. Todos olham para a mulher furiosa na porta.

Krystal está parada com uma das espingardas do meu pai, engatilhada e pronta para atirar, apontada para o irmão com a corrente.

— Caiam fora. — Sua voz é calma, mas clara.

— Você não pode acertar a todos nós — ironiza um deles, subestimando seus instintos protetores.

— Talvez não, mas vou encher vocês de bala antes de me dar por vencida. Ninguém se move.

O irmão no chão segura o nariz, jorrando sangue no tapete.

— Se chegarem perto de qualquer um desses garotos de novo, vou enterrar vocês. — Krystal aponta a espingarda em direção ao outro irmão atrás de mim.

Jonah está no corredor atrás dela, pálido e assustado. Um sorriso divide meu rosto, e ele me olha como se eu tivesse enlouquecido. Não há nada de engraçado nesta situação. Nós quase fomos espancados, mas Krystal não é alguém com quem se deve mexer. Ela é uma mulher sulista durona e não hesitará em proteger qualquer criança que ela veja como sua.

Dando um passo à frente, agarro Rodney pelo braço e o coloco de pé.

— Hora de jogar o lixo para a rua.

Krystal sai do caminho e o corredor se esvazia enquanto arrasto um Rodney sangrando da casa. Taylor abre a porta para mim, e empurro aquela desgraça de homem para fora. Ele tropeça nos degraus e cai até parar no último. Um monte de gente está assistindo quando me viro para o corredor. Com expressões de surpresa e suspiros, sussurrando teorias conspiratórias.

Balanço a cabeça e volto para o corredor. Os outros irmãos ainda estão parados onde os deixei, Krystal apontando a espingarda entre os dois.

Coloco uma das mãos em seu ombro e pego a arma dela.

— Eu cuido disso — digo a ela.

Segurando a arma apontada para o chão, eu me viro para os dois homens.

BULLY KING

— Se voltarem a tocar em outra pessoa gay, vou garantir que sua mãe não os reconheça.

Eles se olham de lado, mas não abrem a boca.

— Saiam da minha casa antes que eu mude de ideia.

Eles correm para a porta, empurrando um ao outro para sair primeiro. Passando rápido pelo corredor e saindo pela porta da frente aberta, deixam seu irmão mais velho para trás e descem a rua.

Taylor fecha a porta e encontra sua mãe para puxá-la para um abraço.

— Você é a melhor, mãe — diz.

Ela sorri, as bochechas vermelhas.

— Aqueles idiotas precisavam ser lembrados de quem manda nessa cidade. Com certeza, não são eles.

Jonah vem pelo corredor, pálido e trêmulo. Aceno em direção às escadas, e ele se dirige para o meu quarto. Taylor o observa subir, então se vira para mim.

— Vou guardar isso — avisa, pegando a espingarda de mim.

— Obrigado.

Subo as escadas depressa, entrando no meu quarto e trancando a porta. Jonah se lança em mim no segundo em que me viro. Seu corpo está tremendo feito folha ao vento, a pele úmida e fria.

— Ei, você está bem. — Meus braços circundam seu corpo, segurando-o com força.

— Achei que íamos morrer. — As palavras são abafadas pela minha pele, seu rosto pressionado no meu pescoço.

— Olhe para mim. — Eu me afasto para ver seu rosto manchado de lágrimas. — Não vou deixar nada acontecer com você.

As mãos de Jonah estão brancas segurando a minha camisa, o medo ainda o dominando.

— Eu te amo, meu amor. Você é meu. E esses idiotas homofóbicos que se fodam.

— Eu também te amo. — Ele fica na ponta dos pés para pressionar os lábios nos meus.

Segurando seu queixo, eu o beijo como se eu fosse feito para isso.

— Juntos, podemos lidar com qualquer coisa — digo contra seus lábios.

— Qualquer coisa.

— Sabe que vai se mudar para Los Angeles comigo, né? — Eu sorrio quando ele fica confuso. — Vou para a UCLA. Você vem comigo.

— Não consigo pagar essa faculdade — argumenta.

— Eu consigo. Você vem comigo.

Ele me encara por um minuto antes de suspirar.

— Não adianta discutir, não é?

Um sorriso completo cobre meu rosto.

— Na verdade, não. Quero dizer, você pode tentar, mas vou apenas distraí-lo com sexo e torturá-lo até que você concorde.

Ele ri de mim, me beijando de novo. Este ano foi um desastre total, mas não trocaria por nada.

Volto a beijá-lo antes de dar um passo para trás.

— Se limpe. Tenho que voltar para baixo.

Jonah acena para mim, tirando a calça e indo ao banheiro. Acabei de transar com ele, mas o quero de novo.

— Saia daqui ou nunca vai voltar lá pra baixo — diz, por cima do ombro, quando entra no chuveiro.

Eu sorrio ao sair, trancando a porta do quarto depois de fechá-la. Desço as escadas.

As senhoras mais velhas estão ao redor, sussurrando umas para as outras e com a mão, literalmente, na boca em estado de choque enquanto passo por elas. Tenho certeza de que já faz tempo desde que viram tanto drama.

— Sra. Mable. — Paro no grupo e converso com a mais escandalosa. — Ouvi dizer que seu neto está jogando na liga infantil este ano. Como ele está?

— Isso mesmo. Ele é um bom jogador e está indo bem, apesar de ser pequeno para sua idade — diz, de modo bastante claro.

Sorrio comigo mesmo, sabendo que ela está tentando me dar uma lição.

— Que ótimo. Se ele quiser praticar depois que a temporada acabar, a senhora me avisa.

Ela faz uma pausa por um minuto, o resto das senhoras olhando entre nós.

— Bem, obrigado, Roman. Vou avisar Leanne.

— Roman — Krystal chama da cozinha, com um aceno.

— Com licença, senhoras. — Eu aceno para elas e vou para onde sou chamado.

Minha mãe está parada na mesa com um prato cheio de comida na frente dela, mas não tocou nele. Ela está olhando para o nada, conversas acontecendo ao seu redor, mas não está prestando atenção. Parando em sua cadeira, eu me ajoelho e coloco uma das mãos em seu braço.

BULLY KING

— Roman. — Seu sorriso é cheio de lágrimas e triste quando segura meu rosto.

— Como posso ajudar, mãe? Posso pegar algo para a senhora?

— Estou cansada — diz, os ombros ainda mais caídos do que alguns minutos atrás.

— Sei que está. Quer que a Srta. Krystal e eu comecemos a mandar as pessoas embora?

Krystal está pairando na porta da cozinha, verificando a sala e pensando no que precisa ser feito.

— A Sra. Mable está aqui. Tenho certeza de que trouxe frango e bolinhos. Eu posso te dar um pouco — ofereço.

— Não, obrigada. — Ela suspira e se afasta da mesa. — Eu deveria ir falar com as pessoas.

Eu me levanto e a ajudo a ficar de pé, pegando o prato da mesa e indo para a pia.

— Você e Jonah estão bem? — pergunta Krystal, pegando o prato de mim.

— Estamos, graças a você.

Ela sorri, segurando meu rosto.

— Você é um merdinha, às vezes, mas Taylor me contou o que fez por ele com o time. Obrigada.

Dou de ombros, vergonha aquecendo meu rosto. Não deveria ter feito aquilo, em primeiro lugar. Honestamente, eu deveria ter defendido ele desde o início, mas não posso voltar e mudar o passado.

Jonah me encontra na cozinha, colocando pratos na lava-louças. Todo mundo aqui parece estar seguindo em frente, como se os irmãos Boone não tivessem sido expulsos daqui com uma arma. Só serve para mostrar o que essas pessoas acham normal.

Levo sua mão aos lábios e dou um beijo em sua pele quando ele se aproxima de mim.

— Para mim, vocês gostam demais do perigo — diz Taylor, pulando para se sentar no balcão. — Qualquer um poderia ter entrado e visto vocês.

— Sua mãe sabe onde estão as armas. — Dou risada, jogando água nele.

Todos rimos quando Taylor escorrega e quase cai de bunda no chão. Hoje tem sido estranho. Difícil. Tenho certeza de que meus dias difíceis não acabaram, mas tenho pessoas ao meu redor que me amam. Com Jonah ao meu lado e Krystal disposta a encher um filho da puta de bala, posso enfrentar isso.

EPÍLOGO

Jonah

A gente se forma hoje. É difícil acreditar que sobrevivemos a este ano. Definitivamente, não foi o último ano que imaginei que seria, mas deu tudo certo.

Krystal e Taylor voltaram para a casa cerca de uma semana após o funeral. Ela tem sido a rocha de Grace. Ela vem ver se está tudo bem o tempo todo, forçando-a a sair da casa para voltar a frequentar a cidade. Os círculos sob seus olhos não estão tão escuros, e ela está começando a ganhar peso, algo muito necessário. Ela está começando a sorrir outra vez.

Ninguém incomodou Roman por seu pai dizer às pessoas no bar que ele é gay. Estão atribuindo isso a certa desinformação bêbada ou estão optando por ignorá-lo. Para falar a verdade, não me importo. Mary e Roman ainda meio que fingem estar namorando. Eles se sentam juntos no intervalo e ele a acompanha até as aulas, mas é só isso.

Por um tempo, eu ficava me esgueirando, tentando fazer parecer que não estava na casa de Roman, mas ele se cansou disso muito rápido. Ele disse às pessoas que eu briguei com meu pai por não querer ir à igreja e ele me expulsou. Ninguém parece ter um problema com essa explicação.

Na frente do espelho do banheiro que divido com Roman, ele se aproxima de mim, empurrando meus quadris contra a bancada e beijando meu pescoço. Arrepios explodem pelo meu corpo todo. Depois de viver com ele por quase seis meses, ainda reajo a ele assim. Cada. Maldita. Vez.

— Não consigo colocar a gravata direito — reclamo.

Alcançando meu peito, Roman a ajusta para mim, então puxa a ponta.

— Vamos. Temos que ir. — Dando um passo para trás, ele dá um tapa na minha bunda e sai da sala.

Agarrando meu capelo e beca, desço as escadas para me encontrar com Taylor, Krystal e Grace. As mulheres estão cuidando de nós, ajustando gravatas e alisando rugas invisíveis.

— Certo, certo. Hora de ir. — Roman abre a porta da frente e conduz todos para fora.

Krystal e Grace entram em um carro, enquanto Taylor, Roman e eu entramos na caminhonete.

— Estamos livres, até que enfim — diz Taylor, com um enorme sorriso no rosto.

— Quando vai para a OSU? — pergunto.

— Só no final do verão. Vou ficar nos dormitórios — comenta, virando-se em seu assento para mim. — Quando vão embora?

— Semana que vem. Os contêineres de mudança serão entregues amanhã, iremos empacotar tudo e depois partiremos.

— Legal. Conversou com seus pais? — Taylor me pergunta.

Suspiro e nego com a cabeça. Meu pai ainda não fala comigo.

Sem vagas no estacionamento quando entramos na escola, temos que estacionar na rua. Roman não está se divertindo, resmungando e reclamando enquanto coloca a beca e fecha o zíper.

Eu visto a minha, mas meus dedos não querem funcionar, então não consigo abrir o zíper.

— O que está acontecendo com você? — pergunta Roman, fechando a beca para mim.

— E se eles não aparecerem? — Engulo o nó na garganta. — E se vierem e meu pai fizer uma cena?

— Duvido que alguém se importe com o seu pai fazendo uma cena. — O sorriso no rosto de Roman diz que está planejando algo, e eu não vou gostar.

— O que você vai fazer? — pergunto a ele.

Ele agita as sobrancelhas e se vira para a escola, onde deveríamos nos encontrar.

— Roman… — pronuncio seu nome, mas ele não para até chegar ao fim da fila. — O que está planejando?

— Não se preocupe.

— Isso só me deixa mais preocupado.

Ele está encostado na parede, fingindo estar tranquilo.

— Você tem que aprender a relaxar. Viva um pouco.

— A vida é o oposto de estar relaxado com você por perto.

Ele ri e se vira para falar com alguém na frente dele.

Taylor está ao meu lado, sorrindo com o nosso embate.

— É, uh, seu *amigo* está vindo? — pergunto a ele.

— Não. Nós nos separamos.

— Ah. Sinto muito. Quer falar disso?

— Não tem o que falar, na verdade. — Ele dá de ombros. — Não achei que poderíamos fazer dar certo a distância, depois que eu fosse pra faculdade.

— Não consigo imaginar como é difícil esse lance de distância.

Taylor dá de ombros de novo. Ele está tentando fingir que não se importa, mas desde que o conheci nos últimos meses, posso ver que isso o incomoda.

A fila à nossa frente começa a se mover, e somos levados para o campo onde cadeiras de metal dobradas em fileiras ordenadas estão aguardando os cinquenta alunos se sentarem.

Como basicamente toda a cidade vem todos os anos para a formatura, não podemos fazê-la na quadra. Precisam do espaço das arquibancadas para acomodar a todos. Tomamos nossos lugares e os discursos que ninguém vai lembrar amanhã começam. O diretor, o orador da turma e algumas outras pessoas que não conheço falam do nosso futuro e como vamos moldar nosso país.

Finalmente, chega a hora de pegarmos nossos diplomas. Uma fileira de cada vez fica de pé, e seus nomes são chamados, um por um. Eles sobem em um palco improvisado, apertam a mão de professores e posam para uma foto. Não demora muito para chegar até mim, mesmo que eu esteja na última fila.

Quando meu nome é chamado, há um pequeno aplauso nas arquibancadas que me faz sorrir. Parece que Mary e talvez minha mãe estejam aqui. Aperto a mão de alguns professores e paro para tirar uma foto, depois volto para o meu lugar.

Mais algumas palavras são ditas, e todos os nossos capelos são jogados no ar. Orgulho e emoção enchem o ar. Acabamos. Este ano começou como o último ano do inferno, mas, enfim, acabou e eu posso sair desta cidade idiota.

— Jonah! — grita Anna, correndo para mim e me abraçando. — Conseguimos!

Passo os braços ao redor dela e a aperto. Não sei como teria passado por tudo isso sem ela. Minha primeira amizade aqui em Kenton.

O guincho de um microfone ligado toca pelos alto-falantes, e todos

BULLY KING

se voltam para o palco. Empalideço e meus olhos quase saltam da minha cabeça quando encontro Roman no palco. Isso não vai acabar bem.

— Oi, eu só queria dizer uma coisa — começa ele.

As pessoas que descem das arquibancadas param para ouvir.

— O Sul é conhecido por duas coisas: futebol e Jesus, normalmente nessa ordem. Esta cidade não é diferente, mas vocês têm suas prioridades distorcidas.

— Querem se fazer de escandalizados e jogar a Bíblia em homossexuais, mas fecham os olhos para o abuso e o sexo antes do casamento. Se querem viver de acordo com a Bíblia, então não podem escolher quais partes dela seguirão. Contanto que o futebol vá bem, não se importam com o que os caras fazem para aliviar a tensão. Bem, estou aqui para dizer a todos que sou gay.

Todos paralisam; um suspiro coletivo da multidão rouba o ar dos meus pulmões. Meu coração está batendo tão forte que tenho medo de me mover e acabar explodindo, mas tenho que estar mais perto dele. Abrindo caminho através das pessoas, ando até o palco e espero. Parado na frente deste garoto, deste homem, nunca estive mais orgulhoso do que estou neste momento.

Seus olhos encontram os meus e ele fala, claramente, no microfone:

— Jonah Cohen, eu te amo.

Meu sorriso é tão grande que dói meu rosto, mas eu não paro.

Roman pula do palco, agarra minha nuca e me beija. Bem ali na frente de Deus e de todos, ele me reivindica.

AGRADECIMENTOS

Em primeiro lugar, meus leitores alfas. Eles me aturaram, pontualmente, aguentaram mensagens atrasadas e cronograma exigente. Devoraram minhas palavras e me deram o *feedback* que eu precisava para continuar. Randimae e Kayla, obrigada não basta.

Minhas betas, Katrina, Jordan, Maura, Shelly e Braxton, suas ideias e críticas foram inestimáveis. Muito obrigada por se voluntariar para assumir este livro monstruoso em curto prazo.

Braxton. Não sei o que dizer. Você sofreu para eu entender. Não consigo explicar o quanto sua visão e amizade significam para mim. Este livro não teria sido possível sem você. Cem por cento. Eu te amo mais do que tudo. O universo me fez uma mulher, porque não poderia lidar com a gente junto como um casal. Este universo literário trouxe você para a minha vida e serei eternamente grata por isso. Seja sempre você.

Minhas amigas loucas, obrigada por me encorajarem. Obrigada por seu apoio infalível. Este ano foi um saco, mas vocês estiveram lá, me dizendo para não ter pressa e fazer o que eu precisava para minha própria saúde mental, assim como a da minha família. Amo vocês, vadias loucas.

T e G. Este livro NUNCA teria começado sem sua insistência me dizendo para escrever o maldito livro. T, sua noção em marketing/identidade visual e política de cidade pequena é incomparável. Obrigada por me dizer coisas que eu não queria ouvir, mesmo quando não ouvi. Agradeço suas conversas sinceras. G, seu apoio inabalável significa o mundo para mim. Seu incentivo para ser fiel a mim me faz continuar. Não estaria aqui, publicando este livro, sem você.

À minha editora Emma, por me acalmar mais de uma vez, bate-papos por chamada de vídeo tarde da noite do outro lado do mundo. Eu não poderia fazer essa coisa de ser autor sem você.

Carmen, minha incrível amiga e revisora, você fez o impossível. Nunca vou publicar sem você, novamente. Obrigada por amar meus meninos.

Aos meus leitores, que continuam a amar minhas palavras, um enorme

OBRIGADA. Obrigada por assumir outro risco comigo, escolhendo meu livro. Obrigada por amar meus meninos. Obrigada por me seguir nesta jornada enquanto aprendo qual é o meu estilo e onde me encaixo neste ramo.

A todos que compartilharam, curtiram, comentaram sobre este livro, obrigada nunca bastará. Os comentários sobre ele têm sido alucinantes. Tudo o que posso dizer é que meu coração está pleno. Agradeço a cada um de vocês.

Com todo o amor,

Andi Jaxon, filha da mãe.

SOBRE A AUTORA

Andi Jaxon é uma das pessoas mais fora do comum com quem, provavelmente, você entrará em contato. Adora arco-íris, usa óculos e Converse, brincos grandes de argola e cílios postiços; só aprendeu a colocá-los há pouco tempo. Ela sempre tem café à mão para tentar acompanhar os três *minions* que criou.

Quer saber mais sobre Andi Jaxon? Siga-a nas mídias sociais ou assine sua lista de e-mails para receber as últimas informações de novos lançamentos, vendas e muito mais!

Amazon: http://bit.ly/AndiAmazon
BookBub: http://bit.ly/AndiBookBub
Goodreads: https://bit.ly/AndiGoodReads
Facebook: https://www.facebook.com/andijaxonauthor
Pinterest: http://bit.ly/AndiPinterest
Reader Group: https://www.facebook.com/groups/andijunkies
Instagram: https://www.instagram.com/andijaxon
Website: http ://www.andijaxon.com
Newsletter: https://mailchi.mp/e42677cb7ccd/andinewsletter

A The Gift Box é uma editora brasileira, com publicações de autores nacionais e estrangeiros, que surgiu no mercado em janeiro de 2018. Nossos livros estão sempre entre os mais vendidos da Amazon e já receberam diversos destaques em blogs literários e na própria Amazon.

Somos uma empresa jovem, cheia de energia e paixão pela literatura de romance e queremos incentivar cada vez mais a leitura e o crescimento de nossos autores e parceiros.

Acompanhe a The Gift Box nas redes sociais para ficar por dentro de todas as novidades.

 www.thegiftboxbr.com

 /thegiftboxbr.com

 @thegiftboxbr

 @GiftBoxEditora